# 행복은 당신 1

초판 1쇄 찍은 날 § 2010년 1월 22일
초판 1쇄 펴낸 날 § 2010년 1월 29일

지은이 § 김랑
펴낸이 § 서경석

편집장 § 문혜영
편집책임 § 유경화
편집 § 조수희

펴낸곳 § 도서출판 청어람
등록번호 § 제1081-1-89호
등록일자 § 1999. 5. 31
어람번호 § 제5-0248호

주소 § 경기도 부천시 원미구 심곡 2동 163-2 서경B/D 3F (우) 420-822
전화 § 032-656-4452 팩스 § 032-656-4453
http://www.chungeoram.com
E-mail § chungeoram@chungeoram.com

ⓒ 김랑, 2010

ISBN 978-89-251-2068-3 04810
ISBN 978-89-251-2067-6 (SET)

※ 파본은 구입하신 서점에서 교환하여 드립니다.
※ 저자와 협의하여 인지를 붙이지 않습니다.
※ 이 책은 도서출판 청어람과 저자자의 계약에 의해 출판된 것이므로,
  무단 전재 및 유포 · 공유를 금합니다.

Chungeoram romance novel

# 행복은 당신

김랑 지음

1

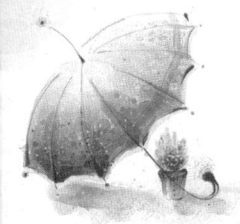

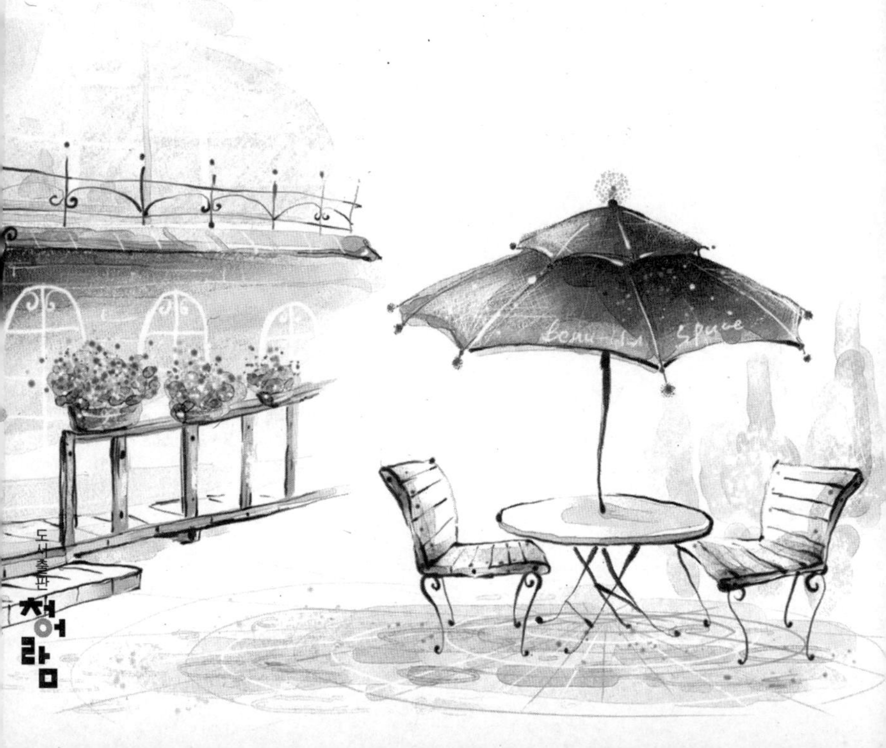

도서출판 청어람

# 1권

1막 사랑이라는 것을 몰랐을 때 | 7
2막 사랑이라는 것을 알았을 때 | 191

# 2권

3막 사랑은, 달콤하고 쌉싸래한 초콜릿 |
4막 사랑도 당신, 아픔도 당신 |
에필로그 |
작가 후기 |

# 1막
사랑이라는 것을 몰랐을 때

# 1장

### 행복은 당신

1997년 3월.

처음 보는 친구였다.

그녀가 입고 있는 옷은 지극히 평범했다. 청바지 위에 모직으로 된 빨간색 더플코트를 입고 있었다.

그녀가 빨간색 코트를 입고 있다고 해서 정열적인 성격을 가졌다고는 볼 수 없었다. 빨간색 코트 덕에 흰 피부가 더욱 투명하고 생기있게 보인 것은 사실이었지만 그렇다고 활달해 보인다거나 열정으로 가득 찬 여자로 보이진 않았다.

그녀가 빨간색 옷을 입고 있는 탓에 눈길을 자꾸 빨간색을 찾아 그녀 쪽으로 향하는 것은 틀림없었고 아무도 없던 강의실이 그녀가 나타나는 순간 한껏 생기가 넘치는 것만은 분명했다.

동욱이 어떻게 어느 순간부터 그 친구를 그녀라고 생각하게 됐는지는 모르겠지만 그녀는 아직 '여자'라고 하기엔 약간 미숙한 구석이 있었고, '소녀'라고 하기엔 너무 컸다.

처음 보는 친구니까 동기는 아니었다. 여자 동기들은 정상적으로라면 모두 졸업을 했을 테니까. 한두 해 후배도 아닌 듯했다. 졸업하지 않은 후배들은 대충 얼굴을 알고 있는데, 전혀 낯선 얼굴인 걸 보니 동욱이 군에 가던 해부터 그다음, 다음 해까지 새로 들어온 신입생일 것이 분명했다.

동욱은 그녀가 강의실에 들어왔을 때 스치듯 잠깐, 너무나 잠깐밖에 보지 못했던 그녀의 얼굴을 다시 한 번 보고 싶다는 욕망에 사로잡혔다.

얼핏 스치듯 봤지만 꽤 예쁘고 꽤…… 예뻤던 것 같았다.

남자들이야 다 똑같지 않은가. 아니, 사람은 다 똑같지 않은가. 예쁘고 멋진 것에 눈길이 가는 것 말이다.

동욱은 자신이 본 예쁜 것 바로 그녀가 정말 예쁜지 아니면 얼핏 봤을 때만 예쁜지 자세히 보면 별 볼일 없는지 확인하고 싶었다.

그러나 동욱의 바람과는 달리 그녀는 고개를 푹 숙인 채 책을 들여다보고 있을 뿐 다른 사람에게는 조금도 관심이 없어 보였다.

그녀는 마치 시험 날 옆에 앉은 친구가 자신의 답안을 보지 못하도록 갖은 방어를 다 하는 속 좁아터진 우등생처럼 잔뜩 몸을 웅크리고 있었다.

인정하고 싶지 않지만 그녀의 무관심이 동욱을 실망시키고 있었다.

여자에게 관심이 생긴 것은 정말 오랜만이었다. 관심을 끄는 여자가 생긴 것도 정말 오랜만이었다.

군대 다녀오는 사이 여자라는 대상에 몹시 굶주렸던 것이 틀림없었다. 다른 사람에게는 일절 관심없이 섹시함과는 거리가 한참 먼 평범한 옷차림을 하고 오로지 책만 들여다보고 있는 여자가 관심을 끌다니 말이다.

한 번쯤 돌아봐 주면 좋겠다고 생각하며 얼마나 지루한 시간이 지났을까, 그녀가 벌떡 일어나더니 눈 깜짝할 사이에 강의실을 빠져나갔다.

'뭐야, 이거.'

동욱은 그녀가 자신의 마음을 전혀 알 리가 없는데도 갑자기 자신을 두고 혼자 가버린 것이 치사하게 생각됐고 그래서 아무런 잘못도 없는 그녀를 괘씸해하며 그녀가 비운 자리를 물끄러미 쳐다봤다.

동욱은 그녀의 책상 위에 놓여 있는 수첩 같은 노트를 훔쳐보고 싶은 욕망에 사로잡혔다. 물론 동욱은 그런 유치한 생각을 행동으로 옮기지는 않았지만 그녀가 뭘 긁적거리고 있었는지 궁금해서 엉덩이가 근질거렸다.

동욱이 그녀의 책상에 놓인 노트에서 눈을 떼지 못하고 있는데 강의실 문 열리는 소리가 들렸다. 동욱은 노트를 몰래 훔쳐보다 들키기라도 한 듯 깜짝 놀라며 얼른 노트에서 시선을 떼고 강의실로 들어오는 사람을 쳐다봤다.

"동욱아! 너, 정말 복학했구나."

철호였다. 동욱은 지금처럼 철호가 반가웠던 적이 없었다.

"반갑다."

동욱은 철호가 내민 손을 잡으며 악수를 했다.

"설마 네가 벌써 학교에 왔을까 싶었는데, 뜻밖이네."

"일찍 일어났는데 할 일이 없어서 그냥 왔어. 그런데 넌 웬일이냐? 이 시간에 학교엘 다 오고. 첫 주에는 안 나타날 줄 알았는데."

"나도 군대 갔다 왔잖냐. 군대 갔다 오면 정신 차린다는 말이 괜히 나왔겠냐. 그리고 오늘은 첫날인데, 어떻게 안 나오냐."

"너도 군대 갔다 왔어?"

"난 가을에 제대했는데, 한 학기 그냥 쉬었어."

"작년 가을에 제대했다고?"

동욱이 약간 미심쩍은 얼굴로 철호를 쳐다보자 철호가 실실 웃었다.

"동사무소에서 근무했지. 그나저나 너, 해병대 갔다 왔다는 게 사실이냐?"

동욱은 가만히 고개를 끄덕였다.

"난 네가 해병대 들어갔다는 말을 듣고 깜짝 놀랐다. 네가 반쯤 미친 게 아니면 누가 소문을 잘못 들었을 거라고 생각했어. 네가 군댄 왜 가냐? 너 군대 갔다는 말에 절대 아니라고, 유학 갔을 거라고 빡빡 우겼었어."

"내가 어디가 모자라서 군대를 안 가?"

"모자란 데가 있다고 그러냐. 장차 유성그룹 회장이 될 사람이 군댈 갔다면 누가 믿겠어. 하다못해 중소기업가의 막내아들도 면제를 받는 판에."

"면제는 무슨."

"요즘 한다는 집안은 물론이고 별 볼일 없어도 돈만 빵빵하게 쌓아둔 집안 아들치고 군에 가는 놈들이 어딨냐? 더구나 넌 진짜 알짠데, 유성그룹 후계자니까 말이야."

"너, 내가 군대 가 있는 동안 떠벌리고 다녔냐?"

동욱이 약간 불쾌한 듯 얼굴을 찌푸리자 철호가 큰 동작으로 손을 내저었다.

"약속했잖아. 목에 칼이 들어와도 그 얘긴 안 하기로. 아는 애들 없어. 맹세해. 그런데 넌 왜 군댈 간 거냐? 그것도 아버지 때문이냐?"

"쓸데없는 소리 그만 하고, 학교에 몇이나 남아 있냐?"

동욱은 철호가 더 깊이 파고들지 못하게 중간에서 재빨리 잘라 버렸다.

철호는 궁금증을 다 풀지 못한 것이 못내 아쉬운 모양이었지만 동욱은 더 이상 자신의 집안일에 대해 주절거리고 싶지 않았다.

"여자애들은 모두 졸업했지. 남자 놈들은 몇은 군에 갔고, 몇은 졸업하고, 몇은 이유를 알 수 없는 휴학을 했고, 몇은 다니고 그래. 다음 주면 다 들어오겠지. 근데, 해도 해도 너무하지 않냐?"

"뭐가?"

"우리 학교 말이야. 변한 게 하나도 없잖냐."

"난 안 변한 게 좋다. 학교가 변하면 김이 샐 것 같아."

"왜 김이 새?"

"학교는 백 년이 지나도 안 변해야 두고두고 가슴에 남을 것 같아서 말이야."

"젊은 놈이 고루하기는."

철호가 동욱의 앞자리에서 옆자리로 자리를 옮겨 앉는데, 그녀가 강의실로 되돌아왔다. 그녀가 나타나자 철호의 얼굴에 미소가 떠올랐다.

"수안이, 오랜만이다."

철호가 말했고, '수안'이라는 이름을 가진 '그녀'가 고개를 돌려 쳐다봤다.

수안. 그녀의 이름은 수안이었다. 정말 예쁜 이름이었다.

수안이, 수안이.

동욱은 그녀의 얼굴을 그제야 제대로 보았다.

'와우, 장난 아니다!'

비로소 그녀, 수안의 얼굴을 정면으로 제대로 보게 되었을 때 동욱은 하마터면 입 밖으로 감탄사를 토해낼 뻔했다. 조금도 고차원적이지 않은, 있는 그대로의 정제되지 않은 감탄사가. 다행히 유치한 실수를 저지르지는 않았지만 동욱은 수안의 얼굴을 제대로 본 그 순간부터 마음속으로 열다섯 번째 연속해서 와우! 라는 감탄사를 연발하고 있었다.

정말 보통이 아니었다. 그러니까 예쁘다거나 예쁘장하다거나 괜찮다거나 하는 정도가 아니라 수안은 보통이 아니게 예뻤다. 저 정도라면 그저 일반인으로 머물러 있기에는 방송계 연예계의 큰 손실이라고 해도 될 만큼 예뻤다.

동욱은 갑자기 가슴이 두근거리기 시작했다. 생전 처음 사랑을 느낀 풋내기처럼, 그 두근거림이 사랑의 징조라는 것을 알아차리지도 못할 만큼 풋내기처럼 어설프게.

희고 깨끗한 피부, 길게 늘어뜨린 생머리, 크고 맑은 눈……
90% 이상의 남자들의 로망이자 이상형의 여자가 바로 눈앞에 있었다.

하지만 이상하게도 이런 세세한 묘사들로는 수안이 가진 매력을 100% 표현할 수 없었다.

수안은 뭐랄까, 보통 아니게 예쁜 것이 틀림없었지만 단순하게 예쁘다기보다는 참 매력적이었다. 똘똘함도 느껴지고 고집도 느껴지고 순수함도 느껴지고 알 수 없는 주눅도 느껴지는. 비슷하지만 비슷하지 않은 느낌들이 한데 뒤섞이면서 보통 아닌 액면 그대로의 예쁜 얼굴에 매력적인 분위기를 더해주고 있었다.

아니다. 다 필요없다. 매력적이고 어쩌고 그런 설명 따위는 불필요하다.

수안은 참 예쁜 여자였다. 남자의 가슴을 두근거리게 하기에 충분할 만큼.

속물스럽다고 욕해도 상관없었다. 그렇지 않은 사람도 물론 있겠지만 남자는 예쁜 것에 관심이 끌리게 마련이고 예쁘면 모든 것이 용서됐다.

예쁜 여자는 도도하고 싸가지가 없어도 용서가 되고 진짜 손을 쓸 수 없을 정도의 악질적이지만 않다면 못된 것도 매력이라 말하는 사람이 남자니까.

그래서 관심이 쏠렸다. 예쁘니까. 예쁘면 끝이니까.

동욱은 촌놈처럼 수안에게서 눈을 떼지 못하고 있었고, 수안을 보는 시간이 길어질수록 가슴이 더욱 심하게 뛰어댔다.

동욱은 여자 때문에 무상한 변화를 보이고 있는 스스로에게 여러 차례 놀라고 있었다.

여자라면 아쉬울 것이 손톱만큼도 없는 동욱이었다. 손을 뻗어 휴대폰만 잡으면, 휴대폰 번호 몇 개만 두드리면 당장에 발가벗고서라도 달려올 쭉쭉빵빵 절세미녀들이 교문 밖까지 줄을 설 만큼 대기 중이었다.

그런 미녀들 수십 명이 5분 대기조가 되어 동욱의 호출을 기다리고 있는데 고작 아직 여자라고 하기엔 한참 덜 자란 후배를 보며 가슴을 떨다니. 딱 보니 있는 집안 여자도 아니고 빈티가 줄줄 흐르는데 말이다.

그래도 좋았다. 수안은 예쁘니까.

"이 오빠 없는 동안 잘 지냈어?"

철호가 꽤 친한 척 인사했지만 수안은 무표정한 얼굴로 철호를 쳐다봤다. 누군지 모르겠다는 듯이. 마치 처음 보는 얼굴이라는 듯.

"나야, 철호."

"아! 안녕하세요, 선배님. 제대하셨어요?"

수안은 그제야 기억났다는 듯이 웃는 얼굴은 아니었지만 그래도 무표정하다고는 할 수 없는 얼굴로 철호에게 가볍게 인사했다.

"그래, 나 제대했다."

"네, 고생하셨어요."

"말도 마라. 고생 억수로 했다. 그래도 사나이니까 두 눈 딱 감고 버텼지. 안 그러냐, 동욱아?"

철호가 으스대듯 말했고 동욱은 마치 특전사에서 지옥훈련을 받고 온 것처럼 구는 철호를 어이없는 얼굴로 쳐다봤다.

"왜 지난 학기에 등록하지 않으셨어요?"

사랑이라는 것을 몰랐을 때

"좀 쉬어야지. 너 군대 가는 거 쉬운 거 아니다. 여자들은 이 남자들의 비애를 모른다니까. 이 오빠 서운하다, 수안아."

"공익 가셨잖아요."

수안의 말에 철호의 얼굴이 붉게 물들기 시작했다.

동욱은 순간 웃음을 터뜨리고 말았다.

"너 알고 있었냐?"

"다들 아는걸요."

"제기랄! 어떤 자식이 나불거린 거야. 정말 쪽팔려서."

철호가 어깨에 쓸데없이 들어가 있던 힘을 빼며 구시렁거렸고 동욱은 웃을 듯 말 듯한 수안의 얼굴을 쳐다보며 희미하게 미소 짓고 있었다.

"그건 그렇고 인사해라. 이 친구도 선배야. 너 들어오던 해에 군대 갔다가 제대했다. 오늘 처음 보지? 이 선배는 공익 아니다. 해병대 출신이다."

철호 덕택에 동욱은 수안과 정식으로 인사하게 됐고 이상하게 기분이 좋아졌다.

"안녕하세요, 선배님."

수안이 먼저 동욱에게 인사를 했다.

"반갑다."

그리고 덧붙여 물었다.

"이름이 뭐니?"

동욱은 그녀가 '수안'이라는 것을 알게 되었으면서도 일부러 물었다. 그녀와 몇 마디라도 더 얘기를 나누고 싶었기 때문이었다. 유치하게도.

"윤수안이라고 합니다."

"아 참, 그랬지."

이따위 젓내 나는 연기까지 곁들이며.

"난 최동욱이다."

동욱은 수안의 얼굴에 약간의 미소라도 떠오르길 바랐지만 수안의 얼굴엔 아주 작은 변화도 없었다. 그저 선배를 향한 후배의 적절한 예의만 남아 있는 표정이었다.

동욱은 그것이 못내 섭섭했고 야속했다.

"여전히 수석이냐?"

철호의 물음에 수안은 희미하게 미소 지으며 한 번 놓쳤어요, 하고 말한 후 자신의 자리로 가 앉았다.

"수석?"

동욱이 궁금한 얼굴로 묻자 철호가 고개를 끄덕였다.

"수안이 우리 과 수석으로 들어왔어. 똑소리나게 생겼잖냐."

"수석으로?"

동욱은 잠깐 놀란 듯한 얼굴로 수안의 뒷모습을 쳐다봤다.

"나 군대 가기 전까지 쭉 1등만 했고. 한 번 놓쳤다네."

수석으로 들어와서 내내 1등이라…… 보통내기가 아니었다.

"장난 아니네."

"장난 아니지."

그러니까 수안은 똑똑한 여자, 예쁘면서도 똑똑한 여자였다.

처음 수안의 예쁜 얼굴을 보게 되었을 때의 수안에 대한 동욱의 관심도가 70% 정도였다면 수안이 예쁘면서도 똑똑하기까지 하다는 것을 알게 된 후의 관심도는 98% 정도로 수직상승했다.

보통 아니게 예쁘면서도 똑똑하기까지 한 여자.

그런 여자가 몇이나 될까?

아주 없지도 않겠지만 그렇다고 흔하지도 않았다. 그러니까 흔하지 않은 여자가 동욱의 눈앞에 있었다.

'멋진데?'

그런데 동욱은 수안의 얼굴에 표정이 너무 없다는 것이 마음에 걸렸다.

이상할 정도로 표정의 변화가 없는 사람. 목소리 역시 다채롭지 못한 표정만큼이나 심심한 사람.

그렇다고 똑똑하고 예쁘기 때문에 거만을 떠는 것처럼 보이진 않았다.

거만하고는 거리가 멀었다.

오히려 뭐랄까, 고집스럽지만 기가 죽어 보였고, 오기로 뭉친 듯하지만 어쩐지 슬픈 기운이 감도는 그런 얼굴이었다. 그리고 꽤나 피곤해 보였다. 아주 오랜 시간 부족한 수면을 채우지 못한 사람처럼.

수석으로 입학해서 내내 1등을 놓치지 않았다고 하니 마치 대학생이 아니라 대학입시생처럼 밤을 새워 공부를 하느라 잠이 부족할 수도 있었다. 아니면 시간을 조각 내 꽤 여러 가지의 아르바이트를 할지도 몰랐고.

어쨌거나 다 좋은데 저렇게 예쁜 수안에게서 표정을 빼앗아 간 것은 대체 뭘까?

바쁘고 잠이 부족하다고 해서 표정이 없을 수는 없었다. 바쁘면 바쁜 표정이 있고 잠이 부족하면 피곤한 표정이 있는 법인데 수안은 바쁜 내색도 내지 않으려고 애를 쓰는 것 같았고 피곤함마저도 교묘하게 숨기고 있는 것 같았다.

"예쁘지?"

철호가 불쑥 물었고 동욱은 속마음을 들키지 않은 척하기 위해 일부러 심드렁한 표정으로 철호를 쳐다봤다.

"수안이 말이야."

"그래, 예쁘네."

동욱은 그래, 예쁘네 하는 대답조차도 까짓것 예뻐봤자 얼마나 예쁘겠냐는 듯 무심한 척 가장했다.

"수안이한테 빠진 놈이 한둘이 아니야."

철호의 말에 동욱은 갑작스레 기분이 나빠지는 것을 느끼며 철호를 쳐다봤다.

수안에게 빠진 남자들이 한둘이 아니라는 말에 동욱의 기분이 나빠질 이유는 요만큼도 없었다. 동욱조차도 수안을 보던 순간부터 눈을 떼지 못하고 흘낏거렸으니 정상적인 사내라면 당연히 수안에게 관심을 보였을 것이다. 그런데 그 당연함이 이상하게 동욱의 기분을 상하게 만들고 있었다.

"나도 처음에 수안이 보고 연예인이 우리 과에 들어온 줄 알았다니까. 자체발광이라는 말이 무슨 말인지 알겠더라."

자체발광. 누가 만들어낸 말인지 몰라도 수안에게 딱이었다.

"그래서 누구하고 사귀는데?"

"없어."

"없어?"

"지금은 생긴지도 모르겠는데 나 군대 가기 전까지는 없었어."

"왜?"

"저, 선배님들."

수안이 제자리에서 고개만 돌려 동욱과 철호를 쳐다보고 있었다. 다소 불편한 표정을 짓고.

"왜, 수안아?"

"다 들려요."

"들리냐?"

수안의 말에 철호가 킬킬 웃었다.

"안 들리는 줄 알았네."

철호의 말에 수안이 무슨 그런 말도 안 되는 소리를 하냐는 듯 눈빛이 순간적으로 날카로워졌다가 금방 무덤덤한 표정으로 돌아갔다.

"그때나 지금이나 남자친구 없구요, 내 얘기 나한테는 안 들리게 해주세요. 부탁드려요."

수안이 부드럽지만 강단이 느껴지는 목소리로 말했고 철호는 씩 웃으며 오케이 하고 대답한 후 동욱더러 음료수나 하나씩 먹자며 억지로 동욱을 데리고 강의실을 나왔다.

"요즘 애들 왜 저러냐?"

동욱이 다소 불만스러운 투로 말했다.

"뭐가?"

"우리 때는 선배가 뭐라고 해도 앞에서는 아무 소리 못하고 뒤에서 깠는데 요즘 애들은 대놓고 어필을 하네."

"변했지. 많이 변했지. 올해 신입생들은 얼마나 더 까졌을라나…… 그래도 수안이는 용서가 되지. 예쁘고 똑똑하니까."

철호의 말에 동욱은 동의하는 듯 픽 웃고 말았다.

"그래서?"

"뭐가 그래서?"

"수안이 왜 남자친구가 없냐고."

"모르지. 남자한테 도통 관심이 없는 것 같더라고. 솔직히 나야 초장에 여기서 망해먹는 바람에……."

철호가 자신의 얼굴을 붙잡고 흔들며 중얼거렸다.

"우월하지 못한 유전자 덕에 키까지 바닥하고 친하니 글렀다 쳐도 쟤 동기 놈들 보면 울화가 치밀 정도로 미끈하고 잘빠진 놈들이 한두 명이 아닌데도 쳐다보지도 않아. 내 얼굴이 조금만 경쟁력을 갖췄더라면 한 번 덤벼봤을 텐데."

철호가 푸념조로 말한 후 탄산음료 자판기가 보이자 동전을 넣고 콜라 버튼을 눌렀다.

"한수라고, 내가 봐도 잘빠진 놈이 있거든. 너도 보면 알겠지만 연극영화과가 아니라 왜 국문과에 왔는지 의문일 정도로 기막히게 생긴 놈이 있어. 그놈이 별 짓을 다 하며 밀어붙이는데도 끄떡도 안 해."

"취향이 아닌 모양이지."

"이따 한수 오면 봐라, 취향 따지게 생겼나. 길거리 캐스팅됐다는 소릴 들은 것 같은데 한 번 물어봐야겠네. 모르지 또. 지금은 튕기다가 나중에 한수 대스타 되고 나서 수안이가 피눈물 흘리며 후회할지도."

"후회 안 해요."

갑자기 끼어든 목소리에 돌아보자 수안이 꽤 뾰족한 눈길로 철호를 노려보고 있었다.

"이제 한수까지 끌어들이셨어요?"

"얘기하다 보니까……."

"한수 길거리 캐스팅된 것 맞구요, 아직은 대스타가 될 조짐은 안 보이지만 거야 모르는 일이죠. 그런데 한수가 대스타가 되더라도 피눈물 흘리며 후회 안 할 거예요. 절대."

"왜?"

그렇게 물은 건 철호가 아니라 동욱이었다.

궁금했다. 궁금한 정도가 아니라 꼭 알고 싶었다. 취향을 따지지 못하는데다 길거리 캐스팅까지 될 정도로 잘난 한수라는 녀석을 왜 거절하는지.

"뭐…… 안 통해서요."

수안이 어깨를 으쓱하며 대꾸했다.

안 통한다…… 맞다. 머리로든 가슴으로든 통하지 않으면 소용없는 것이 남자와 여자 사이의 사랑이었다.

물론 동욱은 꽤 여러 번 머리나 가슴으로 조금도 통하지 않았음에도 여자를 만났었다. 머리도 가슴도 열리지 않았지만 그저 잠깐 눈이 즐겁고 손이 즐거워 여자를 만났었다. 동욱은 그렇게 통하지 않았음에도 만나고 놀고 즐겼었다.

그랬지만, 그랬던 동욱이었지만 수안이 통하지 않아서 백이면 백이 다 황홀해하는 남자를 거절했다는 것에 흐뭇함이 느껴졌다.

심술 맞고 이기적이었지만 수안이 기본적이고 순수한 감정에 충실하다는 것이 흐뭇하기 짝이 없었다.

"수안아, 콜라 마실래?"

철호가 자판기에 동전을 넣으려는데 수안이 말렸다.

"안 마셔요."

수안이 손에 들고 있던 자판기 커피 잔을 들어 보였다.

"선배님, 이젠 나 없는 곳에서도 내 얘기 하지 마세요."

수안이 깐깐한 어조로 말하자 철호가 살짝 얼굴을 구겼다.

"너 되게 까칠해졌다."

"저 원래 까칠했어요. 제 별명 아시잖아요. 부탁드릴게요."

수안이 끝까지 까칠함을 잃지 않은 채 예의를 갖춘 경고를 남긴 후 자리를 떠났다.

"수안이 별명이 뭔데?"

"사포."

철호의 말에 동욱이 낮게 웃음을 터뜨렸다.

"사포까지는 아닌데?"

"선배라고 대우해 주는 거다. 동기들이나 후배들 걸리면 작살난다. 화장실 갈래?"

"됐다. 먼저 들어갈게."

철호가 잰걸음으로 화장실로 향하는 것을 보던 동욱은 강의실로 걸어가고 있는 수안에게 재빨리 다가갔다.

"사포야."

동욱의 목소리에 수안이 고개를 돌렸다가 픽 웃었다.

"난 어떠니?"

"뭐가요?"

"통할 것 같아?"

동욱의 물음에 수안이 살짝 찌푸린 표정으로 동욱을 올려다봤다.

"나 농담 아니다."

수안의 미심쩍어하는 표정에 동욱이 정색을 하자 수안의 표정이 더욱 꺼림칙해졌다.

"안 통하네요."

수안이 낮게 내뱉은 후 돌아서는데 동욱이 재빨리 수안의 팔을 붙잡았다.

"기다려 봐. 느껴질 거야."

동욱이 자신만만하게 말하자 수안이 이상한 사람이라는 듯 동욱을 쳐다봤다.

"무슨 근거로 자신하세요?"

"내가 내 감정을 너를 향해 퍼부어대고 있거든."

동욱의 말에 수안은 손발이 오그라드는 듯한 표정이 되어버렸다. 정말 너무 유치해서 견딜 수가 없다는 얼굴이었다.

유치해서 손발이 오그라들 정도로 견딜 수 없기는 동욱도 마찬가지였다. 동욱 자신조차도 조금 전 수안에게 내뱉은 말을 주워 담고 싶을 만큼 부끄러웠고 어떻게 그따위 젖내 나는 대사를 던졌는지 믿을 수가 없을 만큼 창피했다.

"제대하신 지 얼마 안 되셨죠?"

수안이 조심스레 물었다.

"그래."

"많이 바뀌었어요. 요즘은 그런 멘트 날리면 통하다가도 막혀요."

수안의 말에 동욱의 얼굴이 창피함으로 벌겋게 달아오르기 시작했다.

"나도 쪽팔리거든?"

수안이 대놓고 무안을 주자 동욱이 욱해서 눈을 부라렸다.

"그러시겠네요."

동욱이 눈을 부라렸는데도 수안은 미안해하지도 않은 채 되레 측은한 눈길로 동욱을 쳐다봤다.

"야, 윤수안."

동욱이 후배 주제에 선배를 가르치려 드는 수안이 얄미워 정색을 하는데 그때 낯선 목소리가 끼어들었다.

"수안아."

동욱과 수안이 목소리를 따라 고개를 돌렸을 때 믿을 수 없을 만큼, 아니, 화가 날 만큼 잘생긴 녀석 하나가 수안과 동욱을 향해 걸어오고 있었다.

"한수야."

저 녀석이 한수였다.

길거리 캐스팅 어쩌고 취향을 따지지 않는다던 녀석. 어쨌거나 대스타가 되더라도 수안이 절대 후회하지 않을 거라던 그 녀석.

정말, 한수라는 자식은 같은 남자가 봐도 정말이지 성질이 날 정도로 잘빠지고 잘생긴 녀석이었다.

철호의 말은 틀림없었다. 더할 것도 깎을 것도 없이 잘난 녀석이었다. 어느 별나라에서 떨어졌는지 지구인이라는 게 믿어지지 않을 만큼 외모만큼은 완벽한 녀석이었다.

"잘 지냈어?"

한수가 지나치게 다정한 목소리로 수안에게 물었고 수안은 지나치게 다정한 한수의 물음에 담백하게 그럼 하고 대답했다.

"선배님이셔. 우리 입학할 때 입대하셨다가 제대하고 복학하셨대. 철호 선배하고 동기시래."

다행히 사포라는 별명을 가졌을 만큼 까칠한 수안이 옆에 서 있기 싫을 만큼 잘생긴 한수에게 자신을 소개하자 동욱은 이유 없이 후배 한수에게 묘한 경쟁심을 느끼며 한수를 바라봤다. 티끌만큼이라도 시건방지게 굴었다간 가만두지 않겠다는 듯 쓸데없이 힘이 잔뜩 들어간 시선으로.

"안녕하십니까, 선배님. 김한숩니다."

안타깝게도 잘생긴 한수는 흠잡을 구석이 없을 만큼 깍듯하면서도 싹싹하게 굴었고 동욱은 잘생긴 녀석이 흠잡을 구석마저도 없는 것이 오히려 더 싫었다.

"그래, 최동욱이다. 반갑다."

옹졸하게 싫은 내색을 낼 수는 없었기에 패나 친절한 사람인 척 인사를 받아주었지만 분명한 것은 흠잡을 구석이 없는 김한수는 최동욱에게 찍혔다는 것이다. 어이없지만 짜증나게 잘생기고 흠잡을 구석이 없다는 이유 때문이었다. 그리고 어째서 수안이 이렇게 완벽한 김한수와 통하지 않았는지 의문스럽기 짝이 없었지만 어쨌거나 정말 다행이었다. 왜 다행이라고 생각하는지 아직 잘 모르겠지만 말이다.

"동욱 선배 정말 괜찮지 않니?"

곁눈질로 벌써 여러 번 동욱을 흘낏거리던 은주가 낮은 목소리로 속삭였다.

첫날부터 사흘째인 오늘 마지막 강의가 시작되기 전까지 동욱을 가리켜 '저 선배 정말 괜찮지 않니?' 하고 말한 친구가 은주까지 벌써 네 명이었다.

"느낌 좋아. 딱 찍었어."

"너까지 네 명한테 찍혔다, 동욱 선배. 저렇게 찍히다 남아나겠니?"

"네 명이라니? 누가 또 찍었어?"

"진경이, 인영이, 지수."

"진경이하고 지수? 웃긴다. 있는 것들이 더하네."

은주가 다른 자리에서 동욱을 흘낏거리고 있는 진경과 지수를 흘겨보며 낮게 분통을 터뜨렸다.

지금까지 단 한 번도 남자친구라는 것을 가져본 적이 없는 은주가 분통을 터뜨릴 만도 했다. 진경과 지수는 분명히 남자친구가 있었다. 물론 언제든지 남자친구를 갈아치울 수 있는 능력도 있었고.

"그래서?"

"뭘 그래서?"

"쟤들 동욱 선배하고 한마디라도 걸치디?"

"그건 모르겠어."

"얼마 전까지 한수한테 껄떡거리던 것들이."

은주의 말이 맞았다.

한수가 길거리에서 방송국 관계자에게 캐스팅됐다는 사실이 알려지는 순간부터 한수의 여자친구가 되기 위해 최선을 다해 달리던 여학생들이 한두 명이 아니었고 그중에는 진경과 인영, 지수도 끼어 있었다.

그보다도 조금 더 웃기는 것은 수안을 얻기 위해서라면 당장에 목이라도 맬 것처럼 굴던 한수가 연예계에 발을 들여놓는 순간부터 눈에 띄게 태도가 바뀐 것이다. 친절함에도 급수가 달라졌을 뿐 아니라 앞으로 윤수안 때문에 목을 맬 일은 절대 없어 보였다.

순식간에 태도가 바뀐 것이 우습기는 했지만 불쾌하지는 않았다. 어차피 한수와는 잘해보고 싶은 생각이 없었으니까.

"그럴 만도 해."

은주가 괘씸하지만 이해할 수 있다는 어조로 중얼거렸다.

"뭐가?"

"저것들이 침 흘릴 만도 하다고. 잡것들."

은주의 마지막 말에 수안은 웃음을 터뜨리고 말았다.

"뭘 봐서 침을 흘릴 만하다는 거야?"

"일단 비주얼에서 먹어주잖니. 한수보다 머리통 하나는 더 커."

정말 그랬다.

한수도 작은 키라고 할 수는 없었는데 거짓말 조금 보태서 동욱이 한수보다 머리통 하나는 더 커 보였다. 그러니까 동욱은 180센티미터가 너끈히 넘는 장신이었다.

"게다가 잘생겼잖아. 내가 거품 물게 말했다시피 난 한수처럼 느끼하게 생긴 남자가 아니라 다소 투박한 스타일, 그러니까 반항기가 살짝 엿보이는 스타일을 선호하는데 어머 얘, 살짝 엿보이는 정도가 아니라 아주 줄줄 흐른다. 완전 내 스타일이야."

낮지만 흥분된 어조의 은주의 말에 수안은 자신도 모르게 고개를 돌려 동욱을 쳐다봤다.

참 신기하게도 동욱은 아주 깔끔하고 단정한 차림이었음에도 불구하고 은주 말대로 투박한 반항기를 줄줄 흘리고 있었다.

생김새 자체가 투박하거나 반항적으로 생긴 것은 아니었다. 피부도 남자치고는 꽤 깨끗했고 이목구비도 뚜렷하지만 한수처럼 너무 굵고 진한 쪽이 아니라 담백한 쪽이어서 반항적인 이미지는 거리가 먼 듯한데도 동욱은 분명 반항적인 이미지가 강했다.

아마도 그건 나이에 맞지 않게 우수가 깃들어 있는 시선과 가끔 불쑥 드러나는 불만 가득한 찡그림 같은 것 때문인 듯했다.

"너 동욱 선배가 입고 있는 옷이 얼마짜린지 아니?"

"내가 알아야 하니?"

수안이 관심 밖이라는 듯 대꾸하자 은주가 눈을 흘겼다.

"까칠하기는…… 너도 알다시피 내가 명품에 목을 매서 잘 아는데, 동욱 선배 머리부터 발끝까지 견적이 사백은 충분히 나온다."

"사백…… 사백만 원?"

수안이 깜짝 놀라서 되묻자 은주가 마치 사백만 원어치를 동욱이 아니라 자신이 걸치고 있는 듯 거만하게 미소 지었다.

"그러니까 동욱 선배는 꽤 사는 집안, 아니, 꽤꽤 사는 집안의 남정네라는 말이고 저 잡것들이 그걸 알아차렸다는 뜻이지. 어이그, 돈 냄새는 잘 맡아요. 진돗개 같은 것들."

은주가 불쾌해 죽겠다는 듯 입술을 실룩거렸다.

"진경이 저건 제낄 수 있고 지수도 제낄 수 있고…… 인영이 저것이 문젠데. 인영이 저게 호박씨 까는 데 국가대표잖아. 남자들은 왜 호박씨 까먹는 것들한테 홀랑홀랑 잘 넘어가나 몰라."

"너 인영이 아양 떠는 것 보고 호박씨라고 하는 거니?"

"당연하지. 인영이 저거 남자들 앞에서만 새 모이 먹듯 하는 거야. 나 쟤 집에 갔다가 배 터져 죽는 줄 알았다. 세숫대야에 밥 비벼 먹더라."

은주의 말에 수안이 또다시 웃음을 터뜨렸다.

"밖에서 새 모이 먹듯 했으니 집에서라도 보충을 해야지."

"그렇게 처먹고도 잘 안 찌는 것 보면 약 올라 죽겠어. 너도 약 오르지?"

"부러우면 진다."

사랑이라는 것을 몰랐을 때

수안의 대꾸에 은주가 윽 하고 낮게 이를 갈았다.

"그래 봤자 나한테는 안 될걸?"

"뭐가 안 돼?"

"나 동욱 선배하고 벌써 말 튼 관계야."

"언제 텄는데?"

"어제."

"미안하다. 내가 더 빨랐다."

"왜?"

수안의 말에 은주의 눈이 금방이라도 쏟아질 만큼 커졌다.

"너 언제 텄는데?"

"첫날."

"뭐라고?"

"인사하고 뭐 이것저것."

"흥."

은주의 표정이 의기양양해졌다.

"넌 말만 텄지? 난 스킨십도 텄다."

은주의 말에 수안이 오~ 하며 추임새를 넣어주자 은주의 표정이 더욱 거만해졌다.

"어떤 종류의 스킨십을 트셨을까?"

"선배 해병대 갔다 왔대. 것도 지원해서 갔다 왔대. 다들 군대 안 가려고 기를 쓰는 판에 말이야. 그래서 거친 남자의 냄새를 풍기나 봐. 저 어깨 좀 봐. 내가 만져 봤는데, 돌멩이처럼 딴딴해."

"스킨십이라는 게 어깨 만진 거야?"

"일단은 그렇게 시작하는 거야. 조금만 기다려. 곧 입술을 덮쳐 줄 테니."

"입술은 부드러워야 할 텐데."

"수안아, 난 거친 입술을 좋아한단다."

은주의 대꾸에 수안과 은주는 동시에 낮게 웃음을 터뜨렸다.

"그런데 어떻게 어깨를 만져 봤어?"

수안은 조금 의외였다. 언제 봤다고 얼마나 친하다고 벌써 몸까지 만져 봤다는 걸까. 그저 어깨뿐이었다 하더라도 말이다.

"만져 봐도 되겠냐고 물었지."

"그랬더니?"

"만져 보래. 정말 돌멩이 같아. 아, 저 넓고 단단한 가슴에 확 안겨봤으면."

"가슴도 만져 봤어?"

"아니."

"그런데 단단한 줄 어떻게 알아?"

"어깨가 저렇게 단단한데 가슴은 보나마나지. 가슴도 만져 본다고 할걸. 아니, 이왕이면 으스러져라 날 좀 안아달라고 할걸. 콧구멍이 콱 막혀도 좋으니까."

"고팠어……."

수안의 말에 은주가 응 하고 백날을 굶은 표정을 지어 보였다.

"오늘 저녁에 우리 뭉치기로 했어."

"누구?"

"동기들하고 복학생 선배들이 술 한잔하기로 했어. 너도 와라."

"나는 과외 가야 해."

"늦게까지 있을 텐데 뭐. 하고 와. 금요일은 애 하나라면서."

"안 될 것 같아. 늦게 들어가면 속이 시끄럽거든."

"아직도 방 못 구했어?"

은주가 걱정스레 물었다.

"구하긴 했어. 그런데 지금 살고 있는 사람들이 이번 달 말에 나간대. 그때까진 별수 없지 뭐."

"작은아버지한테 말했어?"

"아직."

"할머니한텐?"

"오늘 말하려고."

"……금방 보내줄게. 잠깐이라도 와."

"술 냄새 풍기면서 들어가고 싶지 않아서 그래."

"요즘 대학생들이 술 한 잔 못 마시는 사람이 어디 있냐? 네 사촌 동생은 새벽 두 시 반에 들어와서 마룻바닥에 토한 적도 있다면서."

"걘 딸이고 난 조카잖니."

"딸은 되고 조카는 안 된다고?"

"그렇더라고."

수안이 골치 아픈 표정을 짓자 은주가 입을 실룩거렸다. 마치 수안을 대신해 작은아버지와 작은어머니를 향해 이죽거리는 듯이.

"성질나, 진짜. 무조건 와. 동욱 선배도 오고 한수도 오고 하여튼 다 모이기로 했어."

동욱이든 한수든 그 누가 와도 수안에겐 맘 놓고 놀고 즐길 수 있는 시간도 환경도 못 됐다.

"어려울 것 같다."

수안은 스스로 측은해지지 않기 위해 밝은 목소리로 말했지만 수안의 가슴은 외풍이 스미는 듯 쓸쓸했다.

"간만에 스트레스 한 번 풀자."

"나도 그러고 싶지."

"작은아버지 뭐라 하시면 내가 대신 싸워줄게. 살다 살다 그렇게 이상한 사람들은 처음 봐. 뭐 그런 사람들이 다 있냐?"

씩씩거리는 은주에게 수안이 시무룩하게 미소 짓자 은주가 괜한 소리를 지껄였다는 생각에 얼른 표정을 바꾸고 수안의 손을 잡으며 미안, 하고 사과했다.

"미안하긴 뭐가."

"기분 나빴어?"

"아니야."

"널 너무 잘 아니까 안타까워서 그랬어. 너 내가 그런 얘기하는 거 안 좋아하는데 또 잊어버렸다. 기분 나빴다면 사과할게. 용서해 줘."

"됐어, 야. 계속 그러면 정말 기분 나빠."

"알았어."

은주가 다시 한 번 수안의 손을 꼭 잡는 것으로 미안함을 전했다.

수안은 은주가 걱정해서, 친구인 수안을 좋아하기 때문에 하는 말인 줄 알고 있었다. 그런데 수안은 그게 조금 불편했다.

자신을 대신해서 흉을 보고 욕을 해주는 친구가 있다는 것은 참 고마운 일이었지만 한편으로는 자신의 처지에 대해 은주에게 털어놓은 것이 후회될 때가 있었다. 요즘 부쩍 차라리 아무 말도 하지 않았더라면, 차라리 아예 독립을 한 후에 마음 편하게 술 한잔하면서 지금껏 어떻게 살아왔는지 털어놓는 것이 더 좋았을 텐데 하는 후회가 들었다.

은주가 입이 가볍거나 해서 남에게 알려지지 말았으면 하는 수안의 비밀 아닌 비밀을 떠벌리고 다닐 친구는 아니었지만 은주는 수안이 자신의 처지에 대해 털어놓고 난 후부터 오늘처럼 모임에 참석하지 못하거나 어떤 친구의 생일이어서 가볍게 파티를 하거나 혹은 별 뜻 없이 친구들끼리 뭉쳐서 재미나게 놀고 싶을 때 수안이 집안 사정 때문에 번번이 빠질 수밖에 없게 되면 어김없이 작은아버지 가족들을 향해 불편한 소리들을 내뱉었다.

물론 그것은 은주가 단짝 친구인 수안을 사랑하기 때문에 수안을 대신해 터뜨리는 분통이었지만 어느 순간 수안은 그것마저도 불편해지고 말았다.

그것은 작은아버지 가족에 대한 애정이나 애증 때문이 아니라 은주의 푸념으로 인해 자신의 삶이 몹시도 고달프다는 것을 다시 한 번 확인받는 기분이 들었기 때문이다. 누가 말해주지 않아도 충분히 고달프고 힘겨운데 마치 확인사살을 당하는 듯한 괴로움.

처음 수안이 자신의 처지에 대해 은주에게 털어놓았을 때 은주가 도저히 믿지 못하겠다고 했을 정도로 고생이라고는 손톱만큼도 한 적이 없어 보일 만큼 도도하면서도 깨끗하고 단아한 수안의 가슴은 온갖 종류의 생채기들로 가득했다.

갈라졌다가 아물고 찢어졌다가 아물기를 수십, 수백 번. 수안의 가슴속에는 이제는 웬만해서는 아프지도 않을 만큼 딱딱하고 두꺼운 굳은살이 단단히 박혀 있을 만큼 수안은 참 힘든 생활을 견뎌내고 있었다.

동생과 함께 작은아버지 집에서 독립하기 위해 하루도 쉬지 못하고 과외를 하고 신문을 돌리고 있는 스스로의 처지가 스스로도 안쓰럽고 부끄럽고 힘겨워 죽을 것 같은데, 이렇게 가끔 확인사살을 당할 때에는 그렇게 괴로울 수가 없었다. 그래서 후회스러웠다. 아무 말도 하지 말걸. 지금껏 잘 참았는데 조금 더 참을 걸 하고.

그러다 수안은 별안간 화도 나고 오기도 났다. 꼭 은주를 향해서라기보다는 작은아버지 가족부터 오래전에 하늘나라로 가신 부모님한테까지.

지금껏 말썽 한번 피우지 않고 하라는 대로 하면서 죽은 듯 살았는데 틈만 나면 밟지 못해 안달인 작은어머니와 가시려거든 데리고 가시지 어린 남매만 남겨두고 먼 길 가버리신 부모님이 야속해서 화가 났다.

그래서 홧김에 결심했다. 까짓것 하루 놀자고.

"그래, 놀자."

수안의 말에 은주가 깜짝 놀라 수안을 쳐다봤다.

"정말?"

"12시까지만."

"더 눌러앉으려고 해도 내가 쫓아줄게."

"좋아."

수안이 활짝 웃었다.


수안은 학생이 잘못 푼 수학 문제를 풀이해 주면서 은근히 조바심을 내고 있었다. 과외가 끝날 시간이 가까워질수록 조바심은 더욱 강하고 급해졌다.

수안은 지금껏 과외교습을 하는 동안엔 시계를 보는 법이 없었다. 가르치는 것에 열중하기 위해서였다. 그런데 오늘은 조바심에 몇 번이나 시간을 확인했다.

모임 때문이었다. 오랜만에 용기를 내서 제대로 놀아보겠다고 작정을 하고 보니 1분 1초라도 더 즐기고 싶은 생각에 모든 신경이 온통 모임에 향해 있었다.

정말 얼마 만에 놀아보는 것인지.

작은아버지 댁에서 얹혀살다 보니 눈칫밥에 천덕꾸러기라 어릴 때는 물론이고 대학생이 된 지금까지 놀고 싶어도 맘 놓고 놀아본 적이 없었다.

조카가 좋은 대학에 합격했으면 축하는 못해줄망정 좋은 대학에 합격한 것이 약이 올라 볶아대고 수석입학이니 등록금 댈 걱정도 없으면서 학비는 직접 벌어 쓰라며 초장에 기를 죽이더니 신입생 오리엔테이션 때문에 자정이 넘어 들어갔더니 대학생이 되자마자 날라리가 됐다며 밤 꼬박 새워 폭언을 퍼부어댔었다.

선배가 주는 술 넙죽넙죽 받아 마신 것이 죄라면 죄였다. 하지만 수안에게도 변명거리는 충분했다.

그날은 오리엔테이션 날이었다.

선배와 신입생이 공식적으로 인사하는 날. 비공식적으로 퍼마시는 날.

수안은 신입생이었고 신입생이다 보니 또 선배와 직접 대면하는 첫날이다 보니 선배가 주면 무조건 받아 마셔야 했다. 감히 거절은 상상도 할 수 없는 분위기였다.

솔직히 어떤 방법으로든 거절할 수도 있었겠지만 수안은 강압적인 분위기도 한몫했고 또 그날은 작정하고 받아 마신 부분도 있었다.

술이라는 것을 마셔본 것이 그날이 처음이었지만 체질이 술이 잘 받는 체질인지 긴장을 한 탓인지 꿀꺽꿀꺽 받아 마셨고 놀랍게도 뱃속에 술이 들어가자 터지고 부서질 것 같은 기분이 한결 좋아졌다.

수안은 그 기분을 더 많이 느끼고 싶었다. 갑자기 울컥하고 눈물이 터질 것도 같고 그러다 갑자기 막 행복해지고 피식피식 웃음도 터지는 이상한 기분을 더 많이 더 오래 느끼고 싶었다. 그래서 단 한 잔도 거절하지 않고 너무 마셔서 힘들다는 내색도 하지 않고 주는 대로 모두 받아 마셨다. 하루 만에 주당이라는 별명이 붙을 만큼 말이다. 물론 1학년이 끝나기 전에 주당에서 사포로 별명이 바뀌었지만.

꽤나 마셨는데도 놀랍도록 멀쩡했고 그래서 누구처럼 테이블 옆에 토하지도 않고 누구처럼 화장실 바닥에 쓰러지지도 않고 또 누구처럼 업혀 나가지도 않은 채 무사히 집으로 돌아왔다.

어떤 실수도 하지 않고 그저 술 냄새를 조금 많이 풍기며 돌아왔을 뿐인데 그것이 잔뜩 꼬인 작은어머니의 심경을 건드린 것이다.

사실 작은어머니가 수안을 잠도 못 자게 하며 괴롭힌 이유는 따로 있었다. 수안은 원하던 대학에 단박에 덜컥 합격했는데 그것도 수석으로 합격했는데, 사촌 오빠 그러니까 작은어머니의 아들은 삼수째에도 떨어지고 만 것이다.

작은어머니의 악랄한 구박이 극에 달한 것은 그때부터였다. 합격자 발표가 있던 바로 그날부터.

누구는 삼수째에도 똑 떨어져서 낯부끄러워 바깥출입도 못할 지경인데 누구는 수석합격에 오리엔테이션이라며 술까지 마시고 들어왔으니 작은어머니 보기에 오죽 꼴사나웠을까.

세상이 갈수록 험해지는데 밤길을 다니면 어떻게 하냐고 시작된 잔소리가 결국 끝에는 수안이 자신의 아들 성국의 앞길을 막아 성국이 대학에 떨어진 거라며 모든 탓을 수안에게 뒤집어 씌웠다.

차근차근 생각해 보면 앞뒤가 하나도 맞지 않는 억지도 그런 억지가 없었지만 수안은 감히 한마디도 반박할 수가 없었다. 그 길로 쫓겨날 것 같았고 그때는 그 길로 쫓겨나면 갈 곳이 없었기 때문이다.

정말 학을 뗄 만큼 밤을 새워 욕을 먹는 바람에 수안은 그 후로 모임에는 참석하지 않았다. 아니, 참석할 엄두를 내지 못했다. 차라리 선배나 동기들에게 욕을 먹는 것이 낫지 작은어머니에게 욕먹는 것은 정말 못할 짓이었기 때문이다. 그 흔한 MT도 한 번 못 갔을 정도니 수안의 삶은 무슨 옥살이하는 것이나 다름없었다.

그 정도로 놀거나 쉬는 것과는 거리가 먼 수안의 삶이었기에 오늘 모임은 유독 특별하게 느껴졌다. 보나마나 잔소리를 넘어선 폭언이 뒤따르겠지만 그 폭언을 무릅쓰고서라도 놀겠다고 작정했으니 단순히 모임이라고 하기엔 수안에게 의미가 컸다. 그 작고 보잘것없는 모임이 말이다.

눈과 손은 수학문제집 위에 있으면서도 마음과 신경은 온통 은주와 친구들이 어울려 신나게 놀고 있을 술자리에 쏠려 있었다. 얼마나 재미난 수다들을 떨고 있을지, 얼마나 맛난 안주들을 먹고 있을지, 시원한 맥주 한잔 들이켰으면…… 기분이 붕 떠서 수학 문제가 눈에 들어오지 않을 정도였다.

'집중하자, 제발.'

그렇게 마음을 다잡았지만 한번 바람이 들어와 쓸고 지나간 정신은 여간해선 가라앉질 않았다.

시간은 별나게 느린 것 같고 오늘따라 가르치는 것도 너무너무 재미없었다.

"바쁜 일이 있으세요?"

공부는 못하지만 눈치 하나는 빠른 학생이었다. 고작 시계 몇 번 봤을 뿐인데 수안이 다른 날과는 다르다는 걸 귀신처럼 알아챘다.

"아니야."

"오늘은 선생님 표정이 조금 달라 보이네요."

"그러니?"

수안은 잡생각에 흔들리고 있었다는 것을 아이한테 들킨 것 같아 조금 창피하고 미안했다.

"20분 남았는데, 그만 하면 안 될까요?"

"집중이 안 되니?"

"쉬고 싶어서요. 제발 20분만 쉬게 해주세요. 선생님 가시고 30분 쉬다가 저 또 물리 선생님하고 두 시간 동안 씨름해야 해요."

"20분 동안 뭐 하고 싶니?"

"자고 싶어요."

학생의 대답에 수안은 잠깐 동안 아무 말도 하지 않고 학생을 바라보다 가만히 고개를 끄덕였다.

"그래, 자라. 시간 되면 내가 깨워줄게. 널 깨우는 것도 미안하지만 말이야."

"죄송해요. 엄마한텐 말하지 말아주세요."

"말할 수 없지. 나도 공범인걸."

수안의 말에 아이는 씩 웃은 후 거짓말처럼 순식간에 잠 속으로 빠져들었다.

침대에 눕지도 않고 불편하게 책상에 엎드린 채 금방 잠이 든 아이의 얼굴을 바라보던 수안은 문득 소원이 '꼭 하루만 다른 것 아무것도 하지 않고 잠만 잤으면' 했던 때를 떠올랐다.

수안은 초등학교 6학년 겨울방학 때부터 신문을 돌리기 시작했다. 지금은 이골이 나서 저절로 눈이 떠지지만 중학교 다닐 땐 3년 내내 새벽에 일어나는 게 누가 목을 조르고 있는 것처럼 힘들고 서러웠다.

"수안아, 일어나야지."

가여움에 목이 메는 목소리로 할머니가 새벽마다 깨우셨고, 할머니의 목소리를 들을 때마다 수안은 울컥울컥 서럽고 부모님이 원망스러워 차라리 나도 같이 죽어버렸으면 얼마나 좋았을까 하고 생각했었다. 그랬다면 이 고생을 하지 않아도 될 텐데 하면서 말이다.

수안이 신문을 돌리기 시작한 건 작은어머니 때문이었다.

작은어머니는 신문이라도 돌려서 생계에 보태라고 한 적은 한 번도 없었지만 작은어머니는 열세 살 어린 수안이 신문이라도 돌리지 않으면 가만 놔두지 않을 것처럼 잠시도 잔소리를 입에서 떼어놓지 않았었고 그래서 수안은 눈물을 삼키며 신문배달부가 됐었다.

그때 소원이, 딱 하루만이라도 24시간을 한 번도 깨지 않고 잠만 잤으면 하는 것이었다. 아무것도 먹지 않아도 좋았다. 물 한 모금 주지 않아도 좋았다. 그저 잠만 실컷 자게 해주었으면……

정말 그땐 소원이 잠을 자는 거였다. 꼭 하루만, 이틀도 아니고 꼭 하루만.

"이 양반이 지금 정신이 있는 거야, 없는 거야? 뭐, 수안이 중학교 등록금을 내야 된다고? 미쳤어? 그걸 지금 말이라고 해? 당신, 어디 말 좀 해봐. 당신이 나한테 해준 게 뭐가 있어? 당신이 내 머리에 면사포를 씌워줬어, 하다못해 금가락지를 끼워줬어? 처음부터 지금까지 끼니나 제대로 챙겼으면 몰라. 사업인지 뭔지 한답시고 허구한 날 남한테 돈이나 꾸러 다니고, 꾼 돈 못 갚아 빚쟁이들 찾아오게 만들고. 그것도 모자라 어머니에 조카 연놈까지 나한테 떠맡겨 놓고 이젠 등록금까지 해줘야 한다고? 난 더는 못하니까 당신 어머니하고 수안이 다른 데로 보내. 세금 낼 돈도 없는데 수안이 중학교 등록금을 내줘야 한다고?"

수안이 중학교에 입학하기 한 달 전쯤이었다. 화장실에 다녀오던 길에 악에 받쳐 펄펄 뛰는 작은어머니의 목소리가 들렸고, 수안은 오금이 저려오는 것을 느끼며 방으로 들어와 그대로 이불 속에서 얼어붙어 버렸다.

작은어머니가 처음부터 저렇게 드셌는지, 아니면 능력없이 일만 크게 벌이는 작은아버지 때문에 저렇게 변한 것인지는 모르지만 작은어머니는 그런 식으로 조카 연놈 운운하며 수안의 가슴을 아프게 한 적이 한두 번이 아니었다. 한두 번이 아니라는 표현은 점잖은 것이고, 작은어머니의 푸념의 대상이 수안이었고, 푸념의 주된 레퍼토리가 바로 팔자에도 없는 조카 연놈 키우기였다.

"그러면 어떻게 하나? 요즘 중학교도 안 보내는 애들이 어디 있어? 저 아일 그럼 어떻게 하느냐고?"

"나도 몰라. 다른 데 보내든지 말든지 알아서 해."

"다른 데라니? 어딜 보내라는 거야? 하나밖에 없는 형님도 돌아가셨고, 앨 어딜 보내라는 거야."

작은아버지는 이제 따지지도 화를 낼 기운도 없다는 듯이 힘없는 목소리로 사정하듯 중얼거렸다.

"어딜 보내든 난 더 이상 쟤 책임 못 지니까 당신이 알아서 해."

"내가 작은아버진데, 작은아버지가 버젓이 살아 있는데 내다 버리란 말이야?"

"누가 내다 버리래?"

"그럼 뭐야?"

"이모 있잖아. 이모한테 보내면 될 것 아니야."

그놈의 이모 소리. 이모가 형편만 됐다면 진작 수안과 정현을 거두었을 것이다. 새벽부터 낮까지는 고등학교 앞 분식집에서 일하고 저녁부터 자정까지는 갈비집에서 일하면서도 방 한 칸이라도 누울 자리가 있었다면 틀림없이 수안과 정현을 거두었을 것이다.

요즘 세상에 방 한 칸 없이 사는 사람이 어디 있냐고 하겠지만 있었다. 이모가 그랬다. 갈비집이 문을 닫으면 주방 옆에 붙은 손바닥만 한 창고 방에서 새우잠을 자는 처지라 수안을 데려가고 싶어도 데려갈 수가 없었다.

이모는 또 어쩌다가 방 한 칸도 없이 일하는 갈비집에서 눈치잠을 자게 되었는지는 말해서 무엇 할까. 언젯적인지는 몰라도 분명히 이모부가 있었는데 어떤 사정으로 아이도 낳기 전에 혼자 몸이 돼서는 여태 지지리 고생이었다.

그 원수 같은 놈만 아니면…… 이라는 소리를 입에 달고 사는 것을 보면 한때 남편이었던 사람이 이모를 저 지경으로 만들어 놓은 모양인데 어쨌거나 이모는 수안과 정현을 돌볼 사정이 못 되었고 수안과 정현이 작은아버지 집에서 온갖 구박에 시달리고 있다는 것을 눈치 챌 때마다 울기만 했었다.

"수안이 이모가 사정이 안 좋다는 거 알면서 왜 이러나, 이 사람이."

"그럼 고아원에 보내든지."

고아원.

수안은 고아원이란 말에 온몸에서 기운이 빠져나가는 듯한 아찔함을 느꼈다.

"고아원이라니?"

작은아버지의 언성이 높아졌다.

"부모가 죽었는데, 그럼 고아지 달리 고아야?"

작은어머니가 표독스럽게, 한기가 뚝뚝 묻어나는 목소리로 내뱉었다.

다음날 수안은 두 정거장쯤 떨어진 부자 동네의 신문지국을 찾아가 신문배달부가 됐다. 그리고 정말 어쩔 수 없이 이모가 일하는 갈비집으로 찾아가 중학교 첫 번째 공납금을 부탁했고 이모는 어떻게 마련했는지는 몰라도 이틀 뒤 수안의 손에 공납금을 쥐어주었다. 중학교 입학 축하금 만 원과 함께.

수안이 이모가 첫 번째 공납금을 해결해 주었고 신문을 돌려

사랑이라는 것을 몰랐을 때 49

다음 공납금을 마련하겠다고 하자 작은아버지는 한숨만 내쉬었다. 하지만 작은어머니는 조금도 미안해하는 것 같지 않았다. 첫마디가 '얼마 준다냐?' 였으니까.

신문배달꾼이 된 수안은 불과 두 정거장 거리에 별세상과 같은 부자 동네가 있다는 것에 충격을 받았었다.

그때까지만 해도 너무도 순수하고 어쩌면 바보 같았던 수안은 이 세상 사람은 모두 다 적당히 어렵고 힘들게 사는 줄 알았기 때문이다. 잘산다고 해봤자 별 차이가 없는 줄 알았다.

하지만 부자 동네에서 신문을 돌리게 되면서 수안은 이 세상 사람 모두가 적당히 어렵고 힘들게 사는 것은 아니라는 것을 알게 됐다.

어디서 끝나는지 모를 만큼 길고 높은 담벼락. 그리고 즐비한 고급 승용차들.

수안은 생각했다. 이런 부자 동네에서 신문을 돌리게 됐으니 이젠 작은어머니가 나를 고아원에 보낸다는 말은 하지 않았으면 좋겠다고. 그리고 언젠가는 이렇게 좋은 동네에서, 좋은 집에서 살았으면 좋겠다고.

하지만 수안은 중학교를 졸업하기도 전에 신문을 돌려서는 백 년이 지나도 그렇게 좋은 집에서 살 수 없다는 뼈아픈 사실을 알게 되었다.

"어, 수안아!"

은주가 먼저 반갑게 아는 척을 하며 손을 흔들자 모임에 있던 사람들이 일제히 수안에게 아는 척을 했다.

"우리 수안이 왔구나."

수안이 다가가자 한수가 벌떡 일어나며 수안의 손을 덥석 잡았다.

길거리 캐스팅 후로 태도가 상당히 바뀐 한수가 '우리 수안이'라고 하며 손까지 잡는 것으로 보아 어지간히 취한 것 같았다.

"우리 수안이?"

은주가 입술을 실룩거리며 한수의 옆구리를 쳤고, 한수는 과장된 몸짓으로 비틀거리는 척하다가 수안의 손을 잡고 자기 옆자리에 앉혔다.

"왜 이렇게 늦었어?"

한수는 수안의 어깨에 팔을 두르고는 혀가 상당히 많이 풀린 발음으로 물었다. 한수는 평상시와는 달리 취하면 이상하게 끈적거리고 느끼하게 구는 버릇이 있었다.

"내가 얼마나 기다렸는지 알아? 목이 다 늘어났잖아. 만져 봐, 목으로 새끼 꼬게 생겼다."

"진짜 꽈버리고 싶네."

수안의 대꾸에 은주가 낮게 웃음을 터뜨렸다.

"만져 보라니까."

한수는 수안의 손을 잡고 자신의 목에다 비벼댔고 수안은 그런 한수를 밀어내며 손을 거둬들였다.

"자식아! 너 선배님들 보는 앞에서 그렇게 티를 내야겠냐? 자식이 빠져 가지고."

철호가 한수를 나무랐지만 화가 났거나 싫은 목소리는 아니었다. 한수가 취해서 하는 짓을 그냥 귀엽게 보고 있는 것 같았다.

"저녁은?"

은주가 종업원이 가져온 수저를 챙겨주며 물었다.

"배고파."

"얼른 먹어."

은주가 술안주들 중에 요기가 될 만한 것들을 잘 추려 수안의 앞으로 당겨주었고 수안은 고맙다고 속삭인 후 일단 주린 배부터 채우기 시작했다.

"선배님도 말씀 좀 해주세요. 우리 정말 잘 어울리지 않습니까?"

"그래, 어울린다. 끝내주게 어울린다."

철호가 맞장구를 쳐주자 한수는 다시 수안의 어깨에 팔을 둘렀다.

"그런데 우리 매정한 수안인 나를 신다 버린 헌신짝처럼 취급한다니깐요."

"무겁다."

수안은 자신의 어깨를 감싸 쥔 한수의 팔을 내려놓으며 그가 떠드는 소리엔 관심없다는 듯이 은주를 쳐다봤다.
"많이 마셨니?"
"아니, 난 오늘 입에도 안 댔어."
은주가 수안에게로 몸을 기울이며 속삭였다.
"왜?"
"동욱 선배가 별로 마시지 않아서 말이야. 취하고 싶지 않은 모양이야."
"선배가 안 마신다고 너도 안 마셔?"
은주는 웬만한 남자들 뺨치게 잘 마시고 잘 놀았다. 그런 은주가 오늘은 술을 한 방울도 입에 대지 않았다니, 그건 정말 놀라운 일이었다.
"선배가 멀쩡한데, 내가 비틀거리면 추하잖니."
은주는 마치 동욱과 연인이라도 되는 듯이 말했고, 수안은 그냥 웃고 말았다.
"그리고 저 잡것들이 어찌나 백여우처럼 구는지 정신 바짝 차리고 있어야 해. 인영이 봐라. 작업 화려하다."
은주의 말에 수안이 은주 맞은편에 앉아 있는 인영을 쳐다보자 과연 인영은 은주의 표현대로 백여우처럼 동욱에게 작업을 걸고 있었다. 청순가련한 여인네의 낯을 하고.
수안은 재빨리 동욱의 얼굴도 살폈다. 청순가련 인영의 작업에 홀랑 넘어갔는지 어떤지는 모르겠지만 동욱은 인영과의 대화에 대단히 집중하고 있었다.

"무슨 잡초 뜯어먹는 소리를 하는지 모르겠지만 동욱 선배를 놓아주질 않는다. 아우 잡것."

"너도 말 시켜보지 그랬어."

"내가 인영이하고 똑같이 싸게 굴어야겠니?"

"넌 어떻게 비싸게 굴었는데?"

"도도한 척 안주발 세우고 있었지."

"훌륭하다. 그거 아무나 못한다. 고단수야."

수안의 장난기 섞인 칭찬에 은주가 킥킥거렸다.

"들어와서부터 지금까지 인영이가 동욱 선배 독차지해서 줄곧 붙어 앉아 저러고 있다. 선배 술 두 잔 마셨는데, 그거 다 인영이가 따라준 거야. 지수하고 진경이 봐라. 저것들 표정도 볼 만하다. 아주 인영이 쏴 죽일 눈빛이야."

수안이 돈가스 안주를 먹으며 지수와 진경을 살펴보자 쏴 죽일 정도는 아니지만 분명히 꽤 사나워 보였다.

"수안아!"

갑자기 한수가 버럭 수안을 외쳐 부르는 바람에 수안을 비롯해 모임에 참석한 사람들이 깜짝 놀라 한수를 쳐다봤다. 살짝 눈살을 찌푸린 채로.

"제발 내 사랑 좀 받아주라."

한수가 빽 소리를 질렀고, 그 바람에 다른 자리에 있는 사람들의 시선마저 한수에게로 쏠렸다.

"그냥 네가 갖고 있어."

수안의 무덤덤한 대꾸에 은주와 철호가 웃음을 터뜨리자 한수가 서운한 얼굴을 수안에게 바짝 들이댔다.

"나 몹시 슬프다, 수안아."

"난 몹시 배고프다, 한수야."

수안의 대답에 한수가 옆구리를 찔린 듯 웃음을 터뜨렸다.

"취중진담이란 말도 모르냐? 취중엔 진담만 말한다, 그 뜻이지. 나, 농담 아니야. 2년을 기다렸는데, 아직도 더 기다리란 말이야?"

"김한수, 너 정말 지겹다. 어쩜 술 마실 때마다 이러니? 그만해라."

수안을 대신해 은주가 쏘아붙였다.

술에 쓸개를 빠뜨린 한수는 은주가 뭐라고 하건 또다시 웃음만 터뜨렸다.

"잡것."

수안이 은주의 18번을 흉내 내며 혼잣말로 중얼거리자 은주가 푹 하고 낮게 웃었다.

"수안아, 이리 와봐."

한수가 수안의 손목을 움켜잡고 끌어당기려는데 수안이 한수의 손을 쌀쌀맞게 쳐냈다.

"나 먹을 때 예민해지는 여자야. 배 좀 불리자."

"우리 예민한 여자 수안이, 내가 한 방에 열 달 동안 배부르게 해줄까? 내가 힘은 좀 쓰는데. 요즘 남자의 맛이 그립지 않냐?"

한수의 질척한 농담이 끝나는 순간 수안과 은주의 면도날처럼 날카로운 눈빛이 한수의 얼굴에 꽂혔다.

수안과 은주뿐이 아니었다. 자리에 있던 다른 여학생들의 곱지 않은 시선도 일제히 한수에게 향해 있었고 그런 농담을 대수롭지 않게 여기는 철호와 몇몇의 남자들을 제외하고 남은 남자들의 표정도 찌푸려져 있었다. 얼굴을 찌푸린 남자들 중에는 동욱도 끼어 있었다.

"김한수, 넌 매 맛이 그리운 모양이다?"

수안의 목소리는 그 어느 때보다도 날카롭고 차가웠다.

"농담이잖아."

"그따위 낮잡은 농지거리 풀다가 몰매 맞은 애들 여럿 봤다."

수안은 사포라는 별명답게 낮지만 매섭게 쏘아붙였다.

"우리 수안이 열받았네."

"진짜 재수없어."

수안은 한수의 이런 성격이 정말 싫었다. 제아무리 다른 별에서 태어나 지구로 이주해 온 것처럼 빼어나게 잘생겼다 하더라도 수안에게는 저 수려한 외모가 아무짝에도 쓸모가 없는 이유는 바로 저것 때문이었다.

백번을 죽었다 깨도 한수와는 절대 통할 수 없는 이유, 사람 잔뜩 열받게 해놓고 취했다는 이유로 어물쩍 별일 아닌 것처럼 넘어가려는 얕은 수작 말이다.

질 낮은 성적 농담 던져 놓고 친구 사이엔 이 정도는 얼마든지 주고받을 수 있다는 얄팍한 사상.

물론 친구 사이에는 다소 질이 낮은 농담도 얼마든지 주고받을 수 있었다. 하지만 아무리 친해도 성적 농담은 아니올시다였다. 왜냐하면 그런 질 낮은 성적 농담은 연인이나 부부 사이에서만 가능한 농담이라고 생각했기 때문이다. 그리고 아무리 친하더라도 저런 농담을 한번 받아주기 시작하면 갈수록 강도가 더욱 심해질 것이 뻔했다.

듣기에 좋지 않고 불쾌한 얘기라면 이렇게 초장에 확실하게 입장을 밝히는 것이 나중을 위해 더 좋았다.

"한수 너 실수했다."

그렇게 말한 사람은 동욱이었다.

동욱의 말에 동욱을 해바라기하던 여학생들의 눈길이 이번엔 일제히 동욱에게 향했다. 유일하게 수안만이 아직도 한수에게서 눈을 떼지 못하고 태워 죽일 듯이 노려보고 있었다.

"옙! 선배님, 한 잔 드시지요."

한수가 늘어지게 좋은 넉살을 드러내며 동욱의 잔에 술을 따라주었지만 동욱은 한수가 채워준 잔을 받아 들지 않았다.

수안은 일단 잠깐이라도 머릿속을 환기시킬 필요가 있다고 생각해 자리에서 일어났다.

"어디 가?"

은주가 걱정스레 물었다.

"화장실 갔다 올게."

부글부글 속에서는 화가 치밀어 올랐지만 여기서 더 퍼부어 대면 분위기만 망칠 것이고 아무리 사포라는 별명을 가진 수안이더라도 지금은 꾹 눌러 참아야 했다.

화장실 안에서 일부러 시간을 끌며 목구멍까지 차오른 화를 누르던 수안은 아무래도 괜히 왔다는 생각에 분위기 봐서 적당할 때 먼저 빠져나가야겠다고 생각하며 화장실에서 나오는데 한수가 화장실 문 앞에 버티고 서 있는 것이 보였다.

"화났어?"

술이 조금 깼는지 능글거리는 미소 대신 다소 미안해하는 듯한 표정으로 물었다. 하지만 수안은 미안해하는 미소조차도 가식적으로 느껴져 볼일 없다는 듯 쌀쌀맞게 한수를 지나치려는데 한수가 대뜸 수안을 붙들더니 곧바로 주점 밖으로 끌고 나왔다.

화장실은 하필 출입문 근처에 있었고 수안은 한수의 힘을 당해내지 못해 끌려나오고 만 것이다.

주점은 지하층이 없는 4층짜리 건물 1층이었는데 주점이 있는 건물 바로 옆에 똑같은 4층짜리 건물이 있었다. 건물과 건물 사이에는 쓰레기나 잡동사니들이 쌓여 있는 좁고 끝이 막힌 골목이 있었는데—골목이라기보다는 공간에 가까웠다—한수는 수안을 그곳으로 끌고 갔다.

이 좁은 공간에는 빛이 거의 닿지 않는데다가 어떤 용도로 쓰이는지 잘 알고 있었기에 수안은 덜컥 겁이 났다.

이곳은 주점 손님이나 2층에 있는 당구장 손님들 혹은 건물 앞을 지나치는 나그네들이 상점 주인들이 의기상투해 잡인들의 출입을 막기 위해 매달아놓은 자물쇠 끄르기가 귀찮아 손쉽게 소변을 보고 가는 장소였다.

여기서 얼마나 많은 사람들이 마음 놓고 그 짓을 했으면 참다못한 건물주가 '오줌 누다 걸리면 끝장'이라는 문구와 함께 풋고추를 가위로 싹둑 자르는 그림을 그린 푯말까지 붙여놓았을 만큼 굉장히 지저분한 용도로 사용되는 구역이었다.

한수는 추잡하게도 오줌 누다 급소가 잘릴 수도 있는 아주 지저분한 곳으로 수안을 끌고 온 것이다.

"너. 여긴 왜 온 거야?"

"한적하잖아."

"난 한적한 데 싫거든?"

수안이 한수를 제치고 가려는데 한수가 또 냉큼 붙들었다.

"취해서 실수했다. 조용히 사과하고 싶어서 그래."

수안은 한수의 사과를 금방 받아들이지 않고 여전히 꼬인 눈길로 쳐다보고 있었다.

"사과할게."

"밝은 데서 해. 넌 무슨 사과를 이렇게 더러운 데서 하니?"

"다른 사람한테 방해받기 싫어서."

말이나 못하면.

"난 여기 무섭고 더러워서 싫으니까 나갈 거야."

수안이 쾌쾌하고 노린내가 진동하는 골목을 빠져나가려는데 한수가 수안의 앞을 가로막았다.

"내가 있는데 뭐가 무서워?"

한수의 말에 수안은 어이가 없어서 웃고 말았다.

"더럽다고."

"보고 싶었다."

이건 또 무슨 수작인지.

"방학 동안 많이 보고 싶었다고."

"그래서? 네가 나 보고 싶었다고 하면 감격해야 해?"

수안이 호전적으로 되묻자 한수가 무안한 듯 픽 웃더니 다시 입을 열었다.

"넌 나 안 보고 싶었니?"

"응."

보고 싶지 않았다. 요만큼도. 정말 요만큼도 보고 싶지 않고 궁금하지도 않았다.

"수안이 너 너무 매정해."

"알아."

"내가 너 많이 좋아한다는 거 알면서 끝까지 모른 척할 거야?"

한수가 이번엔 제법 불쾌한 어조로 말했다. 이렇게까지 꼭 남자 자존심을 짓밟아야 하는 것이냐 뭐 이런 뜻의 불쾌한 표정.

김한수, 갈수록 태산이었다.

"내가 너 좋아하는 거 몰라?"

"그럼 리듬 체조한다는 친구는 그냥 자는 사이니?"

수안의 갑작스러운 질문에 한수가 당황하며 수안을 쳐다봤다.

"누가, 누가 그런 말도 안 되는 소릴 한 거야?"

"말 되는 소리야. 너 저 구석에 있는 무진장 모텔에서 걔랑 나오는 거 은주랑 같이 봤거든. 너 무진장 좋아라 하더라."

수안의 말에 한수의 얼굴이 빨간 잉크를 뿌린 것처럼 새빨개졌다. 얼굴뿐이 아니라 귓불까지 불이 붙은 듯 빨개졌다.

"넌…… 몸 따로 마음 따로 입 따로 즐기니? 그거 굉장히 어려운 기술인데 훌륭하다."

수안이 잔뜩 비꼬자 할 말이 없을 만큼 민망해진 한수가 두 손으로 빨개진 얼굴을 쓸어내렸다.

"쪽팔려서……."

"좋아한다는 말 아무리 해도 아는 척 안 할 거니까 그만 해, 이제."

"수안아, 그건 잠깐 실수한 거야."

이런 돼먹잖은 자식.

"실수라고? 너 그 정도밖에 안 되니? 하룻밤이라도 같이 잔 여잔데 어떻게 그렇게 예의가 없어?"

"내 말은 걔도 심각하게 생각하지 않고 즐긴 거야."

"걘 즐기고 넌 실수구나?"

"나도 뭐…… 어느 정도는 즐겼다고 할 수도 있지……."

말꼬투리가 잡히자 한수가 말끝을 흐렸다.

"하여튼 내 대답은 싫어야. 어디라고 감히! 싫어!"

수안이 단호한 어조로 말하고 돌아서는데 갑자기 한수가 수안의 어깨를 부여잡고 벽으로 밀어붙이더니 순식간에 큰 키와 넓은 몸뚱이로 수안을 가로막고 옴짝달싹 못하게 가두어 버렸다.

"미쳤어?"

수안은 한수의 품에서 빠져나오기 위해 버둥거렸지만 남자 힘에 눌려 여의치 않았다.

"뭐야, 너!"

수안은 상황이 매우 불량스럽게 돌아간다는 것을 알아차렸다.

"비켜."

"나 깔아뭉개니까 재밌냐?"

한수가 꽤나 험악한 표정으로 윽박질렀다.

"지금까지 한 번도 재미로 사람 깔아뭉갠 적 없거든?"

수안의 목소리에도 날이 바짝 곤두섰다.

"지금 나 깔아뭉갰잖아."

"지금은 내가 널 깔아뭉갠 게 아니라 어설프게 거짓말하려다 들켜서 쪽팔린 거야."

수안이 야무지게 쏘아붙였다.

"너 좋아한다고 고백하는데 그따위로밖에 말 못해?"

"너 날 바보로 아는구나?"

"뭐?"

"여자랑 모텔 들락거리는 거 내 눈으로 봤는데 너 같으면 같이 놀고 싶겠니? 너 같으면 좋아지겠냐고!"

수안이 사납게 쏘아붙이자 한수가 재깍 반박하지 못하고 우물거렸다.

"수안아, 너 정말 내 맘 모르겠냐? 내가 너 때문에 얼마나 속병을 앓는데, 정말 모르겠냐?"

한수가 작전을 바꿔 상처받은 척 연기했다.

유치하기는. 할 말이 없으면 다물고나 있지.

이 상황에서 어떻게 저런 말을 뱉을 수 있는지, 이 상황에서 저런 뜬금없는 멘트를 날리면 단박에 넘어갈 줄 안다니…… 참 연구대상이었다.

"그래, 몰라. 알고 싶지도 않거든?"

수안의 잔뜩 비꼬인 대꾸에 순간 한수의 눈빛이 변하는가 싶더니 별안간 수안의 얼굴을 양손으로 움켜잡았다.

"이거 놔."

"못 놔."

한수의 입술이 수안의 입술을 향해 내려오기 시작했다.

'미친 자식.'

수안은 불쾌감을 넘어서 온몸으로 와라락 섬뜩함을 느꼈다.

그 섬뜩함은 직접 당해보지 않은 사람은 결코 상상하지 못할 만큼 소름 끼치고 끔찍했다. 뱀처럼 징그럽고 구더기처럼 더러운, 주체하지 못할 공포와 분노가 치밀어 오르는 극한의 섬뜩함.

수안의 몸은 즉각 경계태세로 돌입하며 어금니를 틀어 물었다.

단 한 번도 이런 일을 겪어보지 않았다면 이토록 두렵진 않을 것이다. 하지만 수안은 이미 여러 차례 지금과 비슷한 상황을 겪은 끝이라 순식간에 엄습해 오는 공포에 진저리를 쳤고 그와 동시에 어떻게 대처해야 하는지 알고 있었다. 받아들이는 것은 있을 수 없는 일이고 물러서서도 우물거려서도 안 된다는 것을 처절하게 기억하고 있는 것이다.

한수는 취했거나 미쳤거나 둘 중에 하나였다. 사람들이 심심찮게 드나드는 화장실 앞 모퉁이에서 키스를 시도하다니.

아니, 취했든 미쳤든 상관없었다. 수안의 머릿속에서 위험 신호가 울렸다면 그것은 비상사태라는 뜻이었으니까.

"비켜, 이 자식아! 비키라고, 이 자식아!"

수안은 격렬하게 소리치며 급한 나머지 자신의 입술을 향해 내려오는 한수의 입을 손으로 틀어막으며 발버둥쳤다. 하지만 한수는 쉽게 포기하지도 떨어지려고도 하질 않았다.

수안이 격하게 거부함에도 불구하고 한수가 힘으로 꺾으려고 하자 수안은 뒤통수에서 한기가 스치고 지나가는 것을 느끼며 더욱 긴장했다.

이러다간 무진장 모텔에서 리듬체조 선수하고 실컷 즐긴 더러운 입술이 끝내 자신의 입술을 덮칠 것 같은 불길함을 느낀 수안은 한수의 입을 틀어막는 것으로는 역부족이라는 것을 깨달았고 한수의 손아귀에 꽉 잡혀 있던 왼손을 필사적으로 빼내 한수의 뒤통수 쪽 머리채를 움켜잡았다.

"아, 아!"

얼마나 드세게 움켜잡았는지 한수가 제법 큰소리로 고통을 호소했지만 수안은 자신의 어깨를 붙들고 있는 한수의 손이 떨어지지 않는 이상 머리채를 놓아줄 수가 없었다.

"이거 놔, 이거 놓으라고!"

한수가 소리쳤다.

"네가 먼저 놔!"

수안도 지지 않고 소리쳤다.

바로 그 순간이었다.

2장

 누군가 한수의 목을 팔로 감고 수안에게서 떼어놓는 것 같더니 눈 깜짝하는 사이 한수가 바닥에 푹 주저앉혀졌다.
 "아, 누구야, 누구야!"
 "닥쳐!"
 동욱이 윽박질렀고 한수는 동욱에게 붙들린 채 꼼짝도 못하고 동욱을 올려다봤다.
 너무 순식간에 일어난 일이라 수안은 정신을 못 차리는 와중에도 한수를 제압한 사람이 동욱이라는 것을 알았다. 동욱은 바닥에 주저앉은 한수가 일어나지 못하도록 멱살을 잡고 내리누른 채로 수안을 쳐다봤다.

"때렸니?"

동욱이 수안에게 물었다.

"이 자식이 너 때렸어?"

"그건…… 아니에요."

수안이 재빨리 대답했다.

"때리다뇨, 그런 거 아닙니다, 선배님……. 그냥 장난 친 거예요."

동욱에게 멱살을 잡힌 한수가 변명하려고 했지만 동욱은 한수를 무시했다.

"그럼 뭐니?"

"강제로 입을 들이대서……."

수안이 대답하는 순간 동욱의 눈에서 파란 불꽃이 일었다.

"수안이 자리로 돌아가."

동욱이 말했고, 수안은 그 순간만큼은 선배의 말씀을 하늘같이 받드는 착한 후배가 되어 두말없이 어두컴컴한 골목을 빠져나와 주점으로 들어갔다. 수안은 자리로 돌아가는 대신 다시 화장실로 들어갔다.

아직도 격하게 뛰고 있는 가슴을 진정시키기 위해 심호흡을 하던 수안은 굳세게 움켜쥔 손에서 뭔가 껄끄러운 것이 느껴져 펴보자 머리카락이 한 움큼이나 뭉쳐져 있었다. 수안이 한수의 머리채를 너무 강하게 움켜쥐는 바람에 쥐어뜯긴 머리카락들이었다.

수안은 잠깐 동안 멍하게 자신이 쥐어뜯은 한수의 머리카락을 쳐다보다가 한숨을 푹 내쉬며 머리카락이 벌레라도 되는 듯 털어내 버렸다.

'나쁜 자식들.'

수안에게 결코 원하지 않은 추행을 감행하려고 했던 사람은 한수였음에도 수안이 '자식들'이라고 표현한 것에는 또 다른 추행미수자가 있기 때문이었다.

그 누구에게도 밝히지 못할 추행미수자. 밝힐 수도 밝혀서도 안 되는 나쁜 자식.

수안은 갑자기 피가 거꾸로 도는 듯 현기증이 느껴지자 재빨리 세수를 해서 정신을 가다듬었다.

'말일까지만 버티면 돼. 그때까지만 버티면 다 해결돼.'

수안은 아무래도 동욱에게 조금 전 한수와의 사이에 있었던 일은 함구해 달라고 부탁해 두는 것이 좋겠다고 생각하며 자리로 돌아왔다.

무엇 때문인지는 몰라도 그때까지도 동욱과 한수는 보이지 않았다.

"한잔하고 싶어 죽겠구만, 초인적으로 참는다."

은주가 다 식어버려서 맛없어 보이는 안주들을 뒤적거리며 말했고 수안은 아무 일도 없었던 것처럼 하느라 억지로 미소 지으며 모임에 온 사람들을 둘러보는 척했다.

모임에 참석한 사람들 중에 반 정도는 이미 꼭대기까지 취해

테이블에 엎드리거나 불편한 의자에 불편한 자세로 찌그러지듯 기대 잠들어 있었는데 모두 남자들이었고 찌그러져 잠든 사람들 중에는 철호도 끼어 있었다.

나머지 덜 취한 사람들은 삼삼오오 붙어 앉아 서로 다른 주제들로 떠들고 있었고 진경은 같은 과 캠퍼스커플인 원석과 말다툼을 하고 있었는데 커플끼리 싸우게 놔두지 은주가 끼어 훈수를 두고 있었다.

수안은 은주가 훈수 두고 있는 진경이 커플 싸움에 끼어들기도 싫고 이제 끼어봤자 무슨 내용인지 알 수 없는 덜 취한 사람들 대화에 끼는 것도 뭐하고 해서 꼭 왕따당하는 사람처럼 혼자 앉아 괜히 왔다는 후회를 하기 시작했다.

오랜만에 참석하는 모임이라 굉장히 기대했었는데 기대와는 달리 언짢은 일을 당하고 보니 후회스럽기만 했다. 자신에게 별다른 관심도 없겠다 적당할 때 빠져나가는 것이 좋겠다고 생각하는데 드디어 한수와 동욱이 자리에 나타났다.

한수는 10톤 트럭에 치인 듯한 얼굴을 하고 있었고 동욱은 10톤 트럭 기사 같은 표정이었다. 동욱이 한수에게 어떤 조치를 취했는지는 알 수 없지만 한수에게서 더 이상 느적거리는 태도는 찾아볼 수 없었다.

한수는 기가 제대로 꺾인 얼굴로 저만치 동욱이 앉아 있던 자리로 가서 앉고, 동욱은 아무렇지도 않은 듯 한수의 자리에 앉았다. 그러니까 동욱이 바로 수안의 곁에 앉은 것이다.

동욱이 아무 일도 없었던 것처럼 태연한 표정으로 수안의 자리에 있던 맥주 잔을 들어 들이켠 후 수안을 쳐다봤다. 마치 괜찮니? 하고 묻는 듯한 시선으로.

수안은 딱히 어떻게 반응해야 할지 몰라 머뭇거리며 동욱의 시선을 피하는데 은주가 다람쥐처럼 재빠르게 끼어들었다.

"선배님, 이거 드세요."

은주가 금방 나온 뜨끈뜨끈한 파전 한쪽을 재빨리 동욱에게 바쳤다.

"고맙다."

동욱은 정말 아무 일도 없었던 것처럼 놀랍도록 멀쩡한 얼굴로 파전을 받아먹었고 상당히 어색하고 꽤나 거북한 수안과는 달리 은주는 신이 나서 입이 귀에 걸려 있었다.

"말 좀 붙여봐."

수안이 몹시 거북해하고 있다는 것도 모르고 은주가 수안의 옆구리를 쿡쿡 찔러댔다.

"무슨 말?"

"아무 말이나 좀 붙여봐."

"붙일 말이 없는데 무슨 말을 붙이라는 거야."

수안이 옆구리를 찔러대는 은주의 손을 쳐내자 은주가 아무 짝에도 쓸모없는 친구라는 듯이 수안을 노려봤다.

"자리 바꿔줄 테니까 인영이한테 뺏기지 말고 사수해."

수안의 말에 은주의 표정이 금방 밝아졌고 수안이 자리에서 일어나는 순간 눈 깜짝할 사이에 자리를 바꿔치기한 은주는 의자를 동욱의 곁으로 더 끌어다 붙여 앉았다.

수안과 은주가 자리를 바꾸자 동욱의 미간에 희미한 주름이 잡혔다가 사라졌지만 수안도 은주도 눈치 채지 못했다.

"선배님, 해병대 생활 힘들지 않았어요?"

"괜찮았어."

"귀신은 몇 마리나 잡아놓고 오셨어요?"

은주의 엉뚱한 질문에 수안이 무슨 그런 해괴한 질문이 다 있냐는 듯이 쳐다보고 동욱마저도 재미없어하자 은주가 민망한 얼굴로 억지로 웃었다.

"웃으라고 한 소린데…… 귀신 잡는 해병이라고 해서……."

"웃기진 않고 춥다."

수안이 혼잣말로 중얼거렸는데 중얼거림이 동욱에게도 들렸는지 동욱이 픽 웃었다.

"술을 많이 안 드시네요."

잘 보이려고 노력해서 던진 질문이 오히려 분위기를 썰렁하게 만들자 은주가 얼른 질문을 바꿨다.

"오늘은 안 먹히네."

"그럴 땐 안 드시는 게 좋죠. 전 원래 술을 잘 못하는데……."

"너 말술이잖아."

어디선가 잡음이 툭 끼어들어 쳐다보니 인영이었다.

화장실에 갔던 인영이 자리에 돌아오면서 내숭에 열을 올리고 있는 은주를 목격했고 그냥 넘어가지 않은 것이다. 인영은 청순가련 설정을 잠깐 망각했는지 퍽 얄미운 표정으로 쏘아보듯 은주를 쳐다보고 있었다. 거짓말도 상황 봐가며 하라는 듯이.

"어머, 얘는! 내가 무슨 말술이라고 그러니?"

은주가 쓸데없는 소리 하지 말라는 듯이 동욱 몰래 눈을 부라렸지만 겁먹을 인영도 아니거니와 은주를 도와줄 생각은 더더욱 없는 듯했다.

"맥주에 소주 타서 열 잔은 거뜬히 마시는 애가 말술 아니면 뭐니?"

인영이 입술까지 비죽거리며 받아치자 은주도 열받아 버렸다.

"그래, 말술이다. 나도 오늘 술이 안 받아서 참고 있다. 됐냐?"

은주가 버럭 쏘아붙이자 인영이 어울리지도 않게 내숭 떨다 꼴좋다는 듯 비웃었다.

"맥주에 소주를 타서 마셔?"

동욱이 묻자 은주는 자신이 웬만한 남자 뺨치는 주량을 가진 것이 조금도 자랑스럽지 않은 듯 일그러진 미소를 지었다.

"소맥 맛들이면 중독성 있거든요."

은주가 멋쩍어하며 말하자 동욱이 열 잔이면 말술이긴 하다 하고 말했다.

동욱의 표정이 밝지 않자 은주는 기분이 땅바닥에 떨어졌고 이번 사태의 원인은 바로 인영이었기에 날이 바짝 선 눈초리로 인영을 노려봤지만 인영은 자신과는 아무 상관 없는 일이라는 듯 가방에서 핸드크림을 꺼내더니 오십 원짜리 동전만큼 짜서 손등에 정성들여 바르기 시작했다. 다시 청순가련 설정을 되찾은 것이다.

"저 재수대가리."

은주의 목소리는 낮았지만 격했다.

"은주는 아무리 마셔도 실수한 적은 없어요. 뒤끝 깨끗해요."

보다 못한 수안이 나섰다. 한마디라도 거들어줘야지 안 그랬다간 은주가 당장에 인영의 머리채를 휘어잡고 술판 위에 메다꽂을 것 같았기 때문이다.

"그러면 됐지. 실수하지 않으면 괜찮아."

동욱의 가벼운 대꾸에 격했던 은주의 얼굴이 밝아졌고 은주의 얼굴이 밝아진 만큼 인영의 얼굴은 고약해졌다.

수안은 화장실에서 돌아온 후부터 무척이나 심각해진 한수를 잠깐 쳐다보며 머리카락을 너무 많이 뽑아버려서 일명 '땜빵' 자리가 생기면 어쩌나 살짝 걱정도 했다가 고개가 이상하게 꺾인 채로 잠든 철호도 잠깐 쳐다봤다가 동욱에게 신발 사이즈가 어떻게 되냐고 묻는 은주의 목소리를 들으며 꼬시기로 작정한 남자에게 이상한 것만 골라 묻는다고 생각하는데 갑자기 말다툼 수준이던 진경이네 싸움이 왁자하며 커졌다.

사랑이라는 것을 몰랐을 때

"쟤들 또 시작이네."

은주가 즐겁게 놀자고 마련한 자리에서 또 싸움을 시작한 진경이 커플을 못마땅한 얼굴로 쳐다보며 중얼거렸다.

"말려야 하지 않아?"

"내버려 둬. 죽자고 싸우면서도 죽자고 붙어 다니니까."

"좋아서 사귀는 거 아니야?"

"좋아서 싸우는 건지 싸우며 정이 든 건지 365일 싸우고 365일 붙어 다닌다."

그때였다. 원석의 입에서 욕지거리가 터져 나오고 진경 역시 지지 않고 맞받아치자 은주를 비롯한 사람들의 시선이 온통 진경이네 커플로 향했다.

"저러다 원석이가 진경이 한 대 치겠다."

원석의 욕선이 도를 넘어서고 정말 때릴 것처럼 주먹을 휘두르자 은주가 벌떡 일어서서 진경에게 달려갔고 그와 동시에 남자들은 원석에게 여자들은 진경에게 달라붙어 서로를 떼어놓고 진정시키기 시작했다.

수안은 진경이 커플이 싸우는 건 처음 보는 터라 놀랍기도 했고 또 원석이 진경에게 욕을 퍼붓고 함부로 하는 것에 충격을 받아 멍하게 쳐다보는데 동욱이 괜찮니? 하고 물었다.

"네?"

"괜찮은 거야?"

"괜찮아요."

동욱은 진경이 커플이 싸우는 것에는 조금도 관심이 없는 것 같았다.

보통 사람은 싸움 구경을 꽤 재밌어하는데 동욱은 싸우건 말건 그쪽은 아예 쳐다보지도 않았다.

다시 진경이 커플 쪽으로 고개를 돌리던 수안은 아무래도 지금 말해두는 편이 좋겠다 싶어 사람들의 시선이 모두 진경이 커플에 몰려 있는 틈을 타 동욱에게 속삭여 물었다.

"입 무거우시죠?"

수안의 물음에 동욱의 표정이 짓궂어졌다.

"깃털인데?"

동욱의 대꾸에 수안의 미간에 주름이 잡혔다. 치사하다는 듯.

"모르는 척해주세요."

"뭘?"

뻔히 알면서 모르는 척하기는.

"밖에서 일요."

"맨입으로?"

"그럼요?"

"깃털이라 했잖아."

"돈 드려요?"

수안이 까칠한 표정으로 묻자 동욱이 돈은 무슨 하고 말했다.

"밥."

밥?

"무슨 밥요?"

"학교 식당."

"꼭 드셔야겠어요?"

수안의 눈빛이 더 까칠해졌다. 남자가 고작 그딴 일에 무슨 밥 얻어먹을 생각을 하냐는 듯이.

"응."

동욱이 즉시 대답했다.

"꼭 드셔야겠어요?"

수안이 웬만하면 그냥 넘어가라는 듯이 묻자 동욱이 꼭! 이라는 단어를 힘주어 말했다.

"고작 그딴 일에 밥을 얻어 잡수시려 하다니…… 살림이 좀 궁하세요?"

수안의 비꼬는 듯한 질문에 동욱의 눈빛도 사나워졌다.

"고작 식당 밥 한끼 사주는 것도 궁하냐?"

동욱의 질문도 수안만큼이나 꼬여 있었다.

수안이 최동욱 만만치 않네 하는 표정으로 동욱을 노려보자 동욱 역시 내가 대사는 구려도 받아치는 데는 한가락한다는 표정으로 똑같이 수안을 노려봤다.

"살 거야, 말 거야?"

"얼마짜리요?"

"제일 비싼 거."

으이그.

"좀 싼 걸로 하죠."

"비싼 거."

"좋아요."

수안은 아무래도 동욱이 물러서지 않고 기어코 제일 비싼 밥을 얻어먹을 태세라 시간 끌지 않고 받아들였다. 저렴하기로 손에 꼽히는 대학교 식당 밥 한끼 사주는 것도 벌벌 떨 만큼 코가 석 자이긴 마찬가지였지만 싼 밥과 비싼 밥의 차이는 겨우 1,500원인데 1,500원으로 밀고 당기다가 협상을 결렬시키는 것은 시간 낭비라는 생각이 들었기 때문이다.

"좋아."

동욱도 찬성했다.

수안이 합의를 본 후 동욱과의 만족스럽지 않은 협상을 숨기려는 듯 더욱 시끄러워진 진경이 커플 쪽으로 고개를 돌리는데 동욱이 수안에게 속삭여 왔다.

"그래서 안 통한다는 거였어?"

동욱의 물음에 수안이 무슨 말이냐는 듯 동욱을 쳐다봤다.

"한수하고 통하지 않는다던 말 말이야."

"결국은 그렇죠."

"똘똘하네."

동욱이 칭찬했지만 수안은 조금도 고맙지 않았다. 동욱이 칭찬할 성질의 일은 아니었기 때문이다.

"괜찮니?"

사랑이라는 것을 몰랐을 때

"괜찮죠."

수안이 일부러 아무렇지도 않은 듯 대답했다.

"아직 창백하다. 많이."

동욱의 말에 수안은 자신도 모르게 얼굴을 쓸어내렸다.

"원래 얼굴이 희거든요?"

수안은 끝내 아무렇지도 않은 척하기 위해 그리고 창백하다는 말을 부정하기 위해 더욱 냉랭한 어조로 말했지만 동욱은 픽 하고 콧방귀를 꼈다. 어디서 아닌 척하냐는 듯이.

"흰 것 좋아하네. 내 눈이 사시냐? 흰 것하고 창백한 것도 구분 못하게? 밀가루 뒤집어쓰고 있는 것 같구만."

동욱의 쥐어박는 듯한 말투에 수안은 다시 한 번 얼굴을 쓸어내렸다.

"밀가루…… 그 정도예요?"

까칠하던 수안의 목소리가 몇 풀이나 꺾였다.

"경극배우 같다."

동욱의 말투도 조금은 부드럽게 누그러졌다.

"많이 티나요? 다른 사람 눈치 챌 만큼?"

수안이 연신 얼굴을 매만지며 물었다.

"그렇게 문지르다간 때 나온다."

동욱의 놀림에 수안이 입술을 실룩거리며 얼굴에서 손을 떼는 대신 이번엔 머리카락을 매만졌다.

"개똥 같은 자식."

수안이 낮게 뇌까리는데 동욱의 얼굴이 험악해졌다.

"너 나한테 한 욕이야?"

"선배가 김한수예요?"

수안이 툴툴거리자 동욱이 그러면 그렇지 하며 험악해진 표정을 풀었다.

"경극배우 분칠한 거 되게 웃긴데……."

수안이 밀가루 뒤집어쓴 것 같다는 말이 계속 신경이 쓰여 또다시 얼굴을 쓰다듬는데 동욱이 그만 문질러 하고 말했다.

"아직도 창백해요?"

"안 좋아. 되게 놀란 모양이다."

놀랐기만 했겠는가. 놀라는 정도는 갖다 붙이지도 못할 만큼 끔찍했다. 아직도 놀란 심장이 진정되지 않을 만큼.

아무렇지도 않은 척하려고 애쓰고 있었는데 성공했다고 생각했는데 동욱의 눈은 속일 수 없었던 모양이었다. 남자가 쓸데없이 눈썰미가 좋은 것도 탈이었다. 알아도 모른 척하던가.

"약 먹어야 하지 않니? 구해올까?"

동욱이 물었다. 그런데 그 목소리가 그냥 한번 해보는 소리가 아니라 진심이 느껴지는 목소리였다. 진심으로 걱정해서 약이 필요하다고 하면 무슨 짓을 해서라도 구해올 것 같은 진심이 담긴 따뜻한 목소리.

수안은 가족이 아닌 다른 사람에게서 게다가 남자에게서 이런 진심이 느껴지는 따뜻한 목소리는 처음 들었기에 생소하면서도 묘한 울렁거림이 느껴져 자신도 모르게 애틋한 눈길로 동욱을 올려다봤다.

"무슨…… 약이요?"

"청심환 같은 거. 놀랐을 때 먹는 거."

"……."

"아직 닫지 않은 약국 있을 거야. 구해올게."

동욱이 정말 당장에 약국을 찾아 나가려는 듯 몸을 움직였고 수안은 깜짝 놀라며 동욱의 팔을 움켜잡았다.

"괜찮아요!"

"너 지금 안 괜찮아. 약 먹어야 해."

동욱의 목소리가 아까보다 따뜻해졌다. 그 따뜻함은 일부러 급하게 데운 따뜻함이 아니라 오래전부터 은근하게 데워져 있던 매우 훈훈한 따뜻함이었다.

수안은 동욱에게서, 최동욱 선배에게서 이런 따뜻함을 느끼는 것이 무척 이상하면서도 어색해 뚫어져라 동욱을 쳐다봤다. 너무 뚫어져라 쳐다보는 바람에 집요해질 지경이었다.

"왜 쳐다봐? 나한테 반했냐?"

동욱의 물음에 뚫어져라 동욱을 쳐다보던 수안의 눈가가 찌푸려졌다.

푼수 같은 질문만 하지 않았더라면 정말로 반했을지도 모르는데.

"뭘 보고요?"

"미모?"

동욱의 장난스러운 대답에 수안은 최동욱=푼수 공식을 성립시켰다.

"남자분이 미모가 출중하시네요."

수안이 잔뜩 비꼬자 동욱이 낮게 웃음을 터뜨렸다.

"기다려. 약 사올게."

푼수면서도 끝까지 따뜻하긴 했다.

"아뇨. 괜찮아요. 문 닫았을 거예요. 괜찮아요."

수안이 동욱을 붙잡아 앉혔다.

"그럼…… 커피라도 마실래? 카페인이 진정효과도 있잖아."

"커피도 괜찮아요. 아무렇지 않아요. 그냥 얼굴만 뜬 거예요."

"많이 떴는데."

동욱의 대꾸에 수안이 째려보자 동욱은 일부러 수안의 시선을 피했다.

"그런데요."

"뭐?"

"원래…… 친절하세요?"

"나 안 친절해."

동욱의 대답에 수안이 이상하다는 눈길로 동욱을 쳐다봤다.

"약 사온다는 거 한 번 해본 소리예요?"

수안이 그럴 줄 알았다는 듯이 찌푸린 얼굴로 묻자 동욱이 아니 하고 대답했다.

"그럼 약 사오는 건 친절 아니면 뭐예요?"

"친절이지."

"안 친절하다면서요."

"너한테만 친절해."

"왜요?"

수안이 무슨 그런 경우가 다 있냐고, 왜 자신에게만 친절한 거냐고 묻던 그때였다.

"이거 놔!"

갑자기 버럭 고함 소리가 들리더니 원석이 진경에게 욕을 퍼부은 후 주점을 나가 버렸고 원석이 주점을 나가는 동시에 진경은 울음을 터뜨렸다.

"그만 울어. 사람들이 다 쳐다보잖아."

지수가 진경의 눈물을 닦아주며 달래다가 도저히 안 되겠는지 진경을 데리고 나가면서 시끄러웠던 주점이 어느 정도 정리가 됐지만 시끄러운 바람이 불고 지나간 끝인지 분위기가 이상해져 버렸다.

그러고 보니 한수도 보이지 않았다. 어수선한 틈에 가버린 모양이었다.

갑자기 분위기가 칙칙해졌다고 생각하며 별생각 없이 시계를 들여다보던 수안은 깜짝 놀라고 말았다.

모임 장소에 와서 기껏해야 1시간 정도 앉아 있었던 것 같은

데 시간은 벌써 자정을 향해 질주하고 있었던 것이다.

"은주야, 나 갈게."

수안이 서둘러 가방을 챙겨 들고 일어나자 은주가 깜짝 놀라며 수안의 손을 잡았다.

"왜?"

"늦었어."

"몇 신데?"

"15분밖에 안 남았어. 나 날아가야 해."

"벌써?"

"얘들아, 먼저 갈게. 선배님들, 저 먼저 갈게요."

수안은 재빠르게, 하지만 친절하게 인사한 후 재빨리 모임이 있었던 주점을 빠져나왔다.

한수 일에 동욱과의 입막음용 협상에 진경이 커플 싸움까지. 시끌벅적한 일들 때문에 시간이 그토록 쏜살같이 흐르고 있다는 것을 미처 깨닫지 못했던 모양이었다.

쉬지 않고 부지런히 달려가면 마지막 버스를 탈 수 있을 것 같았다.

'이 정도로 정신을 놓고 있었다니.'

이것이 모두 한수 때문이었다.

한수가 훼방을 놓지 않았더라면 정신을 놓칠 리가 없었을 것이고 훨씬 더 재밌게 놀았을 것이고 그리고 넉넉하게 마지막 버스를 타러 나왔을 것이다. 한수가 웬수였다.

'어디서 감히!'

생각할수록 소름이 돋았다. 언감생심 어디라고 그 추한 입술을.

반드시 결혼할 남자에게만 허락하겠다고 작정한 입술은 아니었지만 그렇다고 아무나에게 막 주려고 달고 다니는 입술도 절대 아니었다. 특허 등록을 해두었을 만큼 비싼 입술도 아니었지만 머리 다르고 입 다르고 몸 다른 녀석에게 퍼줄 만큼 싼 입술도 아니었다.

아니, 그보다도 그런 식의 행동이 싫었다. 남자라서 그 정도쯤은 아무것도 아닐 것이라고 생각하는 게 싫었다.

수안에게 비밀이 없다면, 아무에게도 말할 수 없는 뼈아프고 치가 떨리는 비밀만 없다면 그렇게까지 민감하게 반응하지 않았을지도 몰랐다. 하지만 수안은 남들은 남자답다라고 말할 수 있는 그런 행동들을 너그럽게 받아들일 수 있는 처지가 아니었다.

어쩌면 영원히 극복하지 못할지도 모를 남자에 대한 불신이 가슴 깊은 곳에 상처가 되어 새겨져 있었고 그 상처 때문에 수안 자신이 허락하지 않은 행위는 모두 추행이었다.

'그런데 동욱 선배가 한수를 어떻게 제압한 걸까?'

어떤 식으로든 제압한 것이 틀림없었다.

한수는 싹싹한 만큼이나 임기응변에 능해서 곤란한 상황이나 위기상황에서 솜씨 좋게 잘 빠져나갔는데, 그 때문에 미움은 당하지 않아도 한참 후에 생각해 보면 날 갖고 놀았던 것이 아닐까? 라고 찜찜한 뒤끝을 남기는 뺀질이 타입이었다.

그런 한수가 죽상을 하고 테이블로 돌아와 한마디도 끼어들지 못하고 순한 양처럼 앉아 있다가 소리 소문 없이 사라졌다는 것은 동욱에게 제대로 제압당했다는 뜻인데 뺀질이 한수가 능청스럽게 빠져나오지 못하고 제압당했다는 것도 놀라웠지만 크게 카리스마가 없어 보이는 동욱이 한수를 다루었다는 것도 놀라웠다.

왜냐하면 한수는 선배가 아니라 선배 할아버지라도 얼마든지 요리할 수 있는 느물거리는 기술을 갖고 있었고 그렇다면 금방 제대해서 아직 약간은 얼뜬 동욱 정도라면 손쉽게 갖고 놀았을 것이기 때문이다.

그러고 보니 동욱에게 조금 고마운 마음도 들었다. 동욱이 아니었더라면 냄새나는 골목길에서 끔찍한 짓을 당할 뻔했으니까.

'다행이야.'

다행이었다. 마치 그런 일이 있을 줄 알았던 것처럼 동욱이 나타나 준 것은.

건널목에 도착하는 순간 빨간불이던 신호등이 보행신호인 파란불로 바뀌었고 수안은 때맞춰 신호가 바뀌어준 것이 다행이라고 생각하며 서둘러 건널목을 건너려는데 누군가 수안의 어깨를 억세게 붙잡았다.

깜짝 놀라 돌아보자 동욱이었다.

"신데렐라냐? 12시 땡 하니까 도망가게? 혹시 쥐로 변하는 거 아니야? 호박이나?"

급한 사람 붙잡고 고작 이런 쓸데없는 소리나 하다니.

같은 말도 죽자고 재미없게 하는 사람이 있는데 동욱이 딱 그랬다. 조선시대 말기에나 통했을 법한 유머를 구사하다니.

"건너가야 해요."

수안이 급한 어조로 말한 후 건너려는데 동욱이 더욱 단단히 붙들더니 도로에 내려가 있던 수안을 인도로 끌어 올렸다.

"버스 타야 해요. 막차예요. 늦어요."

"택시 타면 되잖아."

"버스 탈 거예요."

수안이 자신의 팔을 붙들고 있는 동욱의 손을 치우려는데 동욱이 놓아주지 않았다.

"비싼 밥으로 합의 봤잖아요."

수안이 까칠해진 어조로 물었다. 합당한 이유 없이 붙잡고 늘어지는 거라면 아무리 선배라 할지라도 그냥 넘어가지 않겠다는 듯이.

"왜 그렇게 급하니?"

"막차 타야 해서요."

"내가 택시 태워줄게. 조금 더 놀다 가."

"통금 있어요. 자정 넘기면 되게 피곤해지거든요. 1시 넘으면 더 피곤해지고."

"말씀 안 드렸니?"

"네."

"한 번쯤은 봐주시겠지."

"안 봐주세요."

"아버지가 엄하시니, 어머니가 엄하시니? 내가 전화해서 말씀드려 줄게."

동욱이 짓궂은 표정을 지으며 말했고 수안은 희미하게 픽 웃었다.

언제 봤다고 얼마나 친하다고 집에 전화를 걸어 말씀드려 준다는 걸까. 오지랖이 쓸데없이 넓었다.

"전화 안 받으실 거예요."

"왜?"

"저기 가셨거든요."

수안이 캄캄한 밤하늘을 가리키며 말했고 동욱은 금방 말뜻을 알아듣지 못해 여전히 짓궂음이 감도는 표정으로 수안을 바라보다가 천천히 표정이 굳어졌다. 이제야 수안이 한 말이 무슨 뜻인지 제대로 알아들은 것이다.

"미안하다…… 몰랐어."

동욱이 정말 미안한 목소리로 사과했다.

"괜찮아요. 대신에 저기까지 전화가 개통되면 알려주세요. 따질 게 많거든요."

수안이 그 정도는 얼마든지 용서할 수 있다는 듯 씩씩하게 말한 후 신호등이 보행신호로 바뀌자 갈게요 하고 인사한 후 재빨리 건널목을 건넜다.

　하지만 마지막 버스는 놓치고 말았다. 주점을 나올 때부터 아슬아슬했고 건널목을 건널 때 동욱에게 시간을 너무 많이 뺏기는 바람에 불안하다 했었는데, 아니나 다를까, 수안이 건널목을 반도 건너지 못했을 때 저 멀리 정류장을 막 떠나고 있는 버스를 발견했다.

　도리가 없었다. 음속에 가까운 속도로 달릴 재주가 없는 한 이미 떠나고 있는 버스를 탈 수는 없었다.

　"미치겠네, 정말."

　택시비 아끼려고 서둘렀던 것인데 결국 택시를 탈 수밖에 없어진 것이다.

　있는 사람들이야 택시비 정도는 아무것도 아니겠지만 수안에게는 큰돈이었다. 세상에서 제일 아까운 돈이 택시비인데 결국은 택시를 타게 되자 짜증이 나고 말았다.

　"놓쳤니?"

　동욱의 목소리가 들려 돌아보자 동욱이 별로 미안해하지도 않는 표정으로 바라보고 있었다.

　"왜 자꾸 따라오세요?"

　버스 놓쳐서 짜증나 죽겠는데 여기까지 따라와서 뭐 하는 짓인지.

"신경 쓰여서."

그 얼굴이 신경 쓰이는 얼굴이니? 버스 놓쳐서 옳다구나 잘 됐다 하는 얼굴이지!

버럭 쏘아붙였으면 좋겠지만 한수에게 추한 일 당할 뻔하는 순간에 구해준 사람이니 참아야 했다.

"아깐 고마웠어요. 정말 고마웠어요. 하지만 이젠 신경 안 쓰셔도 돼요. 괜찮아요, 저."

"잠깐 얘기하면 안 돼?"

"집에 가야 해요. 통금 있다구요. 선배님 때문에 택시 타게 됐잖아요."

"누가 걸어놓은 통금인데?"

"작은어머니가요."

"통금 한 번 제낀다고 설마 쫓아내시기야 하겠어?"

"쫓아내시진 않아요. 밤새 잠 안 재우고 들볶지. 천재적인 고문법을 쓰시거든요."

수안이 짜증스럽게 말했고 그리고 자신도 모르게 불쑥 내뱉은 말 때문에 당황하고 말았다.

이러지 않았었는데, 집안 사정을 드러내지 않으려고 극도로 조심하던 수안이었는데 불쑥 내뱉고 만 것이다. 어떻게 보면 아무것도 아닌 말일 수도 있었지만 수안은 공연한 소리를 내뱉은 것 같아 후회됐다.

"나 때문에 늦었으니까 내가 데려다 줄게. 안전하게."

"괜찮아요. 혼자 갈게요. 안전하게."
"이 밤에 여자 혼자 택시 타는 거 위험해."
"난 괜찮아요. 아무도 주워가지 않을 거니까."
"내가 주워가야겠다."
동욱의 말에 수안은 북극의 빙하 위에 서 있는 듯 썰렁하다 못해 한기가 도는 얼굴로 동욱을 쳐다보자 동욱이 발끈했다.
"뭐?"
"요즘은 그런 대사 안 통한다니까요."
"들어봐. 중독성 있어."
"그만 가시던지 택시나 잡아주시던지 하세요."
"가자."
동욱이 수안의 손을 덥석 잡아채더니 학교를 향해 걷기 시작했다.
"저기요, 선배. 내 손을 너무 쉽게 덥석덥석 잡으시는데요, 난 날 쉽게 생각하는 거 되게 싫어하거든요?"
"쉬운 여자 아니라서 끌리는데?"
동욱의 대답에 수안의 얼굴이 일그러져 버렸다. 더는 못 견디겠다는 듯.
"대사 좀 어떻게 해보세요, 제발."
"중독성 있다니까."
동욱이 꿋꿋하게 밀어붙였다.
"중독되기 전에 어디로 끌고 가는지 목적지 좀 알려주시죠?"

"인적 드물고 캄캄한 데."

"대놓고 수작이시네요."

"원래 수작은 대놓고 해야 추해 보이지 않거든."

"인적 드물고 캄캄한 데로 간다면서 무슨 근거로 안전하다고 하신 거예요?"

"가서 확인해. 인적 드물고 캄캄하지만 의외로 안전한 곳인 걸 알게 될 거야."

동욱이 대답하는 순간 손안에 있던 수안의 손이 쏙 빠져나갔고 동욱이 놀라서 돌아보는 순간 어느새 수안은 길가에 정차하고 있던 택시에 올라탔다.

"갈게요. 선배님도 가세요. 안전하게!"

수안이 내려진 창문을 통해 밝은 목소리로 인사를 남기자마자 택시는 출발했다.

동욱은 멍하게 멀어져 가는 택시를 바라볼 수밖에 없었다.

삼류 영화처럼 멀어져 가는 택시를 죽자 사자 쫓아가며 서라고 소리치는 촌극을 벌이는 것도 우습고 그저 어이없다는 듯 웃으며 바라볼 수밖에 없었다.

"저것 봐라."

순식간에 소리도 없이 빠져나가다니.

갑자기 부리나케 모임에서 빠져나가는 수안을 따라 나온 것은 냄새가 나거나 구질거리거나 하는 이유가 있기 때문이 아니었다.

어떻게 보면 정말 순박한 이유 때문이었다.

밤길인데 혼자 보내는 것이 마음에 걸려 백마 탄 기사까지는 아니더라도 친절한 선배가 되어 집에 안전하게 데려다 주고 싶다는 순박한 이유.

물론 위험한 밤길에 여대생 혼자 돌아다니게 하지 않고 안전하게 데려다 주면서 최동욱이라는 남자가 윤수안이라는 여자에게 이만큼 관심이 있으니 서로 한번 잘 통해보았으면 좋겠다 하는 소망을 깔아놓았고.

맹세코, 하늘에 맹세코 다른 뜻은 없었는데 수안은 아주 약간 오해를 한 듯했다. 인적 드물고 컴컴한 곳이라는 말을 한 사람이 동욱이니 수안이 오해를 하게끔 원인을 제공한 것은 사실이지만 농담으로 받아들일 줄 알았는데 괜한 오해만 산 것이다.

동욱이 말한 인적 드물고 캄캄한 곳은 학교 주차장이었고 주차장에는 동욱의 차가 주차되어 있었다. 인적 드물고 캄캄한 곳이라는 농담을 수안은 걱정스럽게 받아들인 모양이었다. 그래서 그렇게 도망친 모양이었다. 동욱이 한수처럼 유치한 장난을 칠까 봐.

생각해 보니 농담치고는 좋지 않았다 싶었다. 한수와 그런 일도 있었는데 말이다.

동욱은 쓸쓸한 미소를 머금고 모임이 있는 주점으로 발걸음을 돌렸다.

'괜찮네.'

생각해 보니 보면 볼수록, 생각하면 할수록 괜찮은 여자가 수안이었다.

첫날부터 지금까지 최동욱을 선배로만 대접하는 유일한 여자.

말을 붙이고 관심을 끌어보려는 노력을 단 1%도 하지 않는 여자.

그래서 더욱 마음에 들었다. 도도함이 까칠함이 그리고 무관심이.

동욱은 수안에게 끌리는 이유가 한 가지 더 생겼다는 것을 알게 됐다. 단지 예쁘고 똑똑하기 때문이 아니라 최동욱이라는 남자에게 무관심하다는 이유.

생각해 보니 어처구니가 없었다.

예쁘기 때문에 끌렸고 예쁜데다 똑똑해서 더 끌렸지만 자신에게 무관심한데도 계속 끌리다니. 사포 같은 여자, 사근사근 다정한 맛이라고는 전혀 없는 여자에게 끌리다니.

군 생활 하는 동안 여자를 너무 못 만나서 그냥 좋은 것인지도 몰랐다. 첫 번째 조건인 '예쁜 것'을 갖추었으니까.

오랜 시간 격리 아닌 격리가 되어 있다가 오랜만에 사회에 복귀하자 달라진 환경에 몸과 마음이 아직 적응하지 못해 윤수안 같은 까칠한 스타일이 신선하게 느껴지는 것인지도 몰랐다.

뭐, 어쨌거나 동욱은 크게 걱정하지 않았다.

세상에 여자가 윤수안 하나밖에 없는 것도 아니고 한 여자에게 오래 목을 매는 스타일도 아니고 튕기는 여자 오기로 붙잡으려고 애를 쓰는 스타일도 아니니까.

얼마 가지 않아 몸과 마음은 달라진 환경에 완벽하게 적응할 것이고 그러면 덩달아 예전에 좋아했던 여자의 스타일도 되찾을 것이다. 최동욱이 세상의 전부고 죽으라면 죽는 시늉도 하는 여자 말이다.

그렇게 되면 분명 윤수안이라는 여자에게 흥미를 잃을 것이 뻔했다.

수안에게 상처를 주거나 고약하게 굴지 않는 선에서 지금처럼 가볍게 감정을 즐기는 것도 나쁘지 않을 것 같았다. 한수처럼만 하지 않는다면 말이다. 물론 생각하는 것보다 수안에게 훨씬 더 많이 끌리는 것은 사실이지만.

다행히 할머니가 대문을 열어주었다.
"왔어?"
"늦어서 죄송해요."
"연락했다며. 저녁은 먹었니?"
"그럼요, 시간이 몇 신데. 할머니도 저녁 드셨죠?"
"그럼."
"들어가세요."
"그려."
마루로 올라서던 수안은 조금 놀랐다. 늦은 시간이라 다 주무실 줄 알았는데 작은아버지도 작은어머니도 사촌 동생들까지 거실에서 텔레비전을 보고 있었기 때문이다. 얼핏 보니 축구 경기가 중계되고 있었는데 늦은 시간까지 열심히 시청하는 것 보니 국가대표 경기인 듯했다.

"다녀왔습니다, 늦었습니다."

수안이 작은아버지와 작은어머니에게 인사를 했다. 하지만 수안을 쳐다보는 척이라도 해주는 사람은 작은아버지뿐이었다. 작은어머니와 사촌들은 TV에 정신이 팔려 사람이 들어오는지 인사를 하는지 관심도 없었다.

원래 그런 사람들이었기 때문에 수안은 개의치 않았다. 1, 2년 겪은 것도 아니고. 차라리 이렇게 모른 척해주는 것이 편했다. 얼른 씻고 자면 되니까.

"어서 씻고 자라. 피곤할 텐데. 내일 새벽에도 나가야 되잖니."

할머니가 수안의 등을 떠밀었다.

"네."

수안이 씻고 나왔을 때 경기가 끝났는지 그제야 작은어머니는 힐끔 수안을 쳐다봤다.

수안은 저 힐끔거리는 작은어머니의 눈초리가 너무 싫었다. 언제 어느 때나 정면으로 보는 것이 아니라 곁눈질로 힐끔거리는 눈초리. 작은어머니는 언제나 사람을 저런 식으로 쳐다봤다. 기분 나쁘게, 정말 기분 나쁘게.

"안녕히 주무세요."

수안이 인사를 하고 방으로 들어가려는데, 작은어머니가 불러 세웠다.

"여기 잠깐 앉아봐라."

또 뭣 때문에 앉으라는 걸까. 텔레비전 잘 보셨으면 들어가 주무실 것이지 이 늦은 시간에 왜 앉으라는 것일까.

작은어머니는 수안이 자리에 앉자마자 마루에 놓여 있는 커다란 교자상 밑에서 세금고지서들을 꺼내놓았다.

"내일까지다. 내가 너한테 준다, 준다 하면서 깜빡했어. 이거 십만 원인데, 이십만 원만 보태서 좀 내도록 해라. 나중에 내가 줄게."

십만 원을 주면서 이십만 원을 보태 세금을 내라고?

작은어머니의 속 보이는 수법에 당한 게 몇 번째인지. 이 방법은 작은어머니가 전형적으로 쓰는 수법이었다.

가끔씩은 한 달 공과금 전체를 수안이 부담해야 했던 적도 있었다. 아마 대학에 입학하고 한 학기를 막 끝내고 나서였을 것이다.

언젠가 돈은 없는데 빈둥빈둥 놀기만 한다고 작은아버지를 닦달하는 작은어머니의 바가지를 듣다 못한 수안이 고지서를 달라고 한 적이 있었다. 그때 이후 작은어머니는 은근슬쩍 세금고지서를 수안에게 떠안기기 시작했다. 그러더니 어느샌가 각종 공과금은 응당 수안이 내야 되는 것이 되어버렸다.

공과금이라는 것이 쪼개서 보면 푼돈이었지만 모아놓으면 보통 큰돈이 아니었다. 더구나 수안은 대학생이었다. 대학생이 대체 무슨 돈이 있다고 부담을 지우는 것인지 작은어머니는 정말 이기적이었다.

물론 수안이 일주일 내내 과외를 하고 신문을 돌려서 대학생 치고는 꽤 고액의 수입을 올리고 있긴 했지만 그렇다고 공과금을 모두 부담할 수는 없었다. 공과금 내자고 버는 돈이 아니었고 매달 하숙비에 해당하는 생활비도 꼬박꼬박 내놓고 있었기 때문이다.

부담해야 할 공과금 때문에 수안이 스트레스를 받기 시작하자 급기야 동생 정현이가 작은어머니에게 작정하고 덤벼드는 일이 벌어졌다.

그날도 그 달의 공과금에 지난달에 내지 못해 밀린 공과금까지 더해 모두 수안에게 떠넘기려는 작은어머니의 고약한 행태를 보다 못한 정현이 왜 공과금을 누나더러 내라는 거냐며 따지기 시작하다가 순식간에 일이 커진 것이다.

결말은 그 길로 정현이 집을 나가 버린 것으로 결론지어졌다. 재워주고 먹여주고 입혀준 은공도 모르고 은혜를 원수로 갚는다고 애비 에미 없이 자란 것들은 꼭 저렇게 쌍것 티를 낸다며 작은어머니가 입에 담을 수 없는 막말로 정현을 패륜아 취급했기 때문이었다.

패륜아 취급을 당한 정현은 작은어머니의 몸에 직접적인 상해를 입히는 대신 서너 가지의 집 안 집기들을 부셔 버린 후 집을 나가 버렸고 그 후로 단 한 번도 집에 돌아오지 않았다.

정현이 작은아버지 집을 나가 버린 후 한동안 수안은 다른 때보다 몇 배로 더 시달려야 했고 그때부터 수안은 대학생이 되는 순간 목표로 정했던 독립의 날을 하루라도 더 앞당기기 위해 무리를 해서 과외 자리를 늘렸다.

독립만이 살길이었다. 독립만이.

수안이 맨 처음 무슨 짓을 해서라도 독립하겠다고 마음먹은 것은 대학교 입시를 코앞에 두고 있을 때였다. 그날 그런 일이 없었다면 수안은 이러다간 어느 날 갑자기 쓰러지거나 과자 부스러기처럼 부서져 버릴지도 모르겠다는 생각이 들 만큼 미친 듯이 돈을 벌려고 애쓰진 않았을 것이다.

그날 수안이 정규 수업과 야간 자율학습을 끝내고 학교 도서관에서 1시간 더 공부한 후 집에 돌아왔을 때는 11시가 가까운 시간이었고 집에 돌아와서야 친척 중에 어느 분이 돌아가셔서 할머니를 포함한 어른들이 모두 장례식장에 갔다는 것을 알게 됐다.

문을 열어준 사람은 사촌 오빠인 성국이었고 아마도 삼수생이라는 것 때문에 친척들 보기 부끄러워서 장례식장에 가지 않은 모양이라고 생각하며 별다른 생각 없이 씻고 옷을 갈아입고 문제집을 풀다가 잠이 들었다.

잠귀가 밝은 편도 아니었고 하루하루가 워낙 피곤했던 수안인지라 밖에서 불이 나도 모를 만큼 깊은 잠에 빠져들었는데 그 날은 정말 이상했다. 어느 순간 바늘에 찔린 듯 저절로 눈이 떠졌고 눈이 떠지는 순간 조금 전까지 깊은 잠에 빠져 있었다는 것이 믿어지지 않을 만큼 정신이 또렷해지더니 문 앞에 서 있는 시커먼 그림자가 눈에 들어왔다.

믿을 수 없을 만큼 캄캄했지만 그 캄캄함 속에서도 검은 그림자를 찾아낸 것이다.

처음엔 가위에 눌린 모양이라 생각했다. 입시가 가까워지면서 요즘 부쩍 가위에 자주 눌렸는데 그래서 그때도 가위에 눌린 모양이라고 생각해 지금은 가짜라고 진짜 잠에서 깨어나야 한다고 생각했었다.

그런데 그림자가 자신을 향해 움직이고 그 그림자의 주인이 사촌 오빠인 성국이라는 것을 알아차리는 순간 수안은 가위에 눌린 것이 아니라 자칫하면 자신이 큰 사고를 당할 수도 있다는 것을 깨달았다.

몹시도 불안하고 위험한 상황인 것은 분명하지만 성국이 어떤 식의 행동을 할지 알 수도 없고 만약 성국이 어떤 행동을 했을 때 자신은 어떤 식으로 반응해야 할지에 대해 생각하며 성국의 그림자를 뚫어져라 쳐다보는 순간 성국의 그림자가 수안을 덮쳤다.

깨어나지 못하고 잠든 채였다면 속절없이 성국의 만행에 상처를 입고 말았겠지만 다행히 성국이 덮치기 전 정신을 차리고 있었던 터라 성국의 더러운 손아귀에 완전히 사로잡히지 않은 수안은 스스로도 놀라울 정도로 강단있게 대항하며 성국을 후려치기 시작했다.

수안의 반격을 예상하지 못했던 성국은 수안의 격한 대항에 당황했고 힘없고 조그만 여자애로 생각해 만만하게 보았던 수안이 싸우다 죽을 기세로 덤비자 오히려 주춤하며 물러서기 시작했다.

하지만 성국은 수안의 발악과 같은 대항에도 쉽게 물러서지 않았다. 수안이 할퀴면 힘으로 덮쳐 눌렀고 수안이 소리를 지르면 더러운 손으로 죽여 버릴 듯 입을 틀어막았다.

"하지 마!"

"조용히 해!"

바닥에 깔아놓은 요와 이불이 엉망으로 구겨지도록 성국의 손아귀에서 빠져나오기 위해 필사의 사투를 벌이던 수안은 성국의 짐승 같은 몸뚱이가 자신의 다리 사이에 비집고 들어오는 순간 입술에 닿는 성국의 피부를 씹어 먹을 듯 물어뜯었다.

"아악!"

성국의 목구멍에서 처절한 비명 소리가 터져 나왔다.

지금은 제대로 기억할 수 없지만 수안이 성국의 몸 어디쯤을 물고 늘어지던 어느 순간 두 사람의 몸이 분리가 되어 있었고 그리고 성국은 도망치듯 밖으로 뛰쳐나갔다.

거친 숨을 몰아쉬며 부들부들 떨고 있던 수안은 어렴풋이 대문 열리는 소리를 들었고 할머니의 목소리가 들리자 기계처럼 움직여 엉망으로 구겨져 있던 이불을 제대로 편 다음 이불을 뒤집어쓰고 누웠다.

할머니가 방에 들어왔을 때 수안은 깊은 잠에 빠진 척했다. 그냥 그랬다. 그렇게 하고 싶어서도 아니고 그렇게 해야 한다고 생각해서도 아니고 그땐 정말 아무 생각 없이 저절로 그렇게 됐다.

수안은 할머니가 깊이 잠들었을 때야 이를 악물고 소리없이 울기 시작했고 다음날 새벽 할머니에게 밤새 울어서 퉁퉁 부은 얼굴을 들키지 않기 위해 할머니가 깨우기 전에 일어나 집을 나왔다.

지금 생각해도 그 나이에 어떻게 했는지 믿어지지가 않지만 수안은 아무 일도 없었던 것처럼 신문을 돌렸다. 퉁퉁 부어서 엉망인 얼굴로. 그리고 신문을 돌리며 결심했다. 아무에게도 말하지 않을 것이라고. 그리고 무슨 짓을 해서라도 돈을 벌어 독립하겠다고.

아무에게도 말하지 않아야 했다. 사촌 오빠인 성국이 자신을 겁탈하려고 했다는 것을 밝혀보았자 자신의 억울함을 풀어주고 편이 되어줄 사람이 없다는 것을 알았기 때문이다.

할머니에게조차 말할 수 없는 일이었다. 수안 자신이 할머니더라도 쉽게 믿을 수 없는 일이었고 수안도 어제의 일이 거짓말처럼 느껴졌기 때문이다.

추행만으로도 끔찍한 상처를 입었지만 겁탈이 아니라 추행으로 끝난 것을 위안 삼으며 수안은 이를 악물었다.

성국과 집에 단둘이 있게 되는 상황을 피하기 위해 수안이 홀로 얼마나 피눈물나는 사투를 벌여야 했는지는 말할 필요도 없다. 수안에겐 기억에서 완전히 지워 버리고 싶지만 지워지지 않는 끔찍한 상처였고 누구에게도 말하지 못하고 말해서도 안 되는 아픈 상처였다.

그때부터 목표는 독립이었고 공과금 문제로 정현이 집을 나가 버리면서 그 꿈은 더욱 조급해졌다.

악 소리가 나도록 노력한 끝에 드디어 얼마 전 전세방을 구한 수안은 독립하는 날만 기다리고 있었다. 그날이 바로 말일이었다.

"내일이 마감 날이니까 꼭 내라."

작은어머니가 쐐기를 박았다.

"죄송합니다. 지금은 돈이 없어요."

"왜 돈이 없어? 너 과외비 받은 돈은?"

"그건 용돈으로 썼어요."

"용돈으로 써? 네가 얼마를 쓰는데, 뭘 하는데 그 돈을 다 써?"

"과외를 한다고 해도 생활비 조금 보태고 제 차비하고 학교에서 점심 사 먹고 나면 책을 살 돈도 빠듯해요."

수안의 말에 작은어머니는 틀린 말은 아니지만 아주 고깝다는 듯이 흘겨봤다.

"그래서 못 낸다고?"

"지금은 돈이 없어요."

"그럼, 언제 생기는데?"

"신문배달비 받으면 그때 드릴게요."

"신문 돌린 걸로 세금 내면 우린 뭘 먹고 살란 말이니?"

작은어머니가 정말 말도 안 되는 소리를 했고 수안은 대답하고 싶은 생각이 없어져 아무 대답도 없이 자리에서 일어났다.

"너, 정말 세금 안 낼 거니?"

작은어머니의 언성이 높아졌다.

"지금은 돈이 없어요. 매달 꼬박꼬박 생활비 드리잖아요."

"쳇! 누가 들으면 억만금을 안겨다 주는 줄 알겠다."

작은어머니의 얄미운 말에 수안은 갑자기 욱하고 화가 치밀었다.

이 집에 사는 사람이 수안만 있는 것이 아닌데 무엇 때문에 작은어머니에게 억만금을 안겨줘야 한다는 말인지.

"학기 초여서 준비할 게 많아서 지금은 갖고 있는 돈이 없어요."

수안은 이십만 원도 없는 척해야 했다.

이번 달엔 계약해 둔 집에 잔금을 치르고 들어가야 했고, 이것저것 꼭 필요한 살림을 장만하려면 아무래도 돈이 꽤 필요할 것이기 때문이었다. 작은어머니가 미워서 이십만 원도 내놓기 싫었고 또 지금은 이십만 원도 함부로 쓸 처지가 아니었다.
"전기가 두 달이 밀렸단 말이다. 전화비도 두 달이나 밀렸고. 이달에도 못 내면 끊어버릴 텐데 동네 창피해서 원."

전기 끊어지는 걸 어쩌라고. 누구처럼 밤새도록 컴퓨터로 장난치길 하나 누구처럼 밤새도록 전화질하느라 대낮이 되어서야 일어나길 하나. 전기와도 전화와도 크게 친하지 않은 수안더러 어쩌라고.

컴퓨터 한 대 없이도 1등 하는 대학생이 수안이었고 전화질이 아니라 새벽에 신문 돌리고 과외하면서도 1등을 놓치지 않는 대학생이 수안이었다. 전기료를 물리려면 아들한테 물리고 전화비를 물리려면 딸한테 물려야지 왜 죄없는 수안을 물고 늘어질까.

작은어머니가 무슨 소리를 하건 수안은 흔들리지 않기로 작정했다. 이번 달로 함께 사는 것도 끝나는 마당에 유종의 미를 거두는 셈치고 밀린 공과금 내줄 수도 있었지만 어른이라는 양반이 하시는 짓을 보니 정나미가 떨어져서 이십만 원이 아니라 이십 원도 내주기 싫었다.

"그래, 이십만 원도 없다는 말이니? 잘난 과외 가르친다고 허구한 날 늦게 들어오면서도 죄송하다는 말 한마디 없는 애가, 좋은 대학 다니며 뻐길 줄만 알았지 과외 가르친다면서 그래, 얼마나 실력이 없으면 코딱지만큼밖에 못 받는 거냐? 내가 아는 사람 아들은 한 달에 백만 원도 넘게 번다는데."

"학기 초여서 들어가는 돈이 많아요."

"들어가는 돈이 얼마나 많아서? 그래, 뭘 사느라고 다 썼다는 말이니?"

"교재도 사고, 이것저것 나가는 게 많았어요. 희영이가 작은어머니한테 타간 돈 보시면 아시잖아요."

"아니, 얘가 왜 가만히 있는 희영일 걸고 넘어져? 돈 내기 싫으면 그냥 싫다고 할 것이지."

작은어머니는 당신 딸 얘기하는 건 싫은 모양이었다.

"희영일 걸고 넘어가는 게 아니고, 저도 희영이처럼 준비할 게 많다는 걸 말씀드리는 거예요."

"얘, 시끄러워! 아까워서 내놓기 싫으면 관둬. 얼마나 내놓는다고 생색이야! 지금까지 널 키우고 입히고 먹이고 학교까지 보내줬어. 그런데 그깟 이십만 원 내놓는 게 그렇게 아깝냐? 너 신문 돌리고, 과외 가르쳐서 조금 내놓는다고 그러는 모양인데, 따져 보자. 너, 밥 안 먹니? 씻고 전기 안 써? 결국엔 내 손에 쥐어주는 척하지만 네가 다 쓰는 거야."

"전 단지 학기 초여서 준비할 게 많아 돈이 없다고 했을 뿐이에요. 그런데 꼭 그렇게까지 말씀하셔야 해요?"

"뭐야? 얘 좀 봐. 내 참 기가 막혀서. 지금 어디서 목을 빳빳이 세우고 말대꾸야?"

"언니, 언니 왜 이래? 언니가 뭔데 우리 엄마한테 따지는 거야? 그리고 내가 엄마한테 돈을 타 쓰든 어쩌든 언니가 무슨 상관이야? 내가 우리 엄마한테 돈 타 썼지, 언니한테 달랬어?"

한 살 아래 동생인 희영이 도끼눈을 하고 덤벼들었다.

"얘, 희영아! 너, 지금 언니한테 그게 무슨 말버릇이냐?"

할머니가 수안을 감싸고 나섰고, 완벽하게 편이 나뉘어졌다.

이렇게 편이 갈라져 시끄러워지자 성국이 짜증스럽다는 얼굴을 하고 방으로 들어가 버렸다.

성국은 원래 저랬다. 수안에게 지은 죄가 있기 때문도 하겠지만 원래 집안일에 도통 관심이 없어서 작은어머니가 길길이 날뛰기만 하면 저런 얼굴을 하고 방으로 들어가거나 아예 밖으로 나가 버렸다.

"어머닌 그럼 얘가 잘했다는 말씀이세요? 저한테 덤벼드는 거 못 보셨어요?"

작은어머니의 공세가 할머니를 향했다.

"얘가 틀린 말 한 건 아니잖냐. 얘도 새벽이슬 맞고 나가서 비가 오나 눈이 오나 신문 돌려서 그 돈 벌어 다 너 갖다주지, 과외 가르쳐서 버는 돈 중에 지 쓸 것 조금 빼놓고 또 다 너 갖다주지 않냐? 그런데 얘가 뭘 잘못했다는 거냐?"

"아이고 참, 아니, 얘가 나한테 얼마를 갖다준다고 이러세요? 아이고 그래, 다 필요없네요. 키워주고 학교 보내주느라 내 허리가 다 휘었는데, 그 공은 어디로 가고 이젠 죽일 년이 됐네. 아이고, 아이고!"

작은어머니의 언성이 높아졌다. 그러나 오늘은 할머니도 물러서지 않았다.

"학교도 네가 보내줬다는데, 수안이 중학교 때부터 내내 1등 하면서 장학금 받고 다녔다! 대학도 수석으로 들어가서 등록금도 안 내고. 희영이가 안 입는 옷 얻어 입으면서 그러고 다녔어. 어미, 너 그러면 안 된다. 너 벌받아. 너, 뻔히 알면서 왜 그러는 게냐, 번번이. 그리고 애 아범 죽고 나서 수안이 앞으로 남겨진 재산 너희들이 다 날리지 않았느냐. 그런데, 뭘 말끝마다 너희들 돈 들여 키워주고 입혀주고 했다는 거냐. 또 얘가 전기나 물을 쓰면 얼마나 쓴다고, 또 먹으면 얼마나 먹는다고 그러냐? 너, 그러지 마라. 그러면 못 써. 어째 어른이 되어서 마음을 그렇게밖에 못 쓰냐. 너, 벌받는다, 벌받아."

"그래요, 난 벌받아 지옥에 떨어질 거예요. 어머니의 그 잘난 아들 때문에 내가 평생 요 모양, 요 꼴로 사는 것도 억울해 죽겠는데, 이젠 벌받아 지옥에 간다는 말까지 듣네요."

"그만 하지 못해!"

그때까지 잠자코 있던 작은아버지가 소리쳤지만 누구 하나 작은아버지의 말에 겁을 내는 사람은 없었다.

"내가 일찍 죽어야지, 내가 일찍 죽어야 돼. 내가 너무 오래 산 거여. 너무 오래 산 거여."

할머니가 신세 한탄을 하며 울먹이기 시작했다.

"내가 네 눈앞에서 팍 엎어져서 죽으마. 그러면 너도 편하고 나도 더 이상 너 악쓰는 소리도 안 듣고."

"왜 내 앞에서 팍 엎어져 죽는다는 거예요? 누가 어머니더러

사랑이라는 것을 몰랐을 때 107

죽으라고 했어요?"

 작은어머니가 악을 썼고, 작은아버지는 화난 얼굴로 자리에서 벌떡 일어났다.

"그만 하지 못해!"

 작은아버지가 워낙에 큰소리로 고함을 내질렀기 때문에 모두들 잠시 입을 다물었다.

"이놈의 집구석은 조용한 날이 하루도 없구만, 하루도 없어."

 작은아버지의 그 말에 작은어머니가 기다렸다는 듯이 벌떡 일어나 허리에 두 손을 얹고 작은아버지를 노려봤다.

"수안이만 없으면 우리 집도 조용해."

"수안이가 뭘 어쨌는데?"

"저 계집애가 나한테 덤벼드는 거 못 봤어?"

 작은어머니 악 쓰는 소리를 들으며 수안은 이제 결단을 내릴 때가 왔다고 생각했다.

"작은아버지, 드릴 말씀이 있어요."

 수안의 비장한 음성에 작은아버지가 쳐다봤다.

"저 이번 달 말에 나가겠습니다. 나가서 살게요."

 나가겠다는 작은어머니가 놀란 얼굴로 수안을 쳐다봤다.

 울먹이던 할머니도 놀란 얼굴로 쳐다봤다.

 이렇게 이런 식으로 나갈 생각은 아니었는데 어쩔 수 없었다.

 미우나 고우나 그래도 한집에서 이십 년 가까이 함께 산 사람들이라 돼지고기라도 몇 근 사서 구워 먹으며 건강하게 잘 지내시라는 말 정도는 남기고 나가려고 했는데 작은어머니 하는 행동을 보니 고기는 무슨 마른 오징어 한 마리도 구워 먹기 싫었다.

"학교 근처에 방을 하나 구했어요. 계약은 했고, 이번 달 말에 집이 빠져요."

"집을 구했다고?"

작은아버지가 멍한 얼굴로 물었다.

"네가 무슨 돈으로 집을 구했다는 거냐?"

"그동안 적금 부어왔어요."

"얼마짜리 집을 구했다는 거냐?"

"2천만 원짜리예요."

"2, 2천만 원?"

작은어머니의 눈이 호빵만큼 커졌다. 이천만 원이라는 소리에 눈동자에는 순식간에 독기까지 서렸다.

"지금에야 말씀드려서 죄송해요. 지금까지 키워주시고 가르쳐 주신 거 모르지 않아요. 하지만 제가 언제까지나 작은아버지, 작은어머니에게 짐이 될 순 없잖아요. 과외 한 돈 차곡차곡 모았다가 구했어요. 작은어머니 말씀대로 제가 이 집에 계속 있으면 집이 시끄러우니까 나가서 살겠습니다."

"그래서 이번 달 말에 나가겠다고?"

"네."

수안이 대답하는 순간 작은어머니가 고함을 지르기 시작했다.

"아이고, 돈 이십만 원이 없다고 이 난리가 나게 만들어놓고

사랑이라는 것을 몰랐을 때 109

뭐? 2천만 원짜리 집을 구했다고? 얘가 이제 보니 정말 무서운 애네. 돈 없다고 딱 자르더니 몰래 돈을 2천만 원이나 모았어? 그래, 키워준 값은 하나도 없구나. 하나도 없어. 이것 봐요, 내가 뭐라고 했어요? 키워줘 봤자 아무 소용 없다니까. 돈 모았으니 나가겠다고 하잖아요? 당신 조카가 뭐 자식처럼 우리 호강시켜 줄 줄 알았어요? 제 실속이나 차리지?"

수안은 작은어머니가 돈 2천만 원이 탐이 나 일부러 자극하기 위해 더욱 매정하게 말하고 있다는 걸 눈치 챘다. 하지만 작은어머니가 무슨 말을 해도 흔들릴 수안이 아니었다.

"죄송합니다. 그만 들어갈게요."

"너, 어딜 들어가니? 이번 달 말? 필요없다. 말일까지 있을 필요 있니? 지금 당장 나가거라!"

작은어머니가 악을 쓰듯 말했고, 수안은 냉정한 눈으로 작은어머니를 쳐다봤다.

"지금 당장 나가!"

"이 밤중에 저더러 나가라고 하시는 거예요?"

"흥! 누가 들으면 내가 널 내쫓는 줄 알겠다만 그건 모르는 것들 말이고, 네가 네 발로 나가겠다면서? 난 너처럼 버르장머리 없고 은혜도 모르는 애는 더 이상 보고 싶지 않으니까 지금 당장 나가거라."

악독한 여자. 이 세상에 둘도 없을 만큼 악독한 여자.

"당장 나가라고!"

작은어머니가 수안의 얼굴에 침이 튀도록 악을 썼다.

"네, 그렇게 할게요. 짐 챙겨 나올게요."

수안의 말에 작은어머니의 얼굴에 순간 당혹감이 스쳐 지나갔다. 수안이 이렇게 반응할 줄은 생각 못한 듯했다.

수안은 방으로 들어와 짐을 꾸리기 시작했다. 밖에서 할머니가 이 밤중에 어딜 나가라는 거냐며 작은어머니에게 퍼붓고 있었고, 작은어머니는 돈이 남아돌아 집까지 구했다는데 갈 데가 없겠느냐며 맞대응하는 소리가 들렸다.

수안은 너무 낡은 옷은 그냥 두고 입을 만한 것 몇 개와 책만 골라서 짐을 꾸렸다. 그리고 숨겨두었던 통장과 도장을 꺼내 챙겨 넣은 후 거실로 나왔다.

"그동안 고맙고 죄송했습니다. 나중에 인사드리러 올게요."

이어서 수안은 황망한 표정으로 서 있는 작은아버지에게 굳은 표정으로 인사했다.

"수안아, 너 꼭 이렇게 나가야겠냐? 이렇게 나가면 안 되는 거다."

작은아버지가 어설프게 수안을 붙잡는 척했다. 하지만 수안은 흔들리지 않았다.

"이게 편할 것 같아요. 제가 있어서 너무 시끄러웠잖아요."

"너 때문이 아니었어."

작은아버지는 적어도 수안의 돈이 탐나서 붙잡는 건 아닌 듯했다. 수안을 이렇게 내보내면 수안의 부모님, 그러니까 형님께 죄송해서 붙잡는 것인지도 몰랐다. 그다지 믿음이 가지는 않지만.

작은어머니는 작은아버지가 수안을 설득하는 동안은 잠자코 있었다. 악도 쓰지 않고 드러눕지도 않았다. 수안이 작은아버지의 설득에 2천만 원을 내놓고 눌러 있을 것을 기대하면서.

"아뇨, 저 때문이었어요. 저 때문에 작은아버지 맘고생 많이 하신 거 알아요. 죄송해요."

"수안아."

"나중에 인사드리러 올게요. 갈게요, 작은아버지."

수안이 인사를 하고 기어이 집을 나가려고 하자 작은어머니의 발악이 다시 시작됐다. 작은어머니는 코앞에서 2천만 원을 날린 것이 원통해서였다.

"올 필요 없다! 다신 오지 마라!"

작은어머니가 침이라도 뱉을 듯이 소리쳤고, 수안은 어쩔 줄 몰라 하며 발을 동동 구르는 할머니의 손을 꼭 잡고 걱정 말라고 말씀드린 후 집을 나와 버렸다.

씩씩하게 짐을 싸들고 나왔는데 문제는 당장에 갈 데가 없다는 것이었다. 이 늦은 시간에 부모님과 함께 사는 친구들한테 전화를 걸 수도 없고, 자취하는 친구가 있긴 했지만 보통 때도 아니고 짐을 싸들고 집을 나온 상황이라 도움을 청하기도 무엇했다.

이모한테 연락할까?

수안은 고개를 내저었다. 이모 사정 뻔히 알면서. 갈비집에서 혼자 몸 누이는 것도 눈치 보이는 사람에게 어떻게 재워달라는 말을 할까. 이모는 아니었다. 집을 나왔다는 것을 알면 분명 서럽게 울 사람이고 이모까지 가슴 아프게 할 수는 없었다.

수안은 어디로 가야 할지 몰라 버스 정류장에 우두커니 서 있었다.

혼자서 여관에 들어가는 것이 무서울 만큼 수안은 너무 순진했다. 여관이 무섭다고 한 번도 가본 적이 없는 호텔을 찾아갈 수도 없었다.

단 1분도 더는 머물 수가 없어 씩씩하게 나왔는데 나오고 보니 정말이지 막막했다.

이른 봄바람에 으슬으슬 떨리는 추위를 느끼며 정류장에 선 채로 30분 넘게 고민하던 수안은 공중전화를 쳐다봤다.

'그래, 은주에게 호출을 해야겠다.'

다른 수는 없었다. 은주가 아직 귀가하지 않았길 바라는 수밖에. 아직 주점에서 과 친구들과 술을 마시고 있길 바라는 수밖에.

은주는 수안의 처지를 모두 알고 있으니 은주라면 도와줄 것이 분명했다.

수안은 공중전화에 동전을 집어넣은 후 012로 시작되는 은주의 호출기 번호를 눌렀다. 곧 신호음이 잡히자 2번을 누른 수안은 은주의 호출기에 음성메시지를 남겼다. 지금 학교로 갈 테니, 아직 집에 가지 않았으면 학교 정문에서 만나자고. 수안은 짐을 싸들고 집을 나왔다는 말도 솔직하게 덧붙였다.

택시를 잡아탄 수안은 은주가 아직 학교 앞 주점이나 그 근처에 있기만을 기도하며 학교 앞으로 달려갔다.

"전 먼저 갈게요."

호출기 메시지를 확인하기 위해 공중전화 부스에 갔다 온 은주는 약간 상기된 얼굴로 가방을 챙기기 시작했다.

"오늘 밤새워 놀자고 해놓고선 왜 간다는 거야?"

꼭대기까지 취해 잠깐 잠이 들었다가 정신을 차려 같은 자리에서 2차를 즐기고 있던 철호가 물었다.

"죄송해요. 갑자기 일이 생겨서요."

"이 시간에 일은 무슨."

"그러게요. 이 시간에 일이 터졌네요. 죄송해요. 먼저 갈게요."

은주는 성의없이 간단하게 인사한 후 쏜살같이 나와 버렸다.

학교 정문을 향해 걸어가던 은주는 수중에 돈이 얼마 없다는 것을 기억해 냈고 그래서 지갑을 꺼내 열어보자, 아니나 다를까, 비참하게도 천 원짜리 지폐 여섯 장만 남아 있었다. 수안이 이 밤에 집을 나와 버린 마당에 6천 원으로 할 수 있는 일은 아무리 생각해도 없었다.

은주는 걸음을 돌려 부리나케 주점으로 돌아가 동욱을 불렀다. 동욱을 부른 이유는 몸에 4백만 원어치는 족히 되는 옷을 걸친 만큼 여윳돈이 있을 것 같았고 그리고 유일하게 취하지 않고 멀쩡한 상태였기 때문이었다.

"잠깐만 저 좀 보세요."

동욱은 은주가 왜 보자고 하는지는 모르지만 설마 수안이 때문일 거라고는 생각하지 못했다. 때문에 별생각 없이 은주를 따라 나갔다.

"왜 그러니?"

"선배님 죄송한데요, 돈 있으면 오만 원만 빌려주실래요? 다음 주 월요일에 꼭 갚아드릴게요."

오만 원은 쥐고 있어야 뭘 해도 할 수 있을 것 같았다.

"빌려줄게. 그런데 이유는 좀 알자. 이 시간에 갑자기 오만 원이 왜 필요하니? 택시비야?"

"택시비는 아니고…… 네, 택시비예요."

택시비가 아니라던 은주가 금세 말을 바꿨다. 거짓말에 재주가 없는 것이 금방 탄로난 것이다.

"어디 사는데 택시비가 오만 원이나 든다는 거야?"

"그게……."

은주가 우물쭈물 설명을 못하자 미심쩍은 얼굴로 은주를 쳐다보던 동욱이 말없이 지갑에서 십만 원을 꺼내 은주의 손에 쥐어주었다.

"만약 문제가 생겨서 도움이 필요한 거라면 솔직하게 말해."

"……네."

"혼자 갈 수 있어?"

자정이 아니라 새벽 1시가 지난 시간이었고 그래서 바깥 거리

사랑이라는 것을 몰랐을 때　　115

는 낮과는 달리 곳곳이 우범지역이 되어 있었다.

"저…… 선배님, 저하고 좀 같이 가주실래요?"

은주가 고민 끝에 부탁했다. 이왕 돈까지 꾸는 마당이었고 늦은 시간이니만큼 아무래도 든든한 남자 한 명쯤은 있는 것이 덜 위험할 것 같았기 때문이다.

"어딜?"

"학교 정문에요."

"지금 거긴 왜?"

"누굴 좀 만나기로 했는데, 그러니까 저기……."

은주는 같이 가달라고 부탁하면서도 만나려는 사람이 누군지는 얼른 털어놓기가 곤란했다. 수안이 어떻게 생각할지 몰랐기 때문이다.

"누군데 그래? 괴롭히는 사람 있어?"

"아뇨, 그게 아니라……."

은주는 같이 가달라고 부탁했고 뻔히 잠시 후면 만날 텐데 굳이 숨기는 것도 우스워 털어놓기로 했다.

"저기…… 수안이가 지금 학교 앞으로 온대요."

"수안이?"

은주의 입에서 '수안'이라는 이름이 나오자마자 동욱은 온몸이 긴장되는 것을 느꼈다.

한참 전에 집으로 간 수안이 이 시간이 어째서 무슨 일로 다시 온다는 걸까?

동욱은 수안이 온다는 말이 반가우면서도 늦은 시간임을 감안할 때 그저 반가워할 일만은 아니다 싶었다.

"수안이가 왜 지금 다시 온다는 거야? 갔잖아."

"그랬죠. 그런데 온대요."

"그러니까 왜?"

"그게, 그게…… 수안이가 집을 나왔대요."

그 말에 동욱은 당황한 얼굴로 은주를 쳐다봤다.

"집을 나와?"

"지금 다 설명하자면 너무 복잡하고 또 길어요. 어쨌든 수안이가 짐을 싸 들고 집에서 나왔다는데, 도로 갈 수는 없을 거예요. 다른 데서 재워야 하는데, 분명히 저희 집엔 안 가려고 할 거고……."

"왜 너희 집엔 안 가려고 한다는 거니?"

"너무 늦었잖아요. 그리고 짐을 들고 있을 텐데, 이 시간에 우리 집에 그 꼴로 가느니 길바닥에서 얼어 죽는 게 낫다고 생각할 거예요. 수안인 자존심이 무지 강하거든요."

"그럼 어디서 재운단 말이야?"

"일단 오늘은 여관이나 여인숙 같은 데서요."

"여관?"

동욱은 낯을 찌푸렸다.

여관이나 여인숙이라니. 그리고 또 근처에서 여인숙은 본 적이 없었다.

"너무 늦어서 그 수밖에 없어요, 지금은. 우리끼리 그런 데 들어가는 건 좀 볼썽사나우니까 선배님이 방 좀 잡아주세요."

"일단 가자."

동욱은 은주와 함께 학교 정문으로 향하며 오늘 집을 나온 수안의 사건을 어떻게 처리할지에 대해 생각하기 시작했다.

우선은 수안이 집을 나왔다는 게 가장 큰일이자 문제였고, 다음은 어디서 재우느냐 하는 것이었다.

수안을 여관에서 재운다? 그건 싫었다. 그냥 이유없이 싫었다. 차라리 자신의 차에서 불편하게 재웠으면 재웠지 여관방을 잡아주고 싶은 생각은 조금도 없었다.

사실 수안의 잠자리는 고민할 필요가 없었다. 하룻밤 잠자리를 마련해 주는 정도는 동욱에게 일이라고 할 것도 없는 간단한 일이었다.

그런데 수안이 집을 왜 나왔으며, 한 번 나온 이상 도로 들어갈 수는 없을 거란 말이 무슨 뜻인지 그것이 몹시 궁금했다. 수안이 집으로 가기 전 얼핏 통금을 걸어놓은 작은어머니를 두고 지독하다는 표현을 썼던 것은 기억하지만 그렇다고 남자도 아니고 여자가 수석으로 입학해 1등 하는 모범생 수안이 밝은 날도 아니고 밤에 집을 나온 것은 이해가 되지 않았다.

"왜 도로 집으로 들어갈 수는 없다는 거야?"

"작은아버지 집에서 사는데 작은어머니가 팥쥐 엄마 뺨치게 악독해서요. 아! 이런 말 하는 거 수안이가 되게 싫어해요. 못

들은 걸로 해주세요. 선배님하고 같이 가면 수안이 기겁할 텐데…… 자존심 무지 강하거든요. 싫어할 텐데……."

은주가 자존심 강하다는 반복하며 걱정스럽게 말끝을 흐렸다.

동욱과 은주가 정문 앞에서 20분 정도 기다렸을 때 택시 한 대가 멈춰 서더니 수안이 내렸다. 손에는 별로 크지 않은 가방 하나가 들려 있었고, 어깨엔 큼지막한 색을 짊어지고 있었다.

"수안아."

"어, 은주야. 정말 다행이다. 난 네가 집으로 들어갔으면 어쩌나 하고 엄청 걱정했거든. 여태 주점에 있었니? 아직 안 갔던……."

그제야 옆에 있던 동욱을 발견한 수안은 놀란 얼굴로 입을 다물어 버렸다.

"놀라지 마. 어쩔 수 없었어. 너, 우리 집에 안 갈 거잖아. 모임 자리에서 취하지 않은 사람은 동욱 선배밖에 없고 가진 돈이 6천 원밖에 없어서 어쩔 수 없이 선배한테 부탁한 거야."

은주가 몹시 미안해하며 설명했고 동욱을 끌어들일 수밖에 없었던 이유가 나름대로 타당했기에 눈을 맞추지 못할 만큼 창피했지만 이미 동욱에게 짐 가방을 들고 나온 것을 보인 이상 도리가 없었다.

"여관방을 잡아야 할 텐데, 우리 둘이서 들어가려고 생각하니까 조금 뭣하더라고……."

"그래……."

동욱에게 이런 꼴을 보이는 게 된 것이 화가 날 정도로 싫긴 했지만 나와달라는 수안의 부탁에 득달같이 달려나온 은주였고 은주 나름대로 애썼다는 것을 알기에 따질 수도 불만을 터뜨릴 수도 없었다.

"가자."

동욱이 학교 안으로 걸음을 옮겨놓자 은주와 수안이 지금 학교에는 왜 가는 것인지 이상하다는 얼굴로 쳐다보다가 뒤를 따랐다.

"학교엔 왜…… 선배, 어디 가시는데요?"

은주의 물음에 동욱이 인적 드물고 캄캄한 데 하고 대답했고 수안은 은주 모르게 낯을 찡그렸다. 아까 대놓고 수작 걸 때 던진 대사였기 때문이다. 창의력없는 대사 날리기로는 수준급이었다.

동욱은 멀찍이 앞서 걸으며 주머니에서 휴대폰을 꺼내 늦은 시간이었지만 실례를 무릅쓰고 콘티넨탈 호텔 조인규 상무에게 전화를 걸었다.

[여보세요?]

자고 있었던 듯한 목소리로 전화를 받은 사람은 조 상무의 부인인 듯했다.

"조 상무님 댁이죠?"

[네, 그런데요?]

"회삽니다. 계십니까?"

[잠깐만요.]

회사라는 말에 신속하게 수화기가 조 상무에게로 넘어갔다.

[여보세요?]

"조 상무님?"

[누구?]

"저 최동욱입니다."

[누구? ……아, 이 시간에 웬일이십니까, 도련님?]

조 상무의 어투가 금방 깍듯해졌다.

"밤늦게 죄송합니다."

[괜찮습니다. 무슨 일이십니까? 회장님께서…….]

"아닙니다. 제 일이에요. 긴히 부탁드릴 게 있어서요."

[말씀하십시오, 도련님.]

"룸 하나 잡아주세요. 특실은 필요없고 일반실이면 됩니다."

[도련님께서 쓰실 룸이라면…….]

"제가 아니고, 제 후배예요."

[아, 예, 알겠습니다. 지금 바로 제가 나가죠.]

"아뇨, 호텔에 전화나 한 통 걸어주세요."

[하지만……]

"전화만 해주시면 됩니다. 부탁드릴게요."

[예, 알겠습니다. 바로 조치하겠습니다.]

"고맙습니다. 늦은 시간에 정말 죄송합니다. 그리고 아버지껜 아무 말씀 말아주세요."

[예, 알겠습니다. 걱정하지 마십시오.]

조 상무는 입이 무거웠고 동욱에 대해 특별한 감정을 갖고 있었기에 동욱의 부탁대로 조용히 일을 처리해 줄 것이 분명했다.

"제대한 지 얼마 안 된 동욱 선배도 휴대폰이 있네……."

은주가 부럽다는 듯이 말했다.

"우리도 삐삐 버리고 하나 장만하자……."

"난 삐삐 쓸 거야."

몇 년 전까지만 해도 부자들만 들고 다닌다는 휴대폰이 1, 2년 사이에 대학생들도 손쉽게 사용할 만큼 흔해졌다. 하지만 휴대폰이 아무리 흔해져도 수안은 여전히 호출기를 쓰고 있었다. 값이 많이 내려간 휴대폰 구입비보다는 다달이 내야 하는 사용료가 부담스러웠기 때문이다.

"무슨 일이 있었는데 이 밤에 나와 버린 거야?"

"……이 밤중에 나올 수밖에 없는 일이 있었어."

"그랬겠지. 지금 말하기 싫구나?"

"응. 지금 좀 치받친 상태라서."

"그래. 그럼 너 얘기하고 싶을 때 그때 하자."

"음."

"선배, 학교엔 왜 가세요?"

은주가 묻자 동욱이 차 가지러, 하고 대답했다.

"차요? 선배님 차 있어요?"

은주가 반가운 목소리로 묻자 동욱이 응 하고 대답하더니 갑자기 돌아서서 수안에게 다가와 수안이 들고 있던 짐 가방을 빼앗듯 들었다.

"밤중에 집 나온 날라리 대학생 가방이 왜 이렇게 무겁냐?"

이 상황에 그걸 농담이라고 하는지.

"가출할 때 맨몸으로 나와요?"

수안의 대꾸가 까칠하자 동욱이 적반하장도 유분수지 하는 얼굴로 수안을 노려봤다.

"가출한 게 자랑이냐?"

"고딩도 아닌데 뭘요. 가방 주세요."

"들어준다고."

"생색낼 거면 그냥 달라구요."

"생색내고 들어준다고."

동욱이 아르렁거리는 수안에게 똑같이 아르렁거린 후 수안의 짐 가방을 든 채 성큼성큼 걸어갔다.

"내가 든다구요."

수안이 동욱을 쫓아가려는데 은주가 붙잡았다.

"그냥 들어달라고 그래. 그리고 지금은 성질 좀 죽여. 어쨌거나 도움받는 처지니까."

"쪽팔려 죽겠는데 가방까지 들어주고 난리라니?"

"이미 가출한 날라리 대학생 됐어. 이왕 쪽팔린 거 그냥 모른 척해. 선배님, 선배님 차 뭐예요?"

사랑이라는 것을 몰랐을 때

은주가 종종걸음으로 동욱을 쫓아갔고 수안은 동욱에게 도움을 받게 될 줄은 몰랐고 또 가출한 것을 동욱에게 들킨 것이 마땅치 않아 한숨을 내쉬며 두 사람을 뒤따랐다.

동욱의 차에 오른 은주는 상기된 표정으로 동욱의 차를 훑어봤다. 대학생이 차를 가지고 다니는 것도 놀라웠지만 동욱의 차가 외제차였기 때문이었다.

"선배, 이 차 외제차죠?"

"음."

"와, 선배 되게 부잔가 봐요."

"내 차 아니야. 아버지한테 빌린 거야."

"아버지 차라도 와, 진짜 부잔가 보다."

"내가 알기론 중고로 산 거야."

동욱은 되도록 어정쩡한 부자인 척하려고 말을 돌렸다.

"그런데 어디로 가시는 거예요?"

"친구 녀석이 엄청 부잔데, 아버지가 호텔을 하나 갖고 있거든. 친구 녀석한테 전화했더니 룸 하나 잡아준대."

"호텔요?"

호텔이라는 말에 은주의 얼굴이 활짝 펴졌다. 하지만 수안은 조금 놀랄 뿐 활짝 펴지지는 않았다.

"정말 잘됐다. 웬일이니, 호텔에서 잠을 다 자보고! 신난다, 수안아."

은주가 들떠서 떠들었지만 수안의 얼굴은 여전히 굳어 있었다. 은주와는 달리 신이 날 것이 없었기 때문이다. 집 나온 주제에 호텔에서 하루 밤 묵는 것을 신나할 일은 아니었다.

"야, 너 왜 뚱해서 그래?"

은주가 수안의 옆구리를 툭툭 치며 얼굴 좀 펴라고 신호를 보냈지만 펴질 얼굴이 아니었다.

"가출한 주제에 깔깔거리고 웃니?"

수안의 뚱한 대꾸에 은주가 픽 웃었다.

"그러게. 순간 너 가출한 걸 깜빡했다."

수안은 가출 대학생이라는 것을 상기한 듯 은주가 어색하게 웃으며 중얼거렸다.

"은주는 집이 어디니?"

동욱이 시동을 걸며 물었다.

"홍대 근처예요. 가까워요."

"집에 먼저 데려다 줄게."

동욱의 말에 은주는 실망했고 수안은 놀란 얼굴로 동욱을 쳐다봤다.

"왜요? 저도 호텔에서 자보고 싶어요."

은주가 억울하다는 듯 항의했다.

"다음에 너 집 나오면 잡아줄게."

동욱이 말했고 은주와 수안의 표정은 한겨울 맞바람이라도 맞은 듯 추워졌다.

"어째 선배 말하는 센스가 그러네."

사랑이라는 것을 몰랐을 때 125

은주가 속삭였다.

"음, 꾸지더라고."

수안이 낮은 목소리로 거들었다.

"들리거든?"

동욱이 백미러로 수안을 노려보며 말했고 수안 대신 은주가 픽 웃었다.

"저도 호텔에서 잘게요."

은주가 어울리지 않게 코맹맹이 소리를 내며 아양 떨자 수안이 낯을 찌푸리며 은주를 째려봤다.

"너 코에 뭐 들어갔어? 왜 앵앵거려?"

수안이 면박을 주자 은주가 시끄러 하고 낮게 경고하더니 다시 아양을 떨기 시작했다.

"선배, 저도 호텔에서 잘래요."

은주가 최선을 다해 아양을 떨었지만 안타깝게도 동욱에겐 통하지 않았다.

"집에 가는 게 좋겠다. 아무리 호텔이라고 해도 우르르 몰려가는 건 모양이 좋지 않고 말했다시피 친구 놈한테 부탁해서 잡은 룸인데 몰려가면 내가 좀 쪽팔리잖아."

동욱은 은주를 잘 구슬려 집에 보내고 싶었다. 그래야 잠깐이라도 수안과 단둘이 있을 수 있었기 때문이다.

동욱의 설명에 은주는 실망스러우면서도 더는 우기지 못하고 물러섰다.

"그러네요."

은주의 목소리에는 더 이상 아양도 남아 있지 않았다.

"선배, 그냥 여관에서 잘게요."

수안의 말에 펄쩍 뛴 사람은 동욱이 아니라 은주였다.

"선배가 일부러 신경 써서 친구한테까지 부탁한 건데 싫다니? 호텔이면 안전하고 좋잖아. 여관은 아무래도 너 혼자 있기엔 위험해."

"위험할 것 없어. 문 잠그면 되는데 뭘."

"야, 너 왜 이렇게 바보같이 구니?"

은주가 쏘아붙이며 지원을 부탁하는 듯한 얼굴로 동욱을 쳐다봤다.

"부담스러워하지는 마. 여관에서 재우는 게 꺼림칙해서 그래. 호텔비 걱정도 하지 마. 내가 알아서 할게."

"선배한테 호텔비 떠넘기는 것도 싫구요, 그냥 여관으로 갈게요."

"시끄러."

은주가 재빨리 수안의 말을 잘랐다.

"그만 해. 가는 거야. 그냥 따라가는 거라고. 다른 말 하지 마. 선배님, 가세요. 얘, 말 잘 듣는 애 아니에요. 고집이 황소라 그냥 밀어붙여야 해요. 나한테 라면 한 그릇 얻어먹고도 엄청 빚진 줄 알거든요."

은주가 수안에게 제발 적당히 넘어갈 줄도 알라는 듯이 눈을 흘겼다.

"아무 말 하지 말고 선배 따라가서 안전하게 자. 내일 만나서 어떻게 할 건지 의논하자고. 오늘은 무조건 그냥 따라가서 자. 응?"

은주가 고집 센 수안이 또 복장 긁어놓는 소리를 할까 봐 달랬고 수안은 내키지 않았지만 끝까지 고집을 세울 수가 없어 고개를 끄덕였다.

동욱은 먼저 은주를 집 앞에 내려주었고 드디어 수안과 단둘이 남게 되자 그제야 조금은 걱정스러운 얼굴로 입을 열었다.

"괜찮아?"

오늘 동욱으로부터 괜찮냐는 질문을 몇 번째 받는 것인지.

"지금은 괜찮지 않네요."

수안이 솔직하게 말했다.

"어쨌거나 미안해요. 신세 질 생각 없었는데."

"밥 사면 되지."

동욱의 말에 수안이 미간을 찌푸렸다.

그놈의 밥.

"제일 비싼 밥요?"

"당연하지."

"협상의 여지가 있나요?"

"없어. 비싼 밥."

"알았어요."

수안이 시큰둥하게 대답했다.

"괜찮니?"

동욱이 다시 물었고 수안은 여전히 시큰둥한 목소리로 네 하고 대답했다.

"오늘 너 제법 파란만장하다."

동욱이 놀리는 듯이 말했지만 틀린 말이 아니었기에 노엽지는 않았다. 또 분명 놀리는 듯이 말했지만 반드시 놀리고 있다고 할 수 없는, 일부러 분위기를 부드럽게 풀려는 의도라는 것이 느껴졌기 때문이다.

"그 대사는 좋네요. 딱이에요."

수안이 씩씩한 척 말했지만 처량함을 지울 수는 없었다.

"괜찮지?"

동욱이 무조건 괜찮아야 한다는 뜻으로 물었고 수안은 들릴 듯 말 듯 네 하고 대답했다. 씩씩해지려고 애를 썼지만 지금은 자꾸만 자꾸만 기분이 가라앉아서 아무리 애를 써도 씩씩해지지가 않았다.

전혀 괜찮지 못한 상황이라는 것을 동욱도 수안도 알고 있었지만 수안은 괜찮다고 대답할 수밖에 없었고 동욱은 수안의 슬픈 목소리에 이상하게 가슴 한쪽이 결리는 기분을 느꼈다.

## 3장

 호텔에 도착하자 동욱은 수안의 짐 가방을 알아서 챙겨 들고 호텔에 들어갔다.
 "잠깐만 기다려."
 동욱은 수안을 로비 소파에 앉혀두고 프런트로 가서 조용히 조 상무의 이름을 댔다.
 "아, 예. 상무님께 연락받았습니다, 도련님."
 조 상무는 방이나 하나 잡아두고 말 것이지 동욱의 신분까지 밝힌 모양이었다.
 호텔 직원에게 신분이 밝혀진 이상 몸을 사릴 필요가 없었다.
 "식사 제대로 챙겨주세요."

"함께 묵으십니까?"

"아뇨. 저 친구 혼자 묵을 거예요. 며칠 더 있어야 할지도 모르니까 룸 확보해 주시고요."

"예, 알겠습니다."

"저 친구한테는 제가 누구라는 말 절대 하지 마세요. 모르고 있으니까. 표나게 특별대우하실 필요까지는 없습니다. 그저 보통 손님 대하듯 해주세요."

"예, 도련님."

키를 건네받은 동욱은 수안에게 돌아가 가방을 집어 들었다.

"올라가자."

동욱이 가방을 들고 엘리베이터로 향하자 수안은 호텔이라는 곳이 처음이라 어쩐지 자신이 더욱 초라하게 느껴져 주눅이 드는 기분이었고 또 동욱에게 신세를 지게 된 것이 미안해서 조용히 동욱을 따라갔다.

"나 때문에 친구분한테 아쉬운 소리 하게 해서 죄송해요."

엘리베이터에 올라 문이 닫히자 동욱의 눈치를 보던 수안이 조심스레 입을 열었다.

"아쉬운 소리 아니야. 그 자식도 나한테 아쉬운 소리 종종 하거든."

"내일 몇 시까지 나가면 돼요?"

"나한테 부탁하면 더 있게 해줄 수도 있어."

"네?"

"잠자리 마련될 때까지 있어도 된다고. 나한테 더 있게 해달라고 부탁하면."

동욱이 약간 시건방져 보이는 표정으로 말했다.

"잘난 척하시는 거예요?"

수안이 시쁘장스럽게 물었다.

"어떻게 알았냐?"

동욱의 대꾸에 수안이 치사하다는 듯 입술을 실룩이자 동욱이 싫으면 말고 하고 말했다.

"12시. 12시에 비우면 돼."

"네."

수안은 그냥 네라고 대답하고 말았다.

사실, 두 눈 딱 감고 태어나서 처음으로 철면피가 되어 며칠 더 묵게 해달라고 부탁하고 싶었지만 차마 그 말이 목구멍에 걸려 입 밖으로 나오지 않았다. 동욱이 잘난 척해서가 아니라 동욱이 친구에게 아쉬운 소리를 하게 만드는 것이 미안했고 또 동욱에게 아쉬운 소리를 하는 것도 어려웠기 때문이었다. 아주 친한 관계라면 모를까 동욱은 아직 친하다고 할 수 없는 애매한 사람이었다.

내일은 토요일이라 학교도 쉬었고 그래서 딱히 갈 곳이 없었지만 이도저도 안 될 때에는 여관방에라도 가면 되니까 더는 고민하지 않기로 했다.

동욱이 먼저 룸으로 들어가 불을 밝힌 후 수안에게 들어오라고 손짓했다.

호텔 룸은 제법 넓었고 굉장히 세련되게 꾸며져 있었으며 아주 깨끗했다. 언젠가 텔레비전 드라마에서 구경했던 호텔보다 훨씬 더.

"지낼 만하겠지?"

지낼 만하겠냐고? 지낼 만한 정도가 아니라 수안에겐 천국이나 다름없었다. 어쩐지 불편한 천국.

"방이 좀 썰렁하다. 온도 높여줄게."

동욱이 호텔 룸에 아주 익숙한 듯 벽에 붙은 계기판을 조작했다.

"온도 올렸어. 금방 훈훈해질 거야."

"네."

"네라고만 하면 어떻게 하냐?"

"그럼요?"

"고맙다고 해야지."

"꼭 인사를 받으셔야겠어요?"

수안이 불만스럽게 묻자 동욱이 눈을 부라렸다.

"당연하지."

"고맙네요."

수안이 시퉁하게 대꾸하자 동욱이 수안을 노려봤다.

"도움받는 주제에 많이 까칠하다."

동욱이 너무 심하지 않냐는 투로 말하자 수안이 꼭 그렇게 아픈 곳을 찔러야겠나는 얼굴로 동욱을 노려봤다.

"이 지경에 까칠하지도 않으면 울 것 같아서요."

수안이 정말 까칠하게 대꾸하자 동욱이 가만히 수안을 바라보다가 픽 웃었다.

"그래, 차라리 까칠하게 굴어라. 우는 건 칙칙해서 질색이니까."

동욱의 말에 수안은 동감이에요 하고 대답했다.

"냉장고에 먹을 것 있는데 음료수라도 마실래?"

동욱이 냉장고 문을 열면서 물었다.

"아뇨. 먹히지도 않아요. 하지만 물어봐 줘서 고마워요."

"그 고맙다는 말은 진짜 그냥 한 소리지?"

"눈치 챘어요?"

수안이 되묻자 동욱이 입술을 실룩거렸다.

동욱이 냉장고를 뒤지는 동인 수안은 창가로 나가서 한 뼘만큼만 조심스레 커튼을 걷고 밖을 내다봤다.

"볼 게 있어?"

"야경요."

수안의 대답에 동욱이 수안의 곁으로 와서 커튼을 조금 더 걷었다.

수안과 동욱의 눈앞에는 자신들이 살고 있는 곳이 한국이라는 것이 믿어지지 않을 만큼, 마치 야경이 아름답기로 이름난 외국의 어느 낯선 나라에 온 것은 아닐까 착각이 들 만큼 아름다운 서울의 야경이 펼쳐져 있었다.

형형색색의 조명들, 조명들이 밝혀주는, 마치 천재 화가가 단 한 번의 붓놀림으로 그려 넣은 듯한 도로들이 오밀조밀 예술작품이 되어 수안의 시선을 사로잡았다.

수안은 말로는 결코 표현하지 못할 아름다움의 극치에 흠뻑 젖어 오늘 얼마나 고단한 하루였는지를 잠깐이나마 잊을 수 있었다.

"참…… 근사하네요."

"그러네."

눈물을 흘리지 않고는 견딜 수 없을 만큼 감동적인 영화를 보는 듯한 표정으로, 아니, 생각할수록 갑갑하고 난처한 상황이기가 막혀 펑펑 울어버리고 싶은 표정으로 서울의 야경을 바라보던 수안이 동욱의 시선이 느껴져 고개를 돌리자 동욱이 야경이 아니라 수안을 뚫어져라 바라보고 있었다.

"왜…… 그렇게 보세요?"

수안은 무안함에 일부러 더욱 뚱한 얼굴로 물었다. 눈에 힘을 잔뜩 싣고.

동욱의 시선에서 불쌍하다거나 측은함이 느껴지지는 않았지만 혹시라도 자신을 가여워하는 것은 아닐까 생각했다. 만약에 그런 시선이라면 사절이었다. 누가 봐도 참 안돼 보이는 상황이긴 했지만 불쌍한 사람 취급받는 것은 절대 사절이었다.

"너 뭐 좀 먹어야겠다."

"네?"

사랑이라는 것을 몰랐을 때

동욱의 뜬금없는 말에 수안의 뚱하던 표정이 저절로 풀어졌다. 수안이 무슨 엉뚱한 소리냐는 듯 동욱을 쳐다보자 동욱은 조금도 엉뚱하지 않다는 듯 오히려 더욱 걱정스러운 눈길로 수안을 바라봤다.

"뭐 좀 먹자."

"배고프지 않아요."

"먹어야겠어."

"배고프지 않다니까요."

배도 고프지 않은데 뭘 자꾸 먹으라는 걸까.

"허기져 보여. 허기지고 추워 보여."

"아니에요. 허기지지도 않고 춥지도 않아요."

수안은 아니라고 우겼지만 동욱의 눈에는 그렇게 보였다.

씩씩한 척하고 까칠한 척하지만 그런 모습은 정말 말 그대로 척하는 것이고 지금 수안의 모습은 한 달 내내 제대로 된 밥 한 끼 얻어먹지 못한 사람처럼 몹시도 허기가 지고 한겨울 성냥팔이 소녀처럼 꽁꽁 얼어붙은 듯 잔뜩 움츠린 모습으로 보였다.

"내가 처량 맞아 보이는 모양이네요."

수안이 민망한 미소를 지으며 중얼거렸다.

"늦었는데 그만 가세요. 신세는 비싼 밥으로 두고두고 갚을게요."

"같이 있어줄까?"

동욱의 물음에 수안의 눈빛이 사나워졌다.

"또 대놓고 수작이세요?"

수안이 쏘아붙였지만 동욱은 희미하게 웃기만 했다.

수작이냐고 쏘아붙였지만 수안은 동욱의 미소에서 같이 있어주겠다는 그의 말이 수작이 아닌 순수하고 담백한 걱정이라는 것을 알 수 있었다.

"얼른 가시죠."

"혼자 있을 수 있지?"

"당연하죠."

수안의 당찬 대답에 동욱이 가만히 수안을 바라보다가 갑자기 덥석 수안의 손을 잡더니 침대 옆 협탁에 놓여 있던 펜을 들고 숫자 몇 개를 써주었다.

"혹시 무슨 일 있으면 전화해. 내 휴대폰 번호야."

"호텔에서도…… 무슨 일이 생겨요?"

수안이 사포라는 별명답지 않게 이 순간만큼은 순진한 얼굴로 물었다. 호텔은 처음이라 정말 아무것도 몰랐기 때문이다.

"필요한 게 있으면 전화하라고."

"보통은 아무 일도 안 생기죠?"

"응."

"그런데 목욕하라면서 왜 손에다 써주세요? 다 지워지게."

"손은 안 씻으면 되지."

그걸 말이라고.

"갈게."

"네."

"잘 자라."

"선배님두요."

동욱이 어쩐지 아쉬운 기분을 느끼며 문을 여는데 수안이 동욱을 불렀다.

"왜?"

"문은 어떻게 잠가요? 고리도 없고?"

수안의 물음에 동욱이 황당하다는 얼굴로 수안을 쳐다봤다.

"촌스럽게 이런 것도 모르냐?"

동욱의 놀림에 수안의 얼굴이 싸늘해졌다.

"촌스러워서 모릅니다."

"모르는 주제에 그 건방진 얼굴은 뭐야?"

"촌스러운 게 건방지기까지 하거든요."

수안이 더욱 싸늘하게 대꾸하자 동욱이 과장되게 놀란 표정을 지어 보였다.

"이런, 다재다능한데?"

동욱이 놀리자 수안의 얼굴이 일그러졌다.

"웬만하면 그냥 알려주시고 가시죠."

"굉장히 어려운 거니까 잘 기억해. 닫히면서 자동으로 잠겨. 기억할 수 있겠냐?"

유치하기는!

"아! 특허감이네요."

수안이 일부러 신기해하는 척하자 동욱이 졌다는 듯 픽 웃었다.

"간다."

"저, 선배."

문을 닫기 전 수안이 급히 동욱을 불렀다.

"왜? 또 무슨 촌스러운 질문을 하려고 부르냐?"

동욱이 비꼬자 수안이 동욱을 째려보며 천천히 입을 열었다.

"고마워요."

"입만 고맙니? 얼굴이 한 대 치겠다."

"고마워요. 많이."

수안이 계속 째려보며 다시 고맙다고 하자 동욱이 거드름을 피우는 얼굴로 수안을 쳐다봤다.

"밥 사면 되지. 공짜로 재워주는 거 아니다."

동욱이 잘난 척하는 말을 남기고 떠나자 수안은 고마운 마음이 싹 가신다고 생각하며 문을 닫았다.

동욱도 가고 오롯이 혼자 남겨져 바닥에 놓여 있는 두 개의 짐 가방을 멍하게 쳐다보던 수안은 한숨을 푹 내쉬며 침대에 걸터앉았다.

정말 한숨밖에 나올 일이 없었다.

당장은 한숨을 돌렸지만 남아 있는 걱정들이 태산이었다. 내일은 또 어떻게 될지 모레는 또 어떻게 될지. 마음의 피로⋯⋯ 주체할 수 없을 만큼 힘겨운 마음의 피로가 수안을 쑤시고 꼬집고 할퀴며 괴롭히고 있었다.

수안은 자신이 앉아 있는 널따란 침대를 훑어봤다.

믿어지지 않겠지만 수안은 침대에 앉아보는 것이 오늘이 처음이었다. 어릴 적 부모님이 살아 계실 때도 침대는 써보지 못했었고 돌아가신 후에는 침대라는 것은 분에 넘치는 허영에 불과했다. 이불 위에서라도 재워주는 것만도 감지덕지였으니까.

사촌 동생 희영의 방에 침대가 있긴 했지만 작은아버지 집에 얹혀사는 동안 희영의 방에 세 번쯤 들어갔나? 사촌의 방에 들어가는 것조차도 큰 실례였기에 앉아보거나 눕는 것은 있을 수도 없는 일이었다.

수안은 희영의 방에 침대가 들어오던 날을 또렷하게 기억하고 있었다. 그날 희영의 방으로 들어가는 커다랗고 멋진 침대가 어찌나 부럽던지 그 침대 때문에 몰래 울기까지 했었다. 열 살이 되면 생일 선물로 꼭 침대를 사주겠다고 약속했던 부모님을 원망하면서.

그렇게 부러워하고 갖고 싶었던 침대인데 내 것이 아니고 그저 하룻밤 머물렀다 떠나야 하는 호텔방 침대라서 그런지 기쁘지도 신기하지도 않았다.

20분 동안 돌이 되어버린 듯 꼼짝도 하지 않고 내일에 대해 모레에 대해 고민하고 있는데 갑자기, 아니, 뜬금없이 노크 소리가 들렸다.

수안이 냉큼 일어나 문을 열자 문 앞에는 동욱이 서 있었다. 쟁반에 컵라면 두 개를 받쳐 들고.

"누구냐고 물어보고 문을 열었어야지."

동욱이 나무라는 투로 말했다.

"호텔에선 안 물어봐도 되는지 알았죠."

"누군지 물어봤어야 해."

동욱이 룸으로 들어오며 다시 한 번 나무랐다.

"호텔에 처음 온 촌년인지라."

수안이 냉랭하게 비꼬자 동욱이 수안을 잠깐 노려보다가 테이블로 걸어갔다.

"왜 왔어요?"

"이 시간에 먹을 걸 구할 수 있는 데가 편의점밖에 없어서 컵우동 사왔어."

동욱이 컵우동이 놓인 쟁반을 테이블에 내려놓았다.

"배 안 고픈데."

"토 달지 말고 그냥 먹어."

동욱이 수안을 노려보며 경고하듯 말했다.

"먹어. 따뜻한 거 먹으면 기분이 나아질 거야. 혼자서는 안 먹을 것 같아서 나도 한 젓가락 하려고. 이리 와. 먹자."

동욱이 나무젓가락 껍질을 벗겨 붙어 있는 젓가락을 갈라 두 개로 만든 후 컵우동 뚜껑을 벗겨내고 붙어 있던 우동 면발을 휘휘 저어 풀었다.

"어서 와."

동욱의 재촉에 수안은 어쩔 수 없이 테이블로 가서 동욱이 건네주는 젓가락을 받아 들었다.

"라면을 살까 하다가 속 부대낄 것 같아서 우동으로 했어. 편의점 주인아저씨 말로는 국물이 굉장히 시원하고 맛도 좋대. 편의점에서 물 부어오면 다 불어버릴까 봐 여기 와서 물 부었어."

"뜨거운 물 있었어요?"

"뜨거운 물 달라고 뻗대 짓 좀 했지."

"뭐래요?"

"황당해하면서도 친구 놈 이름 팔았더니 부어주더라고."

동욱의 말에 수안이 픽 웃자 동욱도 웃었다.

"먹어. 먹자."

동욱이 먼저 먹기 시작했고 수안도 동욱을 따라 먹었다.

굵은 우동가락이 매끌매끌하면서도 부드러워서 잘 넘어갔다. 조금 전까지만 해도 배고픈 줄 몰랐는데 이상하게 막상 먹기 시작하자 시장기가 느껴졌다.

"왜 이렇게 친절하세요?"

"너한테만 친절한 거야."

"그러니까 왜요?"

"예쁘잖아."

동욱의 대답에 수안이 좋다는 것이 아니라 어째 한심하다는 듯한 표정으로 낯을 찡그렸다.

"왜? 친절한 것도 죄냐?"

"아뇨. 죄는 아니죠. 그런데 이유가 참⋯⋯ 원초적이네요."

"남잔 원래 그래."

"단지 예뻐서예요?"

"다른 이유도 있지."

"뭔데요?"

"일단 첫째 예쁘니까. 둘째 예쁘니까. 셋째 예쁘니까. 넷째 통할까 해서."

동욱은 이쯤에서 수안이 웃을 줄 알았는데 수안은 절대 웃지 않았다. 오히려 더 심각해졌다.

"왜? 뭐가 또 불만인데?"

"내가 예쁘긴 하죠."

수안이 말했고 동욱은 어이가 없어서 웃고 말았다. 수안을 웃기려고 했는데 되레 자신이 웃은 것이다.

"그런데 왜 나하고 통하려고 하세요?"

"예쁘잖아."

동욱이 당연하지 않냐는 듯 대꾸하자 수안이 싫증난다는 듯 낯을 찡그렸다.

"예쁘지 않았으면……."

"무슨 상관이야. 가출을 하건 말건."

동욱의 말에 수안은 어이가 없어서 말문이 막히고 말았다.

막막할 때 도움을 주어서 고맙고 괜찮은 사람인 줄 알았는데 이제 보니 순 속물이 아닌가. 예쁘니까 도와주고 예쁘지 않으면 쳐다도 보지 않고. 그것이 남자라는 동물이라니.

그렇지만 이상하게 밉지 않은 것은 왜일까. 내숭 떨지 않고 대놓고 잘난 척해서? 대놓고 예쁘기 때문이라고 솔직하게 말해서?

잘난 척하는 사람이 밉지 않기도 처음이었지만 남자와 단둘이 이렇게 우동을 먹으며 주거니 받거니 대화를 하는 것도 처음이었다. 호텔이라는 특수한 공간에서.

그래, 호텔!

수안은 동욱이 왜 밉지 않은지 이제야 알 것 같았다.

그가 비싼 호텔방을 잡아주는 친절을 베풀어서도 아니고 컵우동을 만들어다 주는 수고를 해주어서도 아니고 솔직해서도 아니었다. 친절함이 몹시 고맙기는 하지만 그가 밉지 않은 진짜 이유는 호텔방이라는 특수한 공간에서 허튼 짓을 하지 않고 대단히 매너있게 행동하고 있는 것 때문이었다.

다른 남자라면, 그리고 물에 빠진 사람을 구해준 남자라면 이럴 경우, 이런 공간에서 과연 동욱처럼 매너있게 행동할 수 있을까?

어쩌면 이 모든 것들이 능수능란한 작전일지도 몰랐다. 여자를 다루는 솜씨가 거의 도사급에 이른 바람둥이의 작전. 하지만 동욱의 작전에 맥없이 걸려들었다 하더라도 지금은 고마울 따름으로 생각해야 한다는 것은 분명했다. 동욱이 아니었다면 지금쯤 허름한 여관방에서 난데없이 시커먼 남자들이 들이닥치는 것은 아닐까 불안에 떨었을 테니까. 가뜩이나 인신매매 사건으로 시끄러운 요즘이 아니던가. 진짜인지 과장인지 멀쩡하게 걸어가다가 봉고차에 태워져 순식간에 사라졌다는 아가씨가 한두 명이 아니라는 괴담도 연일 들려오고.

"그럼 예쁜 사람한테만 친절한 거예요?"

"아니. 예쁘고 똑똑하고 까칠한 여자한테만. 내가 사람을 많이 가리거든."

"네…… 많이 가리시네요."

수안의 시큰둥히게 비꼬는 대답에 동욱이 또 픽 웃었다.

"자려고 했니?"

"아뇨. 그냥 생각 좀 하느라고……."

"무슨 생각?"

"이것저것……."

"가출소녀가 되니 걱정이 많지?"

동욱의 놀림에 수안이 눈을 흘겼지만 동욱의 놀림은 끝나지 않았다.

"가출하니까 기분이 어때?"

"죽을 맛이에요."

"내일부터 어떻게 할지 몰라서 잠이 안 오지?"

"그러네요."

수안이 이갈림이 섞인 목소리로 대답하자 동욱이 웃음을 터뜨렸다.

"나한테 부탁하라니까. 며칠 더 묵게 해줄게. 1년 동안 점심 사면 되잖아."

"1년 동안 사야 해요?"

"여기 하룻밤에 30만 원짜리 방이다."

동욱의 말에 수안이 깜짝 놀라 동욱을 쳐다봤다.

"30만 원요?"

"그럼 몇천 원 하는 줄 알았어?"

"고작 하룻밤 잠재워주면서 잠자리 값을 뭘 그렇게나 많이 받는데요? 금칠한 것도 아니고."

수안이 호텔방을 둘러보며 불만스럽게 말하자 동욱이 픽 웃었다.

"금칠한 방은 더 비싸. 백 단위 확 넘어가."

동욱의 말에 수안이 놀란 얼굴로 쳐다봤다.

"밥 못 사겠네요."

수안이 떨떠름한 얼굴로 말하자 동욱의 얼굴에 장난기가 어렸다.

"내가 한 학기로 깎아줄 테니까 나한테 점심 사고 며칠 더 묵어."

동욱이 선심 쓰는 듯이 말했지만 수안은 콧방귀만 날리고 말았다.

하지만 동욱의 제안을 두고 우동을 먹는 내내 고민하던 수안은 우동을 다 먹은 후 미련없이 떠나려는 동욱을 붙잡아야만 했다. 선심 쓰는 듯이 말하는 태도가 미워 콧방귀를 날렸지만 아쉬운 사람이 샘 판다고 샘을 파도 열 개는 파야 될 사람은 분명히 수안이었기 때문이다.

"왜? 같이 있어달라고? 혹시 나한테 흑심 품은 거야? 너 연필이었어?"

수안은 정말 되지도 않는 삼류 개그를 구사하는 동욱 때문에 손발은 오래전에 오그라들었고 이젠 머리카락까지 오그라들어 고수머리가 될 지경이었다.

"요즘엔 유머 책도 팔아요. 몇 권 사서 읽으세요. 선배 꽤 심각하거든요."

수안의 말에 동욱이 입술을 실룩거리며 퉁명스럽게 수안을 노려봤다.

"흑심 품은 거 아니면 왜 잡아?"

"······며칠이나 더 있을 수 있어요?"

수안이 이쯤에서 더는 까칠하게 굴어서는 안 된다는 것을 깨닫고 다소 소심한 척하며 물었다.

수안의 물음에 동욱의 얼굴에 승리의 미소가 걸렸다. 동욱의 미소가 얄미워 당장 철회하고 싶었지만 아까도 말했다시피 샘을 파야 하는 쪽은 수안이라 꾹 참아야 했다.

"며칠이나 더 있고 싶은데?"

동욱이 건들거리며 물었다.

"사실은 방을 구해뒀거든요."

"무슨 방?"

"작은아버지 집에서 독립하려고 집을 구해뒀어요. 그런데 집

빠지는 날이 보름 후라 그때까지 버티려고 했는데 일이 터져서……."

"독립할 집까지 구해뒀던 거야?"

건들거림은 사라지고 동욱의 표정이 약간 심각해졌다.

"보름은 너무 길죠? 그럼 일주일은……."

"아니, 여기 있어. 여기서 지내."

"일주일만 있을게요."

"그냥 있어. 보름 동안."

"친구분이……."

"그 정도는 해줄 수 있어."

"정말 괜찮아요?"

"괜찮아."

"고마워요."

수안이 즉시 고맙다고 말했다. 정말 고마웠다.

수안은 꽉 막혀 있던 명치끝이 그제야 좀 뚫리는 것 같았다. 물론 동욱에게 신세를 지는 것 때문에 여전히 마음 한구석이 불편했지만 그건 한 학기 동안, 아니, 일 년 내내 점심 대접하는 것으로 대신하면 될 것이고 추운 겨울에 잠자리 걱정을 덜어 정말 다행이었다.

"이제 안 올게. 자라."

동욱이 문으로 향하며 말했다.

"네."

문을 열던 동욱이 수안을 돌아봤다.

"지금 쓸 돈은 있니?"

동욱이 금방이라도 지갑에서 돈을 꺼내줄 듯한 얼굴로 물었다.

"있어요."

"얼마나?"

"쓸 만큼요."

"너 생일은 언제냐?"

돈 있냐고 묻더니 갑자기 뜬금없이 생일은 무슨. 정말 싱거운 사람이었다.

"한참 멀었어요. 가을에서 겨울 넘어갈 때예요. 11월."

"11월 며칠?"

"25일요."

"예수님보다 한 달 누님이네."

에고고, 그것을 유머라고.

"그런데 생일은 왜 물어보세요?"

"내가 물어보면 너도 내 생일 물어볼 거잖아."

"물어봐야 하는 거예요?"

수안의 물음에 동욱이 눈살을 찌푸렸다.

"안 물어볼 거냐?"

"언젠데요?"

수안이 별로 궁금하지 않은데 억지로 묻는 투로 물었다.

"다음 주 토요일."

사랑이라는 것을 몰랐을 때

"예……."

"선물 준비해라."

"선물 준비하라고 생일 얘기한 거예요?"

수안이 황당하다는 듯 물었다.

"당연하지. 내일은 밥 사고."

동욱이 명령조로 말한 후 나가 버렸다.

수안은 닫히면서 자동으로 잠긴 문을 쳐다보다가 픽 웃고 말았다.

황당하고 싱겁지만 꽤 재미있는 사람이라고 생각하면서.

어쨌거나 다행이었다. 보름 동안 안전하게 지낼 장소가 마련된 것이다. 물론 남에게, 그것도 친하지 않은 동욱에게 그런 어려운 부탁을 했다는 것이 스스로도 놀랍지만 말이다.


수안이 전화를 받지 않았다. 곤히 자고 있어서 벨소리를 듣지 못하는 것일까? 아니, 그럴 리는 없었다. 아무리 잠귀가 어두워도 그렇지 이렇게까지 길게 울리는 벨소리를 듣지 못하다니.

그렇다면, 혹시 체크아웃?

동욱은 갑자기 불길한 기분에 곧바로 프런트로 전화를 걸었다.

"전화를 안 받는군요."

[아, 죄송합니다. 1508호 손님께선 세 시 반에 외출하셨습니다.]

"외출요?"

체크아웃이 아닌 것은 다행이었지만 새벽 세 시 반에 외출을 했다는 것은 도저히 납득이 되지 않았다.

"새벽 세 시 반에 외출을 했다고요?"

[예.]

"외출한 게 분명한가요?"

[예.]

담당직원이 뭔가 잘못 알고 있는 게 분명했다. 새벽 세 시 반에 수안이 외출을 하다니, 그게 말이나 되는 소린가.

"과장님 좀 바꿔주세요."

동욱이 신경질적으로 말했다.

[과장님요? 실례지만……]

"최동욱이라고 하세요."

목소리는 자신도 놀랄 정도로 계속 신경질적이었다. 하지만 동욱은 자신이 몹시 무례할 정도로 신경질적이라는 것도 몰랐다.

[잠깐만 기다려 주시겠습니까?]

몇 초밖에 흐르지 않은 것 같은데도 동욱은 초조하고 안달이 나서 짜증을 냈다.

가출한 여대생이 외출을 했다? 새벽 세 시 반에?

동욱은 갑자기 이상한 기분에 사로잡히며 화가 치밀었다.

어쩌면 수안이 입에 담고 싶지 않은 이상한 아르바이트를 하는 것은 아닌가 하는 생각이 들었기 때문이다. 얼핏 스치는 생각은 룸살롱이나 그런 퇴폐업소였다.

수안이 그런 곳에서 아르바이트를 하고 있을지도 모른다는 생각이 들자 갑자기 자신도 모르게 신경질적이 된 것이다.

[전화 바꿨습니다, 도련님.]

"수안이가 외출을 했다고요?"

[예?]

"제가 데리고 간 후배 말입니다."

[아, 외출을 했습니까? 잠깐만 기다려 주시겠습니까?]

지배인이 수화기를 손으로 막는 것 같았고, 다시 몇 초쯤 흐른 후 지배인의 목소리가 이어졌다.

[정말로 외출했답니다. 일곱 시쯤 돌아오겠다고 했답니다.]

"일곱 시요?"

[예, 도련님.]

"제가 지금 그리로 갈 테니까, 후배가 오면 못 나가도록 해주세요."

[예, 도련님.]

동욱은 거칠게 전화를 끊자마자 집을 나서 곧바로 호텔로 향했고 동욱이 호텔에 도착하자 기다리고 있던 과장이 재빨리 다가왔다.

"왔습니까?"

"예, 조금 전에 올라가셨습니다."

"알겠습니다."

동욱은 엘리베이터에 오르려다가 과장에게 물었다.

"지금 가능한 식사가 뭐가 있죠?"

"이른 시간이라 몇 가지……."

"샌드위치는 되죠?"

"예."

"샌드위치하고 오렌지주스, 그리고 우유…… 아무튼 거북하지 않은 걸로 준비해서 올려 보내주세요."

"예, 알겠습니다."

엘리베이터로 오르려던 동욱이 다시 과장을 돌아봤다.

"죄송해요, 과장님."

"아닙니다, 도련님."

"죄송해요. 진심이에요."

"여자친구분이십니까?"

"여자친구 하고 싶은데 그 친구가 안 하겠다네요."

동욱의 말에 과장이 조금 의외라는 얼굴로 동욱을 쳐다봤다.

"열심히 꼬시고 있는데…… 감시 잘해주세요."

"예, 도련님."

과장이 슬그머니 미소 지었다.

"그리고 프런트에서 제 전화 받은 아가씨한테 대신 사과 좀 해주세요. 짜증을 좀 냈거든요."

"알겠습니다, 도련님."

동욱은 과장에게 가볍게 인사한 후 엘리베이터에 올랐다.

15층에서 내려 수안의 방으로 가던 동욱은 방문 앞에 쪼그리고 앉아 있는 수안을 발견했다. 돌아왔으면 방에 들어가야지 방문 앞에서 왜 저러고 있을까. 정말 없어 보이게.

"수안아."

부르는 소리에 고개를 들었던 수안이 몹시 반가운 표정으로 벌떡 일어났다.

"선배."

"여기서 똥 누냐?"

동욱의 말에 수안이 얼굴을 찌푸렸다.

"왜 안 들어가?"

"문이 잠겼어요."

"문? 열쇠는?"

"닫히면서 자동으로 잠긴다는 말만 기억해 두고 열쇠 갖고 나와야 한다는 걸 깜빡해서."

"어이, 촌티나게."

동욱의 놀림에 수안이 입술을 실룩거렸다.

"프런트에 가서 열어달라고 하면 되잖아."

"공짜로 얻어 쓰는 방인데 번거롭게 하는 게 눈치가 뵈네요."

수안의 시큰한 대꾸에 동욱이 낮게 웃음을 터뜨렸다.

"그래서 똥 누는 자세로 앉아 있었니?"

"그만 하시죠. 쪽팔리거든요?"

수안이 노려보자 동욱이 수안보다 더 험하게 노려봤다.

"열쇠도 놓고 나온 주제에 건방은. 따라와."

동욱이 수안의 손을 덥석 잡더니 엘리베이터로 끌고 갔다.

"어딜 가요?"

"열쇠 가지러."

"혼자 갔다 오면 안 돼요?"

"내가 왜? 네가 쓰는 방이잖아. 같이 가는 거 싫으면 혼자 가던지."

어유, 말이나 말지.

수안을 끌고 1층 프런트로 내려온 동욱은 수안을 골려주기 위해 일부러 큰소리로 마스터키를 부탁했다.

"여기 계신 가출 대학생께서 열쇠를 방에 두고 나오시는 바람에 문이 잠겨서 못 들어가신다고 합니다."

동욱의 말에 수안이 너무 창피해서 도망치기 위해 동욱의 손에 잡혀 있던 자신의 손을 빼내려는데 동욱이 놓아주지 않고 더욱 꼭 잡았다.

"가출한 날라리 대학생 방에 들어가게 해주세요, 과장님."

동욱의 계속된 놀림에 과장이 웃음을 참으며 마스터키를 들고 프런트에서 나왔다.

"제가 열어드리겠습니다."

과장이 토마토처럼 새빨갛게 물든 수안의 얼굴을 애써 못 본 척하며 잠긴 수안의 방문을 열어주기 위해 15층으로 올라갔다.

"들어가십시오."

"고맙습니다."

수안이 호텔 과장의 얼굴을 쳐다보지도 못하고 죄송하다고 인사를 하자 과장은 별말씀을요 하고 대답한 후 방을 나갔다.

과장이 나간 후 문이 닫히자 수안이 씩씩거리며 동욱을 노려봤다.

"왜 노려봐? 내 덕에 방에 들어왔잖아."

"고마워서요."

수안이 이를 악물고 말했다.

꼭 그렇게 가출 대학생이라는 것을 떠들었어야 하냐고 따지려던 수안은 처지가 처지인지라 꾹 참았다. 보름이나 공짜로 호텔방을 쓰게 해준 사람이 바로 동욱이니 뭐라고 골려먹든 일단은 참는 것이 좋을 것 같았기 때문이다. 솔직히 가출 대학생이라는 말이 거짓말도 아니고. 하지만 꼭 그렇게 다 들으라고 떠들고 싶었을까.

씩씩거리는 숨소리가 아직도 거칠 만큼 화가 났지만 수안은 길게 숨을 내쉬며 꾹꾹 눌렀다.

"문 열렸으니까, 가세요."

"어디 갔다 왔니?"

조금 전과는 다르게 꽤 날이 선 어조에 고개를 돌려보자 동욱의 표정이 심상치 않았다.

"세 시 반에 어딜 갔다 온 거야?"

"일이 있어서요."

"무슨 일?"

"그냥 하는 일이 있어서요."

하는 일이 있다는 수안의 대답에 동욱은 자신의 예상이 맞아떨어지는 것 같아 더욱 불쾌해져 버렸다.

"그 시간에 무슨 일?"

"그런 것까지 얘기해야 해요?"

수안의 목소리도 날카로워졌다.

"나중에 뒤통수 맞은 기분 들게 하지 말고 말해. 무슨 일 하니? 술집 다녀? 룸살롱 다니니? 너 그래서 돈 버는 거야?"

동욱이 침대 위에 있던 수안의 백팩을 낚아채 열려는데 수안이 재빨리 빼앗았다.

"남의 가방을 왜 함부로 뒤지는 거예요?"

수안의 반발에 동욱은 자신의 예상이 틀림없다고 확신했다.

수안이 불에 덴 듯 놀라며 빼앗아간 저 가방 안에는 몸뚱이의 반은 드러나는 야한 옷과 화장품들이 가득할 것이 틀림없었다. 몇 개비 남지 않은 담뱃갑과.

"너 정말 못된 짓 하고 다니는구나?"

동욱이 거칠게 윽박질렀다.

"그런 거 아니거든요."

수안도 거칠게 대꾸했다.

"아니면 뭐야."

"선배 도움 좀 받았다고 일일이 다 보고하고 알려 바쳐야 해요?"

수안이 격렬하게 쏘아붙였다.

"부끄러운 일이 아니면 왜 말 못해!"

"말하고 싶지 않아요."

"나가. 너 같은 애 도와주기 싫어."

동욱이 출입문으로 성큼성큼 걸어가더니 문을 활짝 열어젖혔다.

"당장 나가라고!"

동욱이 윽박지르자 동욱을 무섭게 노려보던 수안이 어금니를 꽉 틀어 문 채 주섬주섬 가방을 열어 오늘자 신문 한 부를 꺼내 침대에 툭 던진 후 돌아섰다.

"가져가서 보세요."

수안이 차가운 어조로 말했고 동욱은 한참 동안 아무 말도 하지 못하고 수안과 신문을 번갈아 쳐다보고 있었다.

"미안해."

"……"

"생각지도 못했어. 미안하다."

동욱이 진심으로 사과하자 수안이 여전히 돌아선 채 괜찮다고 대답했다.

"정말 미안하다."

"알았다고 했잖아요."

"좀 쳐다봐라."

동욱이 미안하고 무안함에 퉁명스럽게 말하자 수안이 동욱보다 더 퉁명스러운 얼굴로 동욱을 돌아봤다.

"미안하다고 했다."

"알았다구요."

"그런데 신문을…… 왜?"

"생활비도 보태야 하고…… 차비도 벌고 해야 해서. 초등학교 졸업 앞두고 있던 겨울부터 돌렸어요."

"……그랬구나."

"왜 왔어요?"

"잠이 일찍 깨서 전화했더니 너 외출했다고 해서, 나쁜 데 간 줄 알았어."

동욱의 말에 수안이 피식 웃으며 더플코트를 벗어 의자에 걸쳤다.

"그런 데서 일할 생각 한 번도 안 했던 건 아니에요."

수안의 말에 동욱이 놀란 표정으로 수안을 쳐다봤다.

"수입이 괜찮다는 소리가 들려서…… 사실 꽤 심각하게 고민했었어요."

"왜 안 했어?"

"……용기가 없었던 거죠."

수안이 픽 웃으며 말했다.

"용기?"

"그런 데서 일하는 것도…… 결국은 용기가 있어야 하는 거잖아요. 처음부터 좋아서 그런 일 하는 사람은 없을 것 같아요."

"다행이다. 용기가 없어서."

"그런데 룸살롱 같은 데서 일하면 정말 돈 많이 줘요?"

"못 잤겠구나?"

수안의 물음에는 대답없이 동욱이 물었다. 수안의 물음에는 대답할 가치도 없었고 수안이 정말 궁금해서 물은 것 같지 않았기 때문에, 또 정말 궁금해서 물어본다고 해도 절대 대답해 줄 생각이 없었기 때문이다.

"잠들면 못 일어날 것 같아서요."

"아침 먹고 자."

"그럴 거예요."

"내일도 나가니?"

"일요일엔 신문도 쉬어요."

"아, 그렇지."

그때 초인종 소리가 들려 동욱이 문을 열자 과장이 서 있었다. 쟁반에 아침식사를 챙겨서.

"고맙습니다."

"이른 아침이라 몇 가지 준비 못했습니다. 죄송합니다."

"괜찮습니다. 고맙습니다."

과장에게서 쟁반을 건네받은 동욱이 테이블에 쟁반을 내려놓고 접시뚜껑을 열자 신선한 샐러드와 샌드위치, 김이 모락모락 나는 수프와 수프에 찍어 먹기에 좋은 부드러운 빵이 예쁘게 세팅되어 있었다.

"수프 식기 전에 어서 먹어. 단호박 수프다."

"호텔에서 이런 것도 줘요?"

"내가 부탁했어. 너 배고플 것 같아서."

동욱은 수안에게 실수한 것을 만회하기 위해 더욱 친절하게 말했다.

"급친절이시네요."

수안이 비꼬았지만 동욱은 성내지 않았다.

"지은 죄가 있다 보니. 어서 먹어."

동욱이 수안에게 숟가락을 쥐어주자 수안이 일부러 뚱한 듯이 단호박 수프를 떠먹었다. 하지만 달콤하면서도 고소한 맛이 감도는 단호박 수프 맛에 뚱함은 금방 사라졌다.

"맛있네요. 단호박 수프는 처음 먹어보는데…… 돈가스 먹을 때 주는 수프랑 다르네요."

"더 달라고 할까?"

"아뇨. 왜 안 드세요?"

"너 다 먹어."

"왜 이러세요, 그만 친절하셔도 되니까 같이 드세요."

수안이 숟가락을 건네자 동욱이 받아 들었다.

"샌드위치도 먹어."

동욱이 샌드위치를 건네자 수안이 불편한 표정을 지으며 샌드위치를 받아 들었다.

"알아서 먹을게요. 너무 친절하니까 이상하잖아요."

"지은 죄가 있어서 그런다니까."

"죄를 짓긴 했죠."

수안이 거만하게 말하며 샌드위치를 한 입 베어 물었다.

"어쨌거나 맛은 있네요."

수안이 더욱 거만하게 말하자 동욱이 픽 웃었다.

"어쨌거나 다행이다. 맛은 있어서. 맛까지 없었으면 어쩔 뻔했냐."

"어서 드세요."

동욱이 숟가락을 든 채 먹지는 않고 쳐다만 보고 있자 혼자만 먹새처럼 먹는 것 같아 수안이 무안해하며 재촉했다.

"수안아."

"네."

"미안하다."

"괜찮다고 했잖아요."

"미안해. 실수했어."

"알았어요. 너그럽게 용서해 드리죠."

수안이 잔뜩 거드름을 피우며 말했지만 동욱은 웃으라고 농담한 줄 알면서도 웃어지지가 않았다.

"왜 그렇게 처량 맞게 보세요?"

"아니야. 그냥 쳐다본 거야."

동욱은 그냥 쳐다본 거라고 말했지만 수안은 동욱이 그냥 쳐다본 것이 아니라 두 눈에 수안 자신을 향한 처량함이 가득 담겨 있다는 것을 눈치 챘다.

"내가 좀…… 구질구질하죠?"

수안은 구질구질하지 않은 척하며 말했지만 결국 구질구질한 처지였다.

"그런 생각 안 해."

"나도 내가 구질구질한 거 알아요. 구질거리기 싫은데…… 차츰 나아지겠죠."

구질구질하지 않은 척하려고 했는데 어느새 수안은 풀이 죽어버렸다.

"……."

"그런데…… 불쌍해하진 마세요. 언제까지나 구질거리라는 법은 없으니까."

수안이 풀이 죽어버린 기분을 끌어올리려고 애쓰며 말했다. 미래는 아무도 모르는 것이니까. 미래에 수안이 얼마나 화려할지 그건 아무도 모르니까.

"그럼. 안 그래. 불쌍해하지 않아."

"지금도 그런 얼굴로 보고 있잖아요."

수안의 불만스러운 말에 동욱이 얼른 눈에 힘을 줬다.

"됐지?"

"어색하고 좋네요."

수안이 여전히 불만스러운 듯이 말한 후 남은 샌드위치를 볼이 터지도록 한 입에 다 집어넣고 꾹꾹 씹기 시작했다.

"목메겠다."

동욱이 주스를 건넸고 수안은 목이 메 숨이 막히기 전에 얼른 주스를 들이켰다.

"어쨌거나 내 말은 독립했으니까, 아니, 가출했으니까 이제 내 인생도 필 거예요."

수안이 주스와 함께 샌드위치를 삼킨 후 훨씬 더 당당하고 밝아진 얼굴로 말했다.

"그래. 그럴 것 같다."

"드세요."

수안이 샌드위치 한 조각을 동욱에게 건넸고 동욱은 숟가락을 내려놓고 샌드위치를 받아 들었다.

"맛있어요. 많이 드세요."

"이거 내가 사는 건데 네가 사는 것처럼 말한다. 내가 사는 거야."

동욱은 금세 잘난 척하는 태도로 돌아왔고 수안은 다시 까칠하게 동욱을 노려봤다.

"수프 나 다 먹으라고 했죠?"

"먹어."

"어쨌거나 진짜 맛은 있네요."

수안은 동욱의 수프까지 박박 긁어먹었고 동욱은 그런 수안을 바라보고 있었다. 측은해하지 않으려고 애쓰며. 수안이 싫어하니까.

혹시 도움이 필요하다는 전화가 오지 않을까 기다린 것이 꼬박 서른일곱 시간째. 지루하다 못해 짜증이 날 지경이었다.

설사 도움이 필요해도 연락할 수안이 아니었지만 그래도 혹시나 연락이 올지도 모른다는 생각에 휴대폰을 손에서 내려놓지 못했는데 일요일 저녁 여덟 시가 지나고 아홉 시가 가까워지도록 감감무소식이었다.

토요일이었던 어제는 신문배달 때문에 지난밤에 잠을 못 자서 자고 있을 것이라는 생각은 했지만 적당히 자고 일어났다가 밤에 또 자야 하는 게 아닐까? 그러니까 어제도 충분히 전화할 시간이 있었을 텐데 연락이 없었다.

오늘도 마찬가지였다. 그만큼 잤으면 오늘쯤은 팔팔할 것 같은데 하루 종일 전화 한 통 없었다.

"고맙다는 인사 정도는 한 번 더 해야 하는 거 아닌가? 괘씸하게."

괜히 성질이 났다.

꼭 고맙다는 인사를 받아야 직성이 풀리는 것은 아니었지만 이렇게까지 무심하자 온갖 것을 다 트집 잡고 싶어진 것이다.

정 궁금하면 호텔에 전화를 하면 될 일이었지만 먼저 전화하고 챙기는 것은 그만 하고 싶었다. 속마음을 너무 드러내는 것 같았고 너무 드러내면 수안이 우습게 볼 것도 같아서.

자존심 때문에 먼저 전화하는 것은 싫고 기다리자니 짜증이 나고 밤은 깊어가는데 온통 수안에게 신경이 쏠려 아무것도 손에 잡히질 않았다. 그러고 보니 온종일 허송세월이었다. 울리지도 않는 휴대폰 들여다보고 있으니 책이라도 볼 걸 아무것도 못한 것이다.

참 이상한 일이었다. 생각해 보면 퍽 대단할 것도 출중할 것도 없는 여자에게 이렇게 관심을 빼앗기기도.

물론 예쁜 것은 사실이었다. 그리고 대학 수석합격에 1등을 뺏기지 않을 정도의 출중한 두뇌를 가진 것도 사실이었다. 그러나 비주얼적인 면을 보자면 정말 보잘것없었다.

사흘째 같은 더플코드 차림이었고 나머지 옷들—터들넥 티셔츠에 10년은 입은 듯한 물 빠진 청바지—도 없는 티가 물씬 풍기는 낡은 옷이었다.

중학생이나 고등학생도 아니고 대학생이 그렇게까지 없는 티를 내다니. 물론 지금은 수안의 사정을 어느 정도는 알게 되어서 꾸미고 싶어도 그럴 처지가 못 된다는 것을 알게 됐지만 수안의 처지를 몰랐다면 뒤도 돌아보지 않을 만큼 빈티가 흘렀다. 그나마 얼굴이 워낙 예쁘니 낡은 옷도 용서가 되는 것이지 얼굴마저 박색이었다면 눈길 한 번 주지 않았을 것이 분명하다.

사람을 외모나 옷차림으로 판단하는 것은 어리석기 짝이 없는 짓이었지만 동욱은 세상에서 제일 비싸고 제일 좋은 것들만 쓰고 살았고 싸구려 물건들은 쳐다보지도 않았으며 이제 겨우 스물여섯, 한창 예쁘고 몸매 좋은 여자들만 쫓을 나이였다. 말하자면 곱고 예쁜 여자가 최고인 줄 아는 철없는 사내라는 것이다.

그런 철없는 동욱이 지금까지 만난 여자들과 비교하자면 도저히 비교가 되지 않을 만큼 격이 떨어지는 여자에게 관심을 빼앗기고 있다는 것이 스스로도 좀 놀랍고 이상했다.

밤중에 가출을 하지 않나 수안에게 대해 전부를 알고 있다고 할 수는 없지만 지금까지 얘기해 본 결과로는 수안의 말처럼 참 구질구질하게 산 여자였다. 생각만 해도 딱 골치가 아프고 보통 때 같으면 상종도 하지 않는 것은 물론이요, 되도록 엮이지 않기 위해 노력할 여자를 도와주지 못해 안달하는 것은 무슨 경우이며 전화해 주길 목이 빠져라 기다리는 것은 무슨 경우일까.

"중독성 있네."

중독성이라는 단어로 윤수안의 모든 것을 설명할 수는 없었지만 윤수안이라는 빈티 흐르는 여자는 분명 중독성이 있었다. 하루라도 보지 않으면 궁금해서 견딜 수 없고 보고 있어도 이상하게 갈증이 느껴지는 그런 여자가 윤수안이었다.

"하룻밤만 참자. 하룻밤만."

이틀도 못 참고 전화를 해대면 할 일 없고 채신머리없는 남자 취급할 테니 하룻밤만 더 참자고 참을 수 있다고 스스로를 달래다가 결국은 지치도록 운동을 한 후에야 가까스로 잠이 든 동욱은 다음날 아침 알람이 울리기도 전에 일어나서 아침 먹으라고 대문까지 따라 나와 붙잡는 도우미 아줌마를 뒤로하고 호텔로 달려갔다. 꽤 그럴듯하고 잘난 척하기 좋은 핑계거리를 들고.

방문을 열었던 수안은 맞은편 벽에 꽤 멋있는 자세로 서 있는 동욱을 보고 깜짝 놀랐다. 꽤나 이른 시간이었고 또 온다는 말도 없었기 때문이었다.

"선배."

"잘 잤어?"

"언제 왔어요?"

"조금 전에."

"왔으면 들어오지…… 그런데 왜요?"

"학교 가자고."

동욱이 양껏 친절한 남자인 척하며 말하는데 누가 왔는데? 하는 소리와 함께 은주가 톡 튀어나왔다. 김 팍 새게.

"어머, 선배!"

반가워해야 할 사람은 수안인데 수안은 그저 그런 반응이고 은주는 반기움을 지나쳐 흥분 상태가 됐다.

"학교 데려다 주러 오셨어요?"

"그래……."

동욱은 떨떠름한 내색을 하지 않으려고 애쓰며 대답했다.

"학교까지 꽤 멀어서 가는 길에 싣고 가려고."

수안이 짐도 아니고 싣고 가다니. 은주 때문에 순간적으로 김이 새는 바람에 수안을 대번에 짐짝 취급해 버렸다.

"와, 매너 짱!"

사람을 짐짝 취급하거나 말거나 은주는 엄지손가락까지 치켜세우며 수안을 대신해 감동하더니 동욱의 곁에 찰싹 달라붙었다.

"가요, 선배."

감동하며 달라붙어 주었으면 싶은 여자는 데면데면하고 좀 떨어져 주었으면 싶은 은주는 외간 남자 옆에 잘도 달라붙었다.

"너 어제 여기서 잤니?"

"네. 너무너무 좋은 거 있죠."

그래서 수안이 연락하지 않은 것인지도 몰랐다. 은주 때문에. 불청객 때문에. 수안이 은주를 불청객 취급할 리가 없지만 말이다.

"수안이 혼자 있으면 무서울까 봐 왔죠."

오지랖하고는. 호텔이 무서울 것이 무엇이며 수안처럼 갈 집이 없다면 몰라도 멀쩡한 집 놔두고 호텔에는 무엇 때문에 온 것인지, 그럴 필요 없다는 것을 알면서도 동욱은 대번에 은주가 밉상처럼 느껴졌다.

"수안이랑 밤새 수다 떨고 진짜 재밌었어요. 선배도 부를 걸 그랬다, 수안아."

은주가 아쉽다는 듯이 말했지만 수안은 별다른 대꾸가 없었다.

"선배도 부를 걸, 진짜 아깝다."

은주가 생각할수록 아쉽다는 듯이 호들갑을 떨었고 동욱은 조금도 아깝지 않다고 생각했다.

수안이 같이 놀자고 불렀다면 당장에 달려왔겠지만 불청객인 은주가 있다는 것을 알았다면 달려올 일은 절대 없었을 것이다. 같이 놀더라도 수안과 단둘이 놀고 싶지 다른 사람은 필요없었다. 다른 사람이 끼어드는 것은 진짜 싫었다.

"거 봐, 내가 전화해 보자고 했잖아. 안 그래도 내가 부르자고 했는데 수안이가 불편해하실 거라면서 말렸거든요."

'잘했다, 수안아.'

동욱이 마음속으로 수안을 칭찬하는데 수안은 엘리베이터에 탈 때까지도 말이 없었다.

"선배님이 수안이 집에 들어갈 때까지 여기 있게 해줬다면서요?"

"응."

"정말 다행이에요. 큰일 하셨어요. 선배님 덕분에 저도 몇 번 더 와서 스파 욕조에서 몸 좀 풀려구요."

갈수록 태산이었다.

"어제 스파하면서 감동받았잖아요. 피로가 확 풀리더라니깐요."

피로는 수안이 풀어야 하는데 새벽에 신문 돌릴 일도 없는 사람이 무슨 피로를 풀겠다고 하는 것인지 한번 밉상으로 보이기 시작하자 갈수록 태산이었다.

사람을 이렇게 대책없이 미워하면 못쓰는 법인데 사사건건 대책없이 미웠다. 따지고 보면 오지랖만 조금 넓을 뿐 잘못한 것은 없는데 말이다.

"수안아, 오늘 올까? 오늘도 같이 잘까?"

토요일부터 일요일까지 뺏겼는데 오늘까지 수안을 은주에게 빼앗길 수는 없었다. 무조건 그것만은 막아야 했다.

"은주야."

동욱은 최대한 부드러운 목소리로 은주의 이름을 불렀다. 은주가 반색하며 바라볼 정도로 부드러운 목소리로.

"호텔, 하숙집 아니야. 매일 드나들면 호텔에서 별로 안 좋아해."

날마다 드나들어도 누구 하나 싫어할 사람 없지만 동욱은 은주의 잦은 방문을 어떻게든 막아야 했다.

"어머, 그래요?"

은주의 밝던 표정이 금방 소심해졌다.

"말했다시피 나도 친구 놈한테 부탁한 거라서. 공짜로 있을 때는 되도록 없는 사람처럼 구는 게 제일 좋거든."

동욱이 소심해진 은주에게 마지막으로 쐐기를 박아주자 다행히 동욱의 쐐기가 효과가 있었는지 은주가 꼬랑지를 내렸다.

"수안아, 자주 못 오겠다. 중간에 조용히 한 번 오고 너 여기 나올 때 짐 옮겨주러 올게."

"그래."

미안해할 것 요만큼도 없는데 수안이 미안해하며 대답했다.

"이럴 줄 알았으면 어제 목욕을 두어 시간 더 하는 건데."

은주가 아쉬운 듯이 중얼거렸고 수안은 그러게 하고 은주의 말을 받아주었으며 동욱은 못 들은 척했다.

이제 마음에 걸리던 문제 한 가지를 해결한 것 같아 한결 홀가분해진 기분으로 차에 올랐는데 출발하는 순간 또 다른 문제가 동욱을 괴롭히기 시작했다. 바로 은주의 끝없는 수다였다.

남자보다 여자가 다소 말이 많은 것은 사실이었지만 은주는 정도가 심했다.

호텔에서 출발해 학교에 도착할 때까지 종알종알 은주의 수다는 끝이 없었다. 수안을 상대로 한 수다라면 그러려니 하겠는데 수안과 함께 뒷자리에 앉은 것이 아니라 허락도 없이 동욱의 옆자리에 앉아서 쉴 새 없이 지저귀는데 너무 시끄러워 참을 수가 없었다.

은주를 조용하게 만들기 위해 음악을 틀어봤지만 소용없었다. 음악이야 나오던지 말든지 은주의 수다는 계속됐다.

얘깃거리는 신경질이 날 정도로 다채로웠다.

아파트 단지 슈퍼마켓에 새로 온 배달부가 이만저만 불친절한 게 아니어서 배달부를 상대로 싸운 사람이 한두 사람이 아니었고 은주네 엄마도 결국 한바탕 욕바람이 불도록 싸웠는데 결국은 슈퍼마켓에서 잘렸다는 얘기에서부터 학교 앞 옷가게에서 본 옷이 너무 마음에 들어서 당장 사고 싶었지만 사이즈가 맞지 않아 결국 못 샀다며 작정하고 살을 빼야겠다는 얘기에 어느 교수님의 확인되지 않은 사생활까지 마르지 않고 넘쳐 나는 얘깃거리에 정말 신경질이 났다.

참다못해 슬그머니 음악 볼륨을 높이기까지 했지만 음악 소리가 커지는 만큼 은주의 목소리도 커져서 결국 음악을 끄고 말았다. 시끄러운 음악에 시끄러운 은주의 목소리까지 전쟁통을 방불케 했기 때문이다.

한참 신나서 천진하게 떠드는 후배에게 너무 시끄러우니 입 좀 다물라고 면박을 줄 수도 없고 별수 없이 도를 닦는 심정으로 성질내지 않고 끝까지 참아주는 인내를 발휘한 동욱은 학교 주차장에 차를 세우며 맹세했다. 두 번 다시는 은주를 자신의 차에 태우지 않겠다고.

"선배님, 감사해요."

김은주의 수다에 최동욱이 질려 버렸다는 것도 모른 채 은주가 여전히 신이 나서 인사했다.

"고마워요, 선배님."

수안도 인사했다. 그다지 고맙지는 않다는 얼굴로.

"어머, 진짜 뽀다구 난다."

은주가 동욱의 외제차를 훑어보며 반한 듯이 말했고 수안과 동욱은 은주의 행동에 멋쩍은 표정으로 서로를 잠깐 쳐다봤다가 이내 시선을 돌렸다.

동욱은 은주의 문제점은 낄 데 안 낄 데 구분 못하는 것에 있다는 것을 알게 됐다. 은주는 수안이 있는 곳이라면 항상 끼어있었고 동욱이 있는 곳에도 항상 끼어 있었다. 은주와 같은 문제점을 안고 있는 녀석이 철호였는데 은주와 철호, 이 두 사람이 하루 종일 동욱의 머리에서 편두통이 떨어지지 않게 만들었다.

수안에게 주말에 푹 잤냐고, 그 간단한 질문 하나를 못하게 쫓아다니고 끝나면 호텔에 데려다 주겠다는 말 한마디를 못하게 붙어 있었다.

사랑이라는 것을 몰랐을 때 173

한 번도 그런 적이 없었는데 오늘 하루 만에 동욱은 철호가 지긋지긋해져 버렸고 은주는 철호보다 더 지긋지긋한 대상이 되어버렸다.

다행히도 동욱이 지칠 대로 지쳐 있을 때 한 알의 비타민처럼 말을 걸어준 사람은 수안이었다.

철호와 은주 때문에라도 개인적인 질문은 밤에 호텔로 전화를 걸어 해결해야겠다 생각하는데 수안이 점심을 사겠다며 말을 걸어온 것이다.

"점심은 책임진다고 했잖아요."

웬일로 곁에는 은주도 철호도 없었다. 혹 덩어리들이 동시에 떨어져 나가고 없자 동욱은 그제야 숨통이 트이는 기분이었다.

"학교 끝나면 호텔에 태워다 줄게."

"아니에요. 저 과외 가야 해요. 호텔로 바로 못 가요."

"과외?"

"대학생 아르바이트 중에 제일 짭짤하잖아요."

"날마다 과외하고 날마다 신문 돌리는 거야?"

"그래서 독립하잖아요."

"과외하고 신문 돌리는데도 1등 했다고?"

볼수록 놀랍고 갈수록 신기한 여자였다.

"머리가 되거든요."

수안이 잘난 척하면서 말했지만 전혀 밉지가 않았다.

"언제 끝나는데?"

"11시에 끝나요. 그래도 근처니까 12시 전에는 들어갈 거예요."
"어디니? 끝나는 시간에 맞춰서 데리러 갈게."
"오지 마세요."
수안이 딱 잘라 거절한 후 먼저 식당으로 향했다.
"데리러 갈게."
"싫다니까요."
"피곤하잖아."
"토요일에 하루 종일 자고 어제도 푹 잤더니 살겠어요."
"오늘도…… 신문 돌렸어?"
"네."
"은주도 알아?"
"알아요."
"언제까지 할 거야?"
"글쎄, 생각 중이에요. 하는 데까지는 할까 그만둘까."
"몸 상해."
"이골이 나서 괜찮아요."
"신문은 그만두는 게……."
"수안아, 여기야. 선배님, 이리 오세요!"

하루 종일 머리를 지끈거리게 만들었던 목소리에 고개를 돌리자 식당 테이블을 차고앉은 은주가 손을 흔들었다. 은주의 맞은편에는 철호도 있었다. 혹 덩어리들이 어디 갔나 했더니 미리 와서 진을 치고 있었던 것이다.

"와, 징한 것들."

동욱이 자신도 모르게 그렇게 중얼거리는데 수안이 조금 놀란 얼굴로 동욱을 올려다봤다.

"선배님 밥 사드려야 한다 했더니 같이 먹자고 해서…… 싫으세요?"

"은주 좀 시끄러워서. 말이 너무 많더라고."

"은주 선배 찍었어요."

수안의 말에 동욱이 이게 무슨 날벼락이냐는 얼굴로 수안을 쳐다봤다.

"찍어?"

"은주 선배 좋아해요. 그래서 찍었어요."

"빨리 안 오고 뭐 하세요?"

동욱과 수안이 식당 입구에서 들어올 생각을 하지 않자 은주가 재촉했다.

"나 그렇게 쉬운 남자 아니거든?"

동욱이 어딜 감히라는 얼굴로 말하자 수안이 동욱을 쳐다보다가 시큰둥하게 입을 열었다.

"은주도 쉬운 애는 아니거든요?"

"은주가 쉬운 애라는 말이 아니고 찍는다고 금방 넘어가는 사람 아니라고, 나."

동욱이 재빨리 정정했다.

"아침에 학교 오는 길에 옆에 앉아서 어찌나 시끄러운지 두통

생길 지경이었단 말이야. 난 너무 시끄러운 여자 싫어."

"오늘따라 유별나게 시끄럽긴 했어요. 그런데 선배가 좋아서 주체를 못해서 그런 거예요."

"부탁인데 나 찍지 말라고 해라. 은주한테 찍히는 거 싫거든?"

"은주가 어때서요?"

수안이 약간 불쾌한 투로 물었다.

"은주가 어때서가 아니라 나 찍었으면 하는 사람은 다른 사람이거든."

동욱의 말에 수안이 가만히 동욱을 올려다봤다. 찍었으면 하는 사람은 다른 사람이라는 동욱의 말에서 어떤 예감이 느껴졌기 때문이다.

"찍었으면 하는 사람이…… 혹시……."

수안이 눈을 가늘게 뜨고 동욱을 쳐다봤다.

"나도 아는 사람이에요?"

수안이 직접적으로 윤수안이냐고 묻는 것이 무엇해 살짝 돌려서 물었다.

"너만 아는 사람이야. 너 말고 누가 널 제일 잘 알겠니."

동욱의 말에 수안의 얼굴에 난처함이 스쳐 지나갔다.

"알면서 묻기는."

"몰랐어요."

수안이 우겼다.

"나하고 너하고 통하자고 했잖아."

동욱이 낮게 윽박질렀고 수안은 동욱을 노려보다가 난처한 표정으로 빨리 오라고 손짓하는 은주를 슬쩍 쳐다봤다.

동욱은 찍은 사람은 은준데 은주한테 찍힌 사람은 윤수안을 바라보고 있는 것이다. 생각해 보면 이것은 매우 곤란한 상황이었다. 지금까지 아주 좋았던 은주와의 관계가 한순간에 무너질 수 있을 만큼 곤란한 상황.

"저, 선배…… 나는 선배 안 찍을 거예요."

"왜? 은주 때문에?"

"은주 때문이기도 하고……."

첫 번째는 은주 때문이었다. 동욱을 찍은 사람이 은주 말고도 은주가 '잡것들'이라고 표현한 사람이 셋이나 더 있었지만 그 잡것들은 조금도 걱정할 필요 없었다. 문제는 은주였다. 가장 친한 친구 은주.

"그리고 난 지금 남자를 찍고 어쩌고 할 처지가 아니라서요."

그것도 무시할 수 없는 이유였다.

남자친구. 그것 참 좋은 것이고 언젠가는 꼭 갖겠다고 다짐했던 소망 중의 하나였다. 남자친구를 갖게 되면 진짜 진하게 사랑하고 예쁘게 사랑해 보겠다고 벼르고 있는 대상이긴 했다. 하지만 지금은 아니었다. 지금은 남자를 만나고 남자친구를 사귀고 진하게 사랑하고 예쁘게 사랑할 처지가 아니었다.

남자친구도 몸과 마음이 조금은 여유로울 때 만나야 하고 사랑도 내가 평온하게 숨을 쉴 수 있을 때 할 수 있는 것이다. 지금은 여유로움과는 너무도 거리가 멀었고 수안의 숨은 너무도 가빴다.

"처지 되면 그때 찍어."

동욱이 우스갯소리처럼 말했지만 그의 표정은 단순하게 우스갯소리로 넘길 수가 없었다. 동욱의 눈빛은 더없이 진지했기 때문이다. 식당 문 앞에서 나누는 대화라고 믿어지지 않을 만큼.

"안 찍어요."

"기다릴 테니까 처지 되고 통하면 그때 찍으라고."

동욱은 수안의 설명을 더 듣지 않겠다는 듯 명령조로 말하고 철호와 은주가 기다리는 테이블로 가버렸다. 동욱은 은주가 자신의 옆에 앉길 그토록 고대하며 바라보는 대도 무시하며 철호의 옆자리에 앉았다.

"무슨 얘기 한 거냐?"

동욱과 수안이 자리에 앉자 기다리다 지쳐 먼저 점심을 먹고 있던 철호가 따지듯이 물었다.

"수안이한테 레포트 맡겼다."

"네 숙제를 수안이한테 왜?"

"수안이가 나한테 빚진 게 있거든."

"무슨 빚?"

철호가 수안에게 물었지만 수안은 대답 대신 어색하게 웃기만 했다.

"큰 빚이지."

동욱이 생색내듯 말했고 은주는 알지만 말할 수 없다는 표정을 수안은 계속해서 어색하게 웃기만 했다.
"뭐 드실래요?"
수안의 싸늘한 물음에 동욱이 제일 비싼 거 하고 대답했고 수안은 동욱의 주문대로 학교 식당에서 제일 비싼 음식을 시켜주고 자신은 저렴한 축에 드는 음식을 시켰다.

새벽 5시 30분에 호텔로 돌아온 수안은 프런트에 맡겨두었던 방 열쇠를 받아 들고 엘리베이터에 올랐다. 15층 버튼을 누른 후 다시 닫힘 버튼을 꾹 눌러 문이 닫히는데 갑자기 손 하나가 불쑥 끼어들더니 엘리베이터 문이 다시 열렸다.
수안이 놀란 눈으로 쳐다보자 열리는 문 사이로 동욱이 나타났다.
"이제 오니?"
동욱이 엘리베이터에 오르며 물었다.
"왜 왔어요?"
수안이 반가워하지 않은 투로 물었다.
"살갑게 맞아주면 안 되냐? 차갑기는."
"그게 내 매력이잖아요."
수안의 대답에 동욱이 어이없다는 듯이 웃었지만 툴툴거리고 차갑고 까칠한 것이 수안의 매력인 것은 분명했다.
"할 얘기 있어서 왔다."

"무슨 얘기요."

"일단 올라가자. 춥다."

동욱이 따뜻해 보이는 점퍼 깃을 세우며 말했다.

오늘 새벽은 3월치고는 꽤 추웠다. 수안도 신문을 돌리는 내내 오늘은 유난히 춥다고 생각했었다.

"목도리 하지 그랬어."

"이렇게 추울 줄 몰랐어요."

"코가 빨개졌다."

"엄청 춥더라구요."

수안이 차가운 얼굴을 감싸며 대답했다.

수안이 문을 열 때까지 기다렸다가 룸으로 들어온 동욱이 품에서 보온병을 꺼냈다. 보온병을 든 채 두리번거리다가 컵을 찾아낸 동욱이 보온병 뚜껑을 열고 진한 갈색빛이 도는, 아직도 김이 모락모락 나는 차를 따르더니 수안에게 내밀었다.

"춥지?"

김이 모락모락 나는 차만큼이나 따뜻한 목소리로 물으면서.

"마셔. 생강차야."

"어디서…… 집에서 갖고 왔어요?"

"아버지 드시라고 끓였는데 훔쳐 왔어."

"뭐 하러 그랬어요."

차를 받아 들긴 했지만 수안이 미안하면서도 몹시 부담스러운 듯이 말했다.

"부담스러워요, 선배."

"고맙다고 하는 거야, 이럴 땐."

"고맙지만…… 부담스러워요."

"부담스러우면 나 찍으라니까. 넘어가 줄게."

동욱의 말에 수안이 싱거운 소리 한다는 듯 눈을 흘겼다.

"감사한데 그래도 앞으론 이런 거 훔쳐 오지 마세요. 빚더미에 올라앉은 기분이니까."

수안의 말에 동욱이 씩 웃더니 자신도 생강차를 한 잔 따라 마셨다.

"워낙은 깐깐해서 적당히 해서는 안 통할 것 같고 그래서 무한감동주의로 작전을 바꿔서 까칠한 사포를 갈아버리려고."

"대사가 좀 늘었네요."

수안의 말에 동욱이 픽 웃었다.

"내가 적응이 빠르거든."

"이것 때문에 이 시간에 왔어요?"

"말했잖아. 무한감동주의로 사포를 갈아버리겠다고."

동욱이 농담처럼 얘기했지만 농담이 아니었다.

호텔에서 편하게 지내게 해주겠다, 일주일 꼬박 기꺼이 아침마다 학교에 실어 나르는 정성을 보이겠다, 이만하면 넘어올 만도 한데 무슨 여자가 이렇게 돌처럼 구는지 정성들이는 사람 진빠지게 요지부동이었다.

학교로 가는 길에 말을 붙여도 책 들여다보느라 단답형으로 대답만 하고 끝이었고 점심시간에 칼처럼 제일 비싼 점심 사주면서도 은주와 철호는 꼭 끌어다 붙여 사적인 얘기는 아예 꺼내 놓지도 못하게 했다.

과외 끝나면 데려다 주겠다는 제의를 일주일 내내 거절하는 것은 물론이고 호텔에 돌아왔을 시간에 전화를 걸면 잘 도착했으니 걱정 말라며 한마디라도 더 얘기하고 싶은 동욱의 마음은 알아주지도 않고 내일 새벽에 일어나려면 자야 한다며 매정하게 전화를 끊어버렸다.

새벽에 신문 돌리는 것을 뻔히 아는 터라 화를 낼 수도 없고 더 붙잡을 수도 없어서 잘 자라는 인사만 남기고 전화를 끊으면서도 그렇게 아쉬울 수가 없었다.

수안이 도도하게 굴 처지가 아닌 것을 알고 있기에 수안의 그런 돌 같은 태도에 어째서 거만하게 구냐고 따질 수도 없고 동욱은 변함없이 무덤덤한 수안 때문에 은근히 속을 끓이고 있었다.

그리고 작정했다. 윤수안이 언제까지 무덤덤할 수 있는지 두고 보겠다고. 더는 버티지 못하고 넘어오게 만들고야 말겠다고. 그래서 선택한 작전이 무한감동 작전이었다. 할 수 있는 모든 정성을 퍼부어 자신을 향해 화끈하게 통하도록 만드는 작전.

"정말로 앞으로는 이런 거 훔쳐 오지 마세요. 좀 미안하고 좀 부담스러워요."

"백 번 미안하고 천 번 부담스럽게 만들면 통하겠지."

동욱의 말에 수안이 입술을 실룩거리며 칼칼하면서도 달작지

근 따뜻한 생강차를 마셨다. 갑자기 떨어진 기온에 꽤나 떨었던 끝이라 미안하고 부담스러웠지만 퍽 반가운 차인 것은 사실이었다.

"훔쳐 오려면 좀 많이 훔쳐 오지. 겨우 요거 훔쳐 왔어요? 누구 코에 붙이라고."

수안의 말에 동욱이 웃음을 터뜨렸다. 앞으로는 이런 거 훔쳐 오지 말랄 때는 언제고 양이 적다고 타박이라니.

"다 마셔라. 난 한 모금도 안 마실 테니까."

동욱이 쏴붙이자 수안이 픽 웃었다.

"오늘 몇 시까지 잘 거니?"

"몇 시간만 자고 일어날 거예요. 레포트도 써야 하고 내일은 신문 쉬니까 내일 푹 자려구요."

"레포트도 내일 쓰고 11시까지만 자고 일어나. 점심 먹으러 나가자."

동욱이 빈 잔에 생강차를 채워주며 말했다.

"됐어요."

"점심 먹자니까."

"호텔에 공짜로 있으니까 없는 사람처럼 행동하라고 했잖아요. 가만히 앉아서 끼니 받아먹는 것도 눈치 뵈고 새벽에 열쇠 맡기고 찾고 그러는 것도 되게 눈치 보여요."

수안이 눈치가 보여 어쩔 줄 모르는 표정으로 말했고 동욱은 하마터면 웃음을 터뜨릴 뻔했다. 은주의 출입을 막기 위해 한 소린데 수안은 그 얘기를 심각하게 받아들인 것이다.

"그건 은주한테 해당되는 거고 넌 상관없어. 나하고 같이 움직일 땐 더더욱."

"눈치 보여요. 그냥 있을 거예요."

"천하의 윤수안이 눈치도 보냐?"

"내가 좀 건방지긴 하지만 눈치가 없진 않거든요?"

"건방진 것들은 눈치도 안 보는 줄 알았더니. 훌륭하네."

동욱이 비꼬자 수안이 동욱을 잔뜩 노려보다가 쌩한 얼굴로 생강차를 마셨다.

"밥 먹자."

"됐다구요."

"데이트 신청하는 거야."

동욱의 말에 수안의 미간에 주름이 잡혔다.

"나한테 데이트 신청하지 마세요. 곤란하다고 했잖아요."

"은주 때문이라면 걱정 마. 은주한테 말했어."

동욱의 말에 수안이 화들짝 놀라 동욱을 쳐다봤다.

은주한테 말을 했다니?

"무슨 말요?"

"너한테 관심 많으니까 다리 좀 놔달라고. 다리 놔주면 한턱 거하게 쏜다고."

동욱이 아무렇지도 않은 얼굴로 말했고 수안은 말문이 막혀 멍하게 동욱을 바라보고 있었다.

"정말 그랬어요?"

"응."

"은주…… 속상해하죠?"

"글쎄."

"왜 그랬어요? 은주 선배 좋아하는 것 뻔히 알면서, 속상해할 것 알면서 왜 그랬어요?"

수안이 화가 난 목소리로 쏘아붙이자 동욱이 갑자기 정색을 했다.

"양다리 걸치란 말이야?"

동욱이 다소 격한 어조로 되물었다.

"내가 언제 양다리 걸치라 그랬어요?"

수안도 격하게 되받아쳤다.

"은주가 아니라 난 널 보고 있는데 널 보면서도 은주 마음까지 헤아리라는 건 양다리 걸치라는 말이잖아."

듣고 보니 그 말도 틀린 말은 아닌 듯했다. 이 사람의 마음도 받아주고 저 사람의 마음도 받아주고 좋아하는 사람은 따로 있고 그건 정말 말도 안 되는 짓이긴 했다. 딱 바람둥이들이 하는 짓이었다. 차라리 짝사랑하는 마음이 깊어지기 전에 싹을 잘라주는 것도 나쁘지 않았다. 하지만 상대가 은주라면 얘기가 달라졌다. 은주는 바로 어제까지도 동욱의 마음을 사로잡는 방법에 대해 심각하게 연구 중이었으니까.

"내 말 틀려?"

"그건…… 그러네요."

수안이 즉시 꼬랑지를 내렸다.

"언제 말했어요?"

"어제 강의 끝나고 주차장 가는 길에."

그러니까 동욱은 절묘한 타이밍에 은주의 최동욱 사로잡기 연구의 종지부를 찍어준 것이다.

은주는 상처받은 것이 틀림없었다. 상처받은 것이 아니라면 동욱에게 그런 얘길 듣자마자 호출을 하던가 음성이라도 남겼을 것이다. 호출도 하지 않고 음성도 남기지 않았다는 것은 상처받았다는 뜻이었다.

"11시 반에 데리러 올게. 나가자."

"오지 마세요. 은주 좀 봐야겠어요."

수안이 잔뜩 찌푸린 얼굴로 말했다.

"넌 모르는 척해야 완전범죄야."

"무슨 말이에요?"

"너한테 관심 많다고 다리 놔달라고 말한 이유는 넌 아직 내 마음을 모르고 있는 것처럼 하기 위해서였어. 그래야 너하고 은주 관계가 나빠지지 않을 거니까. 은주가 먼저 말 꺼내기 전까지는 모른 척해."

"……"

"고맙다고 해야지."

"뭐가 고마워요?"

고맙기는 무슨, 갑갑하게 만들어놓고.

"은주한테 오해받지 않게 보호해 줬잖아."

"안 고마워요."

수안의 퉁명스러운 대꾸에 동욱이 얼굴을 구겼다.

"진짜 너무하네. 기껏 보호해 주고 이 새벽에 생강차까지 갖고 달려왔더니 안 고맙다니."

"호텔에 재워주고 아침마다 차 태워주고 생강차에 은주까지. 꼼짝 못하게 몰아붙이고 있는 거 아세요?"

"말했잖아. 무한감동."

"무한감동이 아니라 무한부담이라구요!"

수안이 퉁명스럽게 말했지만 동욱은 꿈쩍도 하지 않았다.

"11시 반이다."

"오지 마세요."

"내 생일이야."

아 참, 그랬지…….

"생일에 왜 저하고 있으려고 하세요? 선배 친구 없어요?"

"없어."

"어쩌다 친구도 없고 그러세요?"

"성질이 더러워서 안 놀아주더라고."

무슨 자랑이라고.

"11시 반이다."

"아니, 저는요……."

동욱은 수안의 말은 더 듣지도 않고 나와 버렸다.

호텔을 나와 차를 몰고 집으로 돌아가던 동욱은 아직도 풀지 못한 의문에 대해 생각하기 시작했다.

무엇 때문에 윤수안이라는 여자에게 무한감동작전까지 쓰면서 마음을 통하게 하기 위해 애를 쓰는지. 벌써 며칠째 같은 문제로 고민 중이었다.

자신이 이 정도로 은혜에 버금갈 정도로 정성을 쏟아붓는데도 수안이 고마워하고 미안해하고 부담스러워하는 것 외에 마음을 활짝 열고 넘어오지 않는 것도 이해할 수 없었지만 열려고 하지 않는 여자의 마음을 기어이 열어젖히려고 하는 자신도 이해할 수가 없었다.

예전 같았으면 도도한 척하는 꼴을 봐주지 못해 면박을 주고 두 번도 쳐다보지 않았을 일인데 수안은 눈에 걸리고 머리에 걸리고 마음에 걸려 도무지가 머릿속에서 쫓아낼 수가 없었다.

가진 사람으로서 수안의 처지가 가여워서 어려운 사람 돕는다는, 말하자면 봉사한다는 기분으로 잘해주는 것은 아닐까 하는 생각도 해봤지만 아무리 생각해도 봉사는 아니었다. 봉사라고 하기엔 감정이 예사롭지가 않았다.

봉사라면, 알람이 울리기 전에 저절로 눈이 떠지고 혹시 늦을까 봐 초조해하며 호텔로 달려가고 수안이 문을 열고 나오길 기다리는 짧은 시간동안 그토록 가슴이 떨릴 리가 없었다.

봉사라면, 틈만 나면 수안에게로 시선이 향할 리도 없었고 이 새벽에 생강차를 훔쳐 달려올 리도 없었다. 가진 것이 돈이고 넘치는 것이 돈이니 모조리 돈으로 해치우지 쓸데없이 몸 고달픈 일은 하지 않았을 것이다.

그렇다면 사랑?

사랑이라고 단정 짓기도 어려웠다.

사랑인 줄 알았는데 알고 보니 사랑은 아니었던 적이 꽤 여러 번이었으니까. 그저 잠깐의 관심과 호감에 불과했으니까. 그러니까 이번에도 쉽게 사랑이라고 단정 짓기보다는 더 두고 봐야 했다. 하지만 예전의 전적과 비교했을 때 다른 것은 분명히 있었다. 예전에는 아무리 관심이 가고 호감을 가졌더라도 지금처럼 여자에게 정성을 들여본 적도 없었고 여자를 기다리며 가슴이 떨려본 적도 없었다.

사랑은 아니지만 그렇다고 호감도 아닌, 동욱은 이 알 수 없는 감정의 정체가 궁금해서 견딜 수가 없었다.

"가보자고."

그래, 일단 가는 데까지 가보는 수밖에 없었다.

열 번 찍어 안 넘어가는 나무 없다는데 열 번으로 안 되면 스무 번, 서른 번 찍어보고 그래도 안 넘어오면…… 그전에 동욱이 먼저 돌아설지도 몰랐다. 그쯤 되면 후회를 남길 것 같지도 않고.

# 2막
사랑이라는 것을 알았을 때

# 1장

 시큰둥한 얼굴로 한사코 거절하는 수안을 억지로 끌고 나온 동욱은 수안에게 뭘 먹고 싶은지 묻지도 않고 점심을 먹기 위해 일식집으로 갔다.
 수안을 데려간 일식집은 훌륭한 맛으로도 비싼 가격으로도 소문이 자자한 곳이었는데 동욱이 워낙 이 집의 음식을 좋아했고 자신이 좋아하는 음식을 수안에게 꼭 먹여주고 싶었다. 물론 가격을 알게 된다면 기절하려고 하겠지만.
 강제로 수안의 손을 꼭 잡고 일식집으로 들어온 동욱은 지배인의 안내로 두 사람이 오붓하게 식사할 수 있는 별실로 들어왔다.

"예약한 요리로 주세요."

"예."

지배인이 별실을 나간 후 수안은 약간 주눅이 들고 찌든 표정으로 동욱을 쳐다봤다.

"그 표정은 뭐야?"

"이런 데하고 안 어울리잖아요."

수안이 이를 갈며 낮게 윽박질렀다.

"뭐가?"

"나 말이에요."

수안이 씩씩거리며 말한 후 동욱을 양껏 노려봤다.

일식집 앞에 차가 멈추는 순간부터 그랬다.

동욱이 데려온 일식집은 외관부터 너무 화려하고 거창해서 저절로 주눅이 들어 움찔거려졌었다. 안으로 들어왔을 때는 완전히 기가 꺾여 버리고 말았다. 일식집 안을 오가는 다른 손님들, 특히 여자 손님들의 차림새에 저절로 기가 죽어버린 것이다.

실내는 외관과는 비교할 수 없을 만큼 고급스럽고 찬란했으며 일식집 안을 오고 가는 다른 손님들의 차림새도 '나 부자야' 하고 떠벌리지 않아도 넘치도록 부유해 보이는 찬란한 차림새였다.

현란한 일식집과 화려한 손님들.

수안은 재래시장 생선 가게에서 고등어나 한 손 사다가 무 썰어 넣고 자글자글 졸여먹는 것이 딱 어울리는 서민이 넘보지 못할 구역에 끼어든 것 같아 고개를 들 수조차 없었다. 자반고등어 조림을 낮잡아보는 것은 아니었지만 수안이 일식집 안에 들어서던 순간의 느낌은 딱 그랬다.

"네가 왜 안 어울려?"

"옷도 그렇고 뭐든지 다요. 식당하고 다른 손님들은 부티가 좔좔 흐르는데 난 빈티가 좔좔 흐르잖아요. 무슨 심보예요? 쪽 팔리게 만들려고 일부러 이런 데 데려온 거예요?"

수안은 자신이 너무 비참해진 바람에 점점 더 오그라들고 말았다.

기죽지 않으려고 했는데, 나중에 모두 다 하면 된다고 나중에 얼마든지 할 수 있으니 조금만 기다리면 된다고 타이르며 참고 달랬는데 일식집에 들어오는 순간 자신의 초라함이 극명하게 드러나는 것 같아 무너지고 말았다.

그건 아마도 동욱과 함께였기 때문일 것이다.

다른 사람이었다면, 수안의 처지에 대해 모르는 사람과 함께였다면 이런 비참한 기분은 들지 않았을 것이다. 그런데 동욱은 너무 많이 알고 있었고 그리고 너무 많은 신세를 지고 있었고 그래서 비참했다. 꼭 거지가 부자 옆에 빌붙어 얻어먹는 것 같아서.

동욱이 비참함을 느끼게 하기 위해 이런 화려한 곳에 데려왔을 리는 없겠지만, 동욱이 무한감동을 실천하기 위해 이곳에 데려왔다는 것을 알고 있지만, 이미 비참함을 느껴 버린 수안은 한없이 작고 초라한 자신의 존재 때문에 고맙기는커녕 화가 나서 당장 뛰쳐나가고만 싶었다.

수안이 지독하게 힘들게 살아왔다고 해서 남의 눈이나 시선을 의식하지 않는 것은 아니었다. 그저 억지로라도 의식하지 않으려고 애썼을 뿐인지 수안도 여자였고 예쁘게 꾸미는 것에 정신이 팔려도 누구 하나 탓하지 않을 대학생이었다.

수안이라고 왜 예쁜 옷을 입고 싶지 않았겠으며 수안이라고 왜 친구들처럼 화장에 열을 올리고 싶지 않았겠는가. 다른 친구들처럼 유행하는 옷 서너 개쯤은 갖고 번갈아 입고 싶고 분첩에 립스틱에 대학생이라면 기본적으로 갖고 있다는 화장품도 사고 싶고 바르고 싶었다.

그러나 그럴 수 없었다. 돈도 돈이었지만 어쩌다 반값이나 깎아주는 티셔츠라도 하나 사 입을라 치면 어디서 얼마를 주고 샀는지 꼬치꼬치 캐묻고 색깔은 왜 그 모양이며 넌 어떻게 뭘 입혀놔도 그렇게 태가 안 나냐고 염장을 질러대는 작은어머니 때문에 보잘것없는 것 하나 사는 것도 눈치가 보여 살 수가 없었다.

동생 옷도 마찬가지였다.

자신도 그랬지만 동생 정현이도 365일 늘 같은 옷이었다. 자신은 못 입더라도 정현이가 허름하게 입고 다니는 것은 도저히 못 견디겠어서 바지라도 하나 사 입히면 제 동생만 챙긴다고,

한집에 사는 형제가 희영도 있고 성국이도 있는데 인정머리없이 제 동생만 챙긴다고 또 시비였다.

오죽 눈치가 보였으면 내 옷 하나 못 사 입고 쩔쩔매던 수안이 세일도 해주지 않아 제값 다 주고 사서 희영에게 안겼을까. 고약한 희영이 년이 사다 준 사람 얼굴 빨개지게 마음에 안 든다며 당장 바꿔 입었지만 말이다.

언젠가부터 작은어머니라는 사람은 근본부터 틀려먹은 사람이기 때문에 죽을 때까지 교정이 불가능한 성격을 가진 사람으로 단정해 귀에 들어오는 말의 대부분은 그냥 내다 버렸지만 저런 식의 잔소리는 창자를 긁어내는 듯 괴로웠다.

그래서 겨울엔 번갈아 입을 여벌이 없어서 더플코드 하나로 겨울을 나고 봄엔 3년째 같은 봄 재킷, 가을엔 역시 3년째 같은 가을 재킷으로 버티고 있었다.

"없이 사는 티 너무 나잖아요. 없이 사는 티 묻히는 곳으로 갔으면 좋았잖아요."

수안이 원망과 푸념이 섞인 목소리로 말했고 동욱은 왠지 미안한 기분이 들어 잔뜩 찌푸린 수안을 말없이 바라보다가 괜찮아 하며 입을 열었다.

"넌 워낙에 미모가 출중해서 없이 사는 티 안 나."

동욱의 말에 수안이 동욱을 노려보다가 씁쓸하게 픽 웃었다.

"너 없이 사는 거 누가 안다고."

"티나잖아요. 한눈에."

"티 안 나. 말했잖아. 미모가 출중해서 웬만한 여자들 다 밀어 버릴 수 있어."

"뭐…… 내 미모가 출중하긴 하죠."

수안이 거만한 얘기를 전혀 거만하지 않게 얘기하자 동욱은 웃음을 터뜨렸다.

"그래야 윤수안답지. 넌 거만하고 까칠해서 매력적이야."

"별게 다 매력적이네요."

툴툴거리던 수안이 슬쩍 동욱을 쳐다봤다.

"생일 축하해요."

"맨입으로?"

"그러게요……."

"밥 먹고 어디 갈까?"

"어딜 또 가려구요?"

"그럼 밥만 먹고 찢어지냐? 생일날?"

"내 생일도 아닌데 뭐."

수안이 불퉁하게 대꾸했다.

"너무 비싸게 군다."

"미모가 출중한 여자는 원래 비싸요."

수안이 이번엔 정말 거만하게 말했다.

"나도 비싸. 비싼 것들끼리 놀자."

동욱의 말에 수안이 픽 웃었다.

"가고 싶은 데 없어?"

"뭐 별로."

"극장이나 놀이공원이나 백화점이나 어때?"

"그냥 가서 쉴게요."

"아, 진짜. 김새게."

동욱이 화가 난 듯 얼굴을 찌푸리자 식당에 들어오면서부터 지금까지 계속 밥 사주는 사람 기분 상하게 만든 것 같아 수안이 미안한 낯으로 동욱을 쳐다봤다.

"돌아다니면 돈 드는데…… 난 돈이 없고 결국 선배가 써야 하잖아요. 선배 돈 쓰게 하는 거 마음이 편하지 않아서 그래요."

"나 아무한테나 돈 안 써. 나 사람 되게 가리거든? 너니까 쓰는 거야."

"훌륭하시네요."

절대 칭찬은 아니었다.

"골라. 극장, 놀이공원, 백화점."

"난……."

"그래, 백화점 갔다가 극장 가자."

수안은 아무 말도 하지 않았는데 동욱이 마치 수안이 원한 것처럼 결론을 냈다.

"백화점 갈 일 없어요."

"나도 별로 갈 일은 없어. 구경이나 하자고."

이제 보니 최동욱이라는 남자 순 제멋대로였다.

"됐어요. 구경하면 사고 싶어지니까 안 가요."

사랑이라는 것을 알았을 때　199

"사면 되지."

"아, 진짜."

"가는 거야. 무조건."

동욱이 끝까지 우겼고 수안은 끝까지 안 간다고 바락바락 우겼다.

먹을 요리보다 장식이 훨씬 많은 자리를 차지한 요리들이 하나씩 별실로 들어와 테이블에 차려졌고 수안은 동욱의 등쌀에 못 이겨 동욱이 맛보라며 억지로 접시에 덜어주는 회를 고추냉이를 푼 간장소스에 찍어 먹었다.

"이건 무슨 회예요?"

"몰라. 맛은 있네."

동욱은 수안이 물은 회가 참치회라는 것을 알고 있었지만 일부러 모른 척했다. 잘 아는 척하기보다는 모르는 척하는 편이 수안의 심기를 덜 불편하게 할 것 같았기 때문이다.

방금 수안에게 맛보라며 건넨 살은 참치 살 중에 뱃살과 머리 사이, 아가미 바로 뒤쪽에 붙어 있는 가마살이라 불리는 부위였고 참치회 중에서 가장 비싼 부위인만큼 맛도 아주 좋았다.

"이건…… 쇠고기예요?"

수안이 무슨 횟집에 쇠고기가 나왔을까 하는 얼굴로 물었다.

"그런가?"

동욱은 이번에도 모른 척했다. 수안이 쇠고기 같다고 한 회는 참치 볼살이었는데 참치회를 처음 먹는 사람은 쇠고기라고 해도 속을 만큼 맛이나 색깔이 쇠고기와 흡사했다.
"백화점 갔다가 영화 보러 가자."
동욱이 물러서지 않고 계속 몰아붙이자 수안이 눈을 흘겼다.
"정말 징하시네요."
"너도 만만치 않거든?"
"지치네요, 정말."
"지치게 해서 데려가려고."
동욱의 말에 수안이 고개를 절레절레 저었다.
"가는 거야."
"일단 화장실 갔다 올게요."
"나가서 오른쪽으로 곧장 가면 돼."
식사가 끝난 후 수안이 화장실에 가기 위해 별실을 나가자 동욱은 재빨리 지배인을 불러 계산을 끝내 버렸다. 나가는 길에 수안을 세워두고 계산을 하는 것은 아무래도 생색을 내는 것처럼 보일 것 같았기 때문이다.
이 정도로 최선을 다해 배려한다는 것을 수안이 좀 알아줬으면 좋겠는데 수안은 여전히 미지근해질 기미도 보이지 않았다.
가벼운 노크 소리가 들리더니 별실 문이 열렸고 화장실에 간 수안이 돌아온 것이 아니라 정수 놈이 얼굴을 들이밀었다.
"동욱아."
"어, 정수야."
"제대했다며."

정수가 별실로 들어와 동욱에게 손을 내밀었고 동욱은 정수와 반갑게 악수를 나누었다.

"제대했는데 그냥 넘어가면 안 되지. 기념으로 한 잔 살게. 오늘 밤에 노빌리티에서 만날까?"

"오늘은 안 되고 다음에 보자."

오늘의 시간은 잠들기 직전까지 수안을 위한 시간이었다. 정수에게는 1분도 양보할 수 없었다.

"날짜는 네가 잡아. 멤버는 내가 모을게."

"그래."

"밥 먹으러 왔냐?"

"어."

"촌년 하나 달고 왔다며? 누구냐?"

정수의 질문이 날아오는 순간 화기애애하고 즐거웠던 동욱의 표정이 일순간 험악하게 돌변했다.

"아랫것들 냄새가 진동을 하더라는데……."

아랫것?

"어떤 새끼가 그따위로 지껄여?"

동욱의 격렬한 어조에 정수가 당황함에 움찔했다.

"아니…… 정윤이가 봤다고……."

"미친X!"

동욱이 당장 정윤을 잡아다 족치려는 듯 별채를 뛰쳐나가려는데 정수가 급하게 동욱을 붙잡았다.

"동욱아!"

"어딨어, 정윤이!"

"너 이러면 내가 곤란하잖냐. 내가 실수했다. 내 실수야. 사과할게."

정수가 동욱의 허리를 붙잡고 늘어지며 진정시키기 위해 애를 썼다.

"미안하다, 실수했다."

"정윤이가 그랬다며!"

"전달한 내 잘못이지."

정수가 격분한 동욱을 진정시키기 위해 진땀을 흘리며 붙들었다.

"미안하다. 큰 실수했다. 참아라, 동욱아."

정수가 붙들고 늘어진 탓도 있지만 정수의 사과가 그냥 하는 말이 아니라는 것을 알았기 때문에 속에서 열불이 치밀어 올랐지만 참을 수밖에 없었다. 하지만 그냥 참아줄 수는 없었.

"정윤이한테 똑바로 말해. 한 번만 더 그따위로 지껄이다가 나한테 걸리면 다시는 말이라는 걸 못하게 만들어주겠다고. 알았냐?"

당장이라도 때려 부술 듯한 동욱의 기세에 눌린 정수가 거듭 미안하다고 사과하며 격분한 동욱을 진정시켰다.

"말조심시킬게. 나도 조심하고."

"넌 격 떨어지게 그런 X하고 왜 어울리는 거야?"

"내 죄가 크다."

"에이, ＸＸ!"

동욱이 욕설을 내뱉었지만 처음보다는 한결 누그러진 음성이었다.

"그 자식, 군대 갔다 와서 성질 좀 죽었나 했더니 더하네. 깜짝 놀랐잖아, 자식아."

"빈말 아니야. 흘려듣지 마."

"알았어. 사과할게."

"이제 올 거야. 빨리 가."

"그래⋯⋯ 꼭 연락해. 한잔하자."

"그래."

별채를 나가기 위해 문을 열었던 정수는 문 옆에 굳은 표정으로 서 있는 수안을 발견하고 흠칫 놀랐다. 굳은 표정으로 봐서 안에서 동욱과의 대화를 모두 들은 듯했다.

"안녕하세요."

그냥 지나칠 수가 없어 정수가 인사를 했지만 수안은 모멸감에 정수와 눈도 마주치지 못한 채 목례만 했다.

정수의 인사 소리에 문 앞으로 왔던 동욱은 문 옆에 죄인처럼 서 있는 수안을 발견하고는 자신도 모르게 주먹을 틀어쥐고 말았다.

"간다, 동욱아."

동욱과 수안의 심상치 않은 표정에 정수가 도망치듯 떠나 버렸지만 동욱은 수안에게 들어오라는 말도 못했고 수안 역시 아무 말도 못한 채 여전히 죄인처럼 서 있었다.

"수안아."

"그만 가요."

수안이 어색하게 웃으며 말했다.

"친군데…… 제대하고 처음 만나서……."

동욱이 무슨 말을 해야 할지 모르겠지만 무슨 말이든 해야 할 것 같아서 주절주절 설명하는데 수안이 알고 있다는 듯이 고개를 끄덕이며 미소를 지었다. 그런데 그 미소가, 미소가 아니라 금방이라도 울 것처럼 슬프게 보였다.

"어서 가요."

"잠깐…… 차 마시고 가자."

"그냥 가요. 더 있으면 촌년 더 부끄럽잖아요. 아랫것 냄새 진동해서 오염시키기 전에 빨리 가요."

수안이 상처받지 않은 척하기 위해 억지로라도 웃으려고 애쓰며 말했지만 일그러진 웃음 속에 깊게 배인 상처는 숨길 수가 없었다.

동욱은 더는 시간 끌지 않고 즉시 수안을 데리고 일식집을 나왔다. 수안에게 지금 가장 필요한 것은 당장 일식집을 벗어나는 것이었기 때문이다.

"백화점으로 가자."

"호텔에 갈게요."

수안의 목소리가 그 어느 때보다 딱딱했다. 까칠한 것이 아니라 너무 딱딱해서 뚝뚝 부러지는 것 같았다.

"그럼 드라이브라도 할까?"

"호텔로 가요."

"그냥 이렇게 가버리면……."

"부탁할게요. 나 지금 엄청 쪽팔리거든요."

수안이 웃음을 터뜨리며 말했지만 얼굴은 말할 것도 없고 귓불에 목까지 새빨갛게 물들어 있었다.

"수안아."

"쪽팔리는 것도 혼자 하고 싶고 혼자 있어야 윗것들을 향해 욕이라도 할 것 아니에요."

"나 있는 데서 욕해도 돼."

"혼자 할래요. 선배도…… 윗것이니까. 편먹기는 글렀어요."

그 말을 끝으로 수안은 입을 꼭 다물어 버렸고 동욱은 말을 시키는 자체가 수안에게는 괴로움이 될 것 같아 덩달아 입을 다물 수밖에 없었다.

백화점도 극장도 못 가고 호텔로 돌아온 동욱은 수안이 방까지 데려다 주는 것도 거부하는 바람에 주차장에서 간단하게 인사만 하고 헤어져야 했다.

"내가 까칠하잖아요. 백화점도 가고 극장도 가면 좋은데 속없이 구는 게 힘드네요. 미안해요, 선배."

"내가 미안하지."

"점심 잘 먹었어요. 전 그런 데서는 못 사주고 학교 식당에서 열심히 갚을게요."

"수안아, 마음 상했으면 나한테 막 퍼부어도 괜찮아. 나한테 신경질 내."

"아뇨. 선배한테 왜요……. 저 그리고……."

수안이 고민하는 얼굴로 가방을 만지작거리다가 가방에서 작은 선물꾸러미 하나를 꺼내 동욱에게 건넸다.

"뭐야?"

"생일 선물인데…… 좋은 건 아니구요…… 기대하지는 마세요. 좋은 거 아니에요."

동욱이 포장지를 벗기려고 하자 수안이 말렸다.

"나중에 보세요……. 좋은 것 아니니까 기대하지 말고…… 마음에 안 들면 버려도 괜찮아요……. 조심해서 가세요."

"수안아, 잠깐만."

동욱이 붙잡았지만 수안은 부드럽지만 단호하게 동욱의 손을 걷어내고 차에서 내렸고 단 한 번도 돌아보지 않고 호텔로 들어가 버렸다.

당당하려고 애쓰지만 한없이 처져 버린 수안의 뒷모습을 바라보면서 동욱은 처음으로 수안 때문에 가슴이 아프기 시작했다. 달리 표현하거나 아니라고 부인하거나 돌려 말할 수도 없었다. 분명히 가슴이 아팠다.

동욱은 수안이 준 생일 선물 꾸러미의 포장지를 벗겨내고 바

사랑이라는 것을 알았을 때

구니 안을 들여다봤다. 바구니 안에는 목도리가 들어 있었고 목도리 사이에 카드가 끼워져 있었다.

동욱은 카드를 꺼내 펼쳤다.

**꽃샘추위가 오셨나 봐요.**
**목이 따뜻해야 감기에 안 걸린대요.**
**너무 보잘것없는 선물이라 미안해요.**
고마워요, 선배.

동욱은 수안이 직접 쓴 네 줄의 카드를 다섯 번이나 읽은 후에야 재킷 안주머니에 집어넣고 목도리를 꺼내 목에 둘렀다. 흔한 목도리였지만 이 세상에서 제일 따뜻한 목도리였다.

동욱은 수안이 선물한 목도리를 목에 두른 채 오랫동안 호텔 주차장을 떠나지 못하고 있었다.

"점심 먹으러 가요."

늘 그랬던 것처럼 점심시간이 되자 수안이 먼저 동욱을 찾았다.

지난 주말에 아랫것, 촌년 사건 후로 수안은 점심시간이 아니면 동욱에게 먼저 말을 거는 법이 없었다.

촌년 사건 후로 수안은 아침 등교 시간에 동욱의 차도 타지 않았다. 촌년 사건이 있고 다음날, 그러니까 일요일 밤에 수안이 동욱의 휴대폰으로 전화를 했고 무덤덤한 목소리였지만 확고한 어조로 내일 아침에 절대 태우러 오지 말아달라고 부탁했었다.

수안은 보통 때는 성질이 대쪽 같아 보이지 않지만 때때로 사포라는 별명이 왜 붙었는지, 사포라는 별명을 누가 붙였는지 참 제대로 붙여주었다 싶을 만큼 딱 부러졌다. 태우러 오지 말라고 할 때도 그랬다.

"신세 진 선배한테 사납게 굴고 싶지 않으니까 태우러 오지 마세요. 부탁할게요."

목소리에 굴곡이 없어 얼핏 들으면 무덤덤하게 들리지만 되짚어볼수록 냉기가 느껴지는 억양, 수안의 목소리가 그랬다.

모른 척 무시하고 태우러 갔을 수도 있지만 동욱은 호텔 주차장에서 수안이 호텔을 빠져나오는 것을 지켜보기만 했을 뿐 끝내 부르지 못했다. 같이 가자고 부를 용기가 생기지 않았던 것이다.

까짓것 미안하다 사과하고 강제로 차에 태우던가 아니면 싫으면 그만이지 하고 무시하면 될 텐데 강제로 태우지도 못하고 무시하지도 못한 것이다.

언제부터 여자 눈치를 봤다고 한없이 약하게 구는지, 동욱도 자신이 하는 짓이 좀 우습고 어처구니없었지만 생각할수록 묘한 것이 다른 여자에게는 한 번도 약하게 군 적이 없었던 자신이 수안에게만큼은 왜 사사건건 눈치를 보고 신경을 쓰는지 이해불가이면서도 놀라웠다.

그리고 더욱 놀라운 것은 수안의 눈치를 보고 수안의 말 한마디, 행동 하나에도 신경이 곤두서는 자신이 조금도 부끄럽지 않다는 것이다. 한마디 더 하자면, 사내놈이 고작 여자 때문에라는, 치사하다는 생각조차 들지 않았다.

수안의 기분을 상하게 하지 않으려고 애를 쓰고 수안이 상처를 받았을까 봐 잠도 못 자며 전전긍긍하고 수안에게 뭘 해주어야 가슴을 활짝 열고 온전히 최동욱이라는 남자를 받아들일지 고민하고…… 그런 시간들이 조금도, 1%도 아깝지가 않았다.

문득문득 이런 감정이 길게 가지 않을 것이라는 생각도 했다. 싫증도 잘 내는 편이고 또 예쁜 여자는 세상에 얼마든지 있으니까.

지금은 지금 감정에 충실한 중이고 길게 가든지 얼마 못 가든지 이 감정이 재미없어지고 시들해지면 그땐 수안에게 잘해주기 혹은 눈치 보기를 그만두면 됐다.

어쨌거나 동욱이 수안 때문에 이 정도로 속을 태우는데 수안은 점심시간이 아니면 눈조차 마주치려 하지 않았다. 사포처럼 까칠한 성격 탓이라기보다는 거지 취급을 받은 것에 대한 창피함 때문인 것 같았다.

누구라도 그랬을 것이다. 듣지 않았다면 모를까, 촌년에 아랫것이라는 말까지 들었는데 어떻게 멀쩡하겠는가.

식당으로 들어올 때까지도 동욱은 오늘도 어제나 그제처럼 은주나 철호의 수다에 파묻혀 수안과는 말 한마디 못하고 밥만 먹고 그만두겠구나 생각했는데 웬일로 은주도 보이지 않고 철호도 보이지 않았다.

수안과 단둘이었고 동욱은 복권에 당첨된 기분으로 수안을 바라봤다.

"은주는?"

"동아리 모임 가서 같이 먹는대요."

"은주가 말해?"

"무슨 말요?"

"내가 다리 놔달라고 했던 말."

"아직요."

"불편해서 동아리 핑계 댄 모양이구나."

"그것도 있는 것 같고…… 동아리에서 올해 강변가요제 출전하기로 했다고 의논한다구요."

"강변가요제? 은주 노래 잘해?"

"보컬 아니에요. 키보드예요."

"아."

동욱이 픽 웃었다.

"미안해요."

"뭐가?"

"뚝뚝하게 굴어서."

수안의 말에 동욱이 수안을 바라보자 수안은 일부러 동욱과

사랑이라는 것을 알았을 때　211

눈을 맞추지 않고 밥을 먹고 있었다.
"이제…… 괜찮아졌어?"
"네."
"너 진짜 뒤끝 길다."
"이번엔 신속하게 끝낸 거예요. 신세 지고 있어서."
"고맙다고 해야 하나?"
"당연하죠."
수안이 거만하게 말했다.
"열받게 해서 미안하다."
"열받은 게 아니라 쪽팔린 거예요."
"나도 당황했어."
동욱의 말에 이해한다는 듯 고개를 끄덕였다.
"그럼 우리 이제…… 다시 좋아지는 거야?"
"우리가 언제 좋았었어요?"
수안이 예전의 모습을 완전히 되찾아 볼통스럽게 되물었고 동욱이 미간을 찌푸리며 수안을 노려봤다.
"그래, 그럼 지금부터 좋아하자."
동욱이 말했고 수안은 어디서 은근슬쩍 작업이냐는 듯 흘겨봤다.
"내일 영화 보러 갈까?"
"내일 이사해요."
"내일? 다음 주라고 하지 않았어?"

"살던 사람이 내일 나간다고 해서 일찍 들어가려구요."
"잘됐네."
잘됐네 하면서도 동욱은 이상하게 잘된 것 같지가 않았다. 언제까지나 호텔에 묶어둘 수는 없겠지만 수안이 호텔을 나간다고 생각하자 마치 자신이 마련해 준 보금자리에서 가출하는 기분이 들어 이상하게 마음이 별로였다.
"집 알려줄 거지?"
"맨입으로요?"
"돈 내야 되나?"
동욱이 버럭 화를 내자 수안이 픽 웃었다.
"알려 드릴게요. 안 알려 드려도 찾아낼 것 같지만."
"몇 시에 갈까?"
"내일 오려구요? 정리 다 하면 오세요."
"내일 갈 거야. 내가 아침에 호텔에서 태워다 줄까?"
"아뇨. 늦게 오세요. 오전에는 은주하고 처리할 게 있어요. 되게 복잡할 테니까 늦게 오세요."
"처리할 게 뭔데? 같이 하자."
"무슨 남자가 다 끼려고 해요. 가벼워 보이게."
수안이 적당히 하라는 듯 면박을 주자 동욱이 눈을 부라렸다.
"그래, 나 가벼워."
가볍다는 수안의 말에 동욱이 발끈하며 대꾸하자 수안이 무슨 말을 못하겠다는 듯 고개를 저었다.

"주소 알려줘."

"늦게 오세요."

"알았다고."

동욱이 퉁명스럽게 대꾸했다.


"선배가 너 좋아한대."

한 롤에 가장 싼 벽지에 풀을 바르고 있던 은주가 불쑥 말했고 풀 바른 벽지를 벽에 붙이고 있던 수안은 순간 동작 정지하며 은주를 쳐다봤다.

동욱이 은주에게 수안에게 관심있으니 다리를 놔달라고 했던 적이 언젠데 은주가 이제야 말을 꺼낸 것이다.

"무슨……?"

갑자기 불쑥 나온 말이기에 수안은 자신도 모르게 모른 척하고 말았다. 알고 있으면서도 모른 척하는 것이 얼마나 가증스러운 짓인 줄은 알고 있었지만 당황한 나머지 자신도 모르게 모른 척해 버린 것이다. 솔직히 아는 척할 수 없는 일이기도 했고.

"동욱 선배, 너 좋아한대."

수안은 도대체 이럴 땐 어떻게 반응하고 어떤 대답을 해야 할지 몰라 멍한 얼굴로 은주만 쳐다보고 있었다.

"떡 줄 사람은 널 쳐다보고 있는데 난 신 김칫국만 열나게 마셨더라고."

은주가 김이 샜지만 이젠 훌훌 털어버린 것처럼 말했다.

"그래서…… 뭐라고 했어?"

"뭐라고 하겠니. 알았다고 해야지."

은주가 입술을 실룩거렸다.

"내가 좋아하니까 나하고 다리 놓자 할 수는 없잖아."

"……."

"내가 이 한 몸 던져 오작교가 되어줄 테니까 날 꾹꾹 밟고 건너가라."

"기분 되게 안 좋았겠다."

"이젠 괜찮아. 실은, 너한테 관심있다고 다리 놔달라고 한 지 꽤 됐는데…… 어찌나 속이 상하는지 이제야 얘기하는 거야."

은주가 배실 웃음과 함께 미안한 듯 실토했다. 미안해할 것 조금도 없는데, 이미 알고 있으면서도 모른 척한 사람은 수안인데 말이다.

"선배가 그렇게 열렬하게 신호를 보냈는데도 먹통바가지처럼 알아먹질 못했다며?"

"무슨 신호?"

이왕 모른 척한 것 끝까지 잡아떼야 했다. 중간에 어설프게 이실직고하는 것이 되레 예의가 아닐 때도 있으니까.

"너 좋아한다는 신호. 너도 어지간히 둔하다. 어쩜 여자가 남자의 신호를 모를 수가 있니?"

"신호 안 보냈어."

"네가 안 받은 거겠지."

받지 않은 것이 틀림없긴 했다.

"그런가……?"

알면서도 모르는 척하는 연기에는 별 소질이 없는 수안인지라 슬그머니 고개를 돌리며 이미 잘 달라붙은 벽지를 문지르고 또 문질렀다.

"속상했지?"

수안이 은주를 흘낏거리며 조심스레 물었다.

"괜찮아. 어쩌겠니. 내가 아니라는데."

"은주야, 내가 미안하다고 해야 하는 거지?"

"네가 미안할 건 없지. 넌 일방적으로 선택당한 거니까."

그 말은 사실이었다. 절대 맹세코 은주가 좋아하는 동욱 선배를 가로챌 생각이 없었으니까.

"그래도 미안하네."

"됐어. 동욱 선배랑 사랑질하면서 염장이나 질러."

"사랑질 안 해. 지금 내가 사랑질이나 할 처지니?"

"사랑질하는 데 처지가 무슨 상관이니?"

"난 상관있어."

"시끄러!"

은주가 버럭 성질을 냈다.

"날 버린 남자를 네가 버리면 난 뭐가 되니?"

은주의 말에 수안이 픽 웃었다.

은주나 자신이나 동욱과 사귄 적도 없고 사랑해서 미래를 약속한 적은 더더욱 없는데 버리다니.

"다리 놔주고 거하게 대접받기로 했으니까 무조건 선배랑 사귀어."

"뭘 얼마나 거하게 대접받기로 했는데?"

"호텔에서 하룻밤 자게 해주고 호텔에서 저녁까지 먹여준대. 그 정도면 상당히 거한 거다, 너. 돈으로 바꿔 받으려다 추해지기 싫어서 호텔로 결정 봤어. 내가 호텔에서 우아 떨며 스파를 즐기고 고상하게 칼질할 수 있도록 선배랑 무조건 잘해봐."

"너 우아 떨고 고상 떨게 사귀라는 거야?"

"맞아. 친구로서 그 정도는 해줄 수 있지 않니? 선배가 도저히 눈뜨고 못 볼 지경으로 엉망진창이거나 생날라리도 아니고."

수안은 은주가 우아 떨고 고상 떨 수 있도록 반드시 동욱과 사귀겠다는 대답은 할 수가 없어 그저 피식 웃으며 은주가 풀을 발라준 도배지를 벽에 붙였다.

네 시간에 걸쳐 도배를 끝내고 잠깐의 달콤한 휴식을 취한 수안과 은주는 지금 당장 필요하고 반드시 있어야 하는 생필품들을 구입하기 위해 근처 마트로 향했다.

오늘 밤부터 당장 덮고 잘 이불도 필요했고 냄비도 있어야 했고 수저도 있어야 했다. 비누, 칫솔에, 번들 라면에, 쌀에, 간추리고 간추렸지만 만만치 않은 가짓수에 엄청난 무게까지 두 사람의 몸에 붙은 팔 네 개로는 어림없었다. 그래서 이불처럼 덩어리가 큰 것들은 은주의 말대로 두탕째 사오기로 하고 둘이서

나눠 들고 올 수 있는 것들만 사서 집에 돌아오자 정현이 문 앞에 서 있다가 수안을 보고 씨익 웃었다

자식이 오랫동안 못 보고 지낸 사이 신수가 훤해져 있었다.

"연락도 없더니. 잘 찾아왔네?"

"물어 물어 왔어."

"누구니?"

은주가 물었다.

"동생."

"아, 동생이구나."

"정현아, 인사해. 누나 친구야."

"안녕하세요."

"반가워요."

은주와 정현이 인사를 나누는 사이 수안은 얼른 잠긴 문을 열어젖혔다.

"들어와, 들어가자."

정현이 먼저 들어가고 수안이 뒤따라 들어가는데 은주가 수안의 팔을 잡더니 재빨리 속삭였다.

"어머! 괜찮다, 얘. 탐난다."

은주의 말에 수안이 낮게 웃는데 집을 둘러보던 정현이 황당하다는 얼굴로 아무것도 없잖아 하고 말했다.

"지금 몇 가지 사오는 길이야. 조금 있다가 이불하고 쌀 사러 가야 해. 잘됐다. 무거운 것들이라 들고 오는 게 문제였는데 네

가 들어."

"거야 별것 아닌데…… 장롱도 없고 책상도 없고, 진짜 집만 있네."

"장롱은 없지만 서랍장은 있고 책상은 없지만 상은 있어. 여기서 살던 분이 나가면서 몇 개 두고 가셔서 쓰면 돼. 나머진 차차 사면 되고."

"냉장고는?"

"당분간은 냉장고에 넣을 음식은 안 사려고."

"밥통도 없어? 밥은 어떻게 먹어?"

"누나 냄비에 밥 잘해. 알잖아."

"황당하다, 황당해."

"자식이 일찍 와서 도배 도와달라니까 이제 나타나서는 깐죽거려."

"설마 빈손으로 와서 깐죽거리겠어?"

"빈손으로 왔네."

"이거 왜 이래. 윤정현을 어떻게 보고."

정현이 친구에게서 얻어 입은 듯한 가죽점퍼 안주머니에서 꽤 두툼해 보이는 봉투를 꺼내더니 수안에게 내밀었다.

"필요한 거 사."

"이거…… 돈이니?"

수안이 깜짝 놀라 봉투 안을 들여다보자 정말 돈이었다.

"어디서 났어?"

사랑이라는 것을 알았을 때

"땅 파니까 나오대."

"까불지 말고 말해."

"벌었지. 세상에 공짜로 돈 주는 사람이 어딨냐? 일해서 번 돈이야. 이 동생님이 독립기념으로 하사하는 금일봉이니까 써."

자식이 집 나가서 살더니 넉살이 보통 는 게 아니었다. 하지만 이 돈은 받을 수가 없었다. 동생이 작은어머니 등쌀에 고등학교도 졸업하지 못하고 뛰쳐나가 어릴 적부터 손에 기름때 묻히며 고생해서 번 돈인데 덥석 받아 들 수는 없었다.

"됐어. 내가 어떻게 네 돈을 받니?"

"왜 못 받아? 내 돈인데 왜 못 받아?"

정현이 성질을 내듯이 되물었다.

"이 자식이 어디서 성질이야. 넣어둬. 너나 써."

"어, 이러면 나 화나. 내가 얼마나 기분 좋게 가져온 돈인데. 안 받으면 그냥 가버릴 거야."

어쭈, 자식이 세게 나왔다. 저렇게까지 말하는데 안 받을 수도 없고 받자니 동생 돈 갈취하는 것 같아 이래저래 찜찜했다.

"간다잖니. 얼른 받아."

은주가 수안의 옆구리를 쿡쿡 찔렀다.

"오토바이 수리점에서 월급 많이 줘?"

"아, 내가 말 안 했나? 나 직장 옮겼어."

"어디로?"

"다른 데로."

"다른 데 어디?"

"어 그게…… 월급은 적은데 어찌나 부려먹는지 신경질나서 물류창고로 옮겼어."

"물류창고가 뭐야?"

"왜 있잖아, 택배 물류 분류하고 그러는데. 요즘 홈쇼핑 때문에 택배 회사 대박났거든."

"아…… 수리점보다 나아?"

"휠 낫지. 밥도 먹여주고 월급도 배는 많고. 내가 또 몸 사리지 않고 무식하게 일하잖아. 잘 보여서 들어갈 때보다 월급이 많이 올랐어."

정현이 우쭐해하며 말했다.

"그럼 어디서 지내? 수리점 쪽방에서 지냈었잖아."

"창고에 내 또래 형이 한 분 계신데 월세 반하고 세금 반 부담하는 조건으로 그 형 집에 들어갔어. 수리점 쪽방보다 훨씬 좋지. 뜨거운 물도 펑펑 나오고. 침대 하나 사다 넣을래?"

정현이 휑하니 비어 있는 방을 쳐다보며 말했다.

"네 방에 넣어줄게."

"내 방?"

"저기."

수안이 화장실 옆에 있는 방을 가리켰다.

"너 때문에 방 두 개짜리 집 구한 거야."

"뭐 하러 그랬어. 나 못 들어와."

사랑이라는 것을 알았을 때

"왜?"

수안이 실망한 얼굴로 물었다. 정말 동생 때문에 두 개짜리 방을 고집했었고 비록 반지하이긴 하지만 두 개짜리 방 구하느라 무리한 거였다.

"나 용인에 있어."

"용인?"

용인이라면 너무 멀었다. 아무리 시간을 따져 봐도 출퇴근은 불가능한 거리였다.

"한 번씩 올게. 명절 때."

정현의 말에 수안이 눈을 흘겼다.

"1년에 두 번 온다는 거니?"

"아버지 어머니 기일 때도 오고. 세 번이네."

"……정말 멀긴 머네."

"그러게, 멀다."

은주도 거리가 멀다는 것에 동의했다.

"너 때문에 방 두 개짜리 고른 건데."

수안이 시무룩하게 중얼거리자 정현이 뒤에서 수안을 끌어안았다.

"알지, 누나. 내가 누나 마음 모를 것 같아? 다 알지. 그래도 어쩌겠어. 나도 벌어먹고 살아야지."

"그래, 그러면 좋지……."

"몇 년 바짝 벌어서 고딩 검정고시도 보고 나도 내 손으로 집

사야지."

정현의 말에 수안의 얼굴은 금방이라도 울음이 터질 듯 새빨개졌다.

고등학교를 졸업시키지 못한 것이 얼마나 가슴 아팠는지 모른다. 정현이 집을 뛰쳐나갈 때 붙잡지 못하고 끝내 놓친 것이 마치 놓친 것이 아니라 자신이 내쫓은 것만 같은 죄의식이 느껴져 가슴에 굳은살이 되어 박혀 있었다.

누나가 하나밖에 없는 동생을 건사하지 못한다는 죄책감. 수안 자신도 고생고생 생고생하고 혜택받은 것은 단 한 가지도 없으면서 단지 할머니 방에서 따뜻하게 잔다는 이유로 혼자서 호사를 누리고 동생은 찬바람 부는 거리로 내쫓은 것 같아 정현 때문에 몰래몰래 참 많이도 울었었다.

생각해 보면 정현이 준 돈을 받을 자격이 없는 누나였다.

연락은 하고 살아야 해서 호출기 하나 사준 것과 오토바이 수리점이 집이나 학교에서 너무 멀리 있었기에 가끔 찾아가 쥐꼬리만 한 푼돈을 용돈이라고 쥐어주고 만날 때마다 갈비 몇 번 사 먹인 것밖에 없었다. 용돈 많이 못 줘서 미안하다고, 집 구하려고 돈 모으고 있는 중이니까 집만 구하면 행복하게 살 수 있다고 힘들어도 조금만 참아달라는 말만 했지 눈에 띌 만한 것을 해준 적이 없었다. 그런 누나인데…… 쓰라며 돈을 가져왔다니. 어린 녀석이, 고등학교도 졸업 못한 녀석이 무슨 돈이 있다고, 어떻게 번 돈인데…….

자신도 모르게 후두둑 눈물이 떨어진 수안은 우는 것을 들키지 않기 위해 재빨리 정현의 품에서 벗어나려고 하는데 정현이 수안을 붙잡았다.

"좋은 날 왜 울고 그래?"

자식이 그새 눈치 챈 모양이었다.

"여자가 눈물이 헤프면 매력없어. 적재적소에 울어야 남자가 흔들리지."

자식이 이런 농담도 하고 정말 어른이었다.

"우니까 코가 빨개져서 개코원숭이 같잖아."

정현이 수안의 눈물을 닦아주며 농담을 하더니 수안을 끌어안았다.

"누나는 울면 되게 못생겨지니까 절대 울지 마."

"이 자식이 달래는 거야, 놀리는 거야?"

수안이 정현에게 눈을 흘기는데 정현은 이것은 또 무슨 경우냐는 얼굴로 은주를 쳐다봤다.

"누님은 왜 우세요?"

"그러게. 수안이가 우니까 나도 눈물 나네."

은주가 눈물을 훔치며 대답했다.

"여자들은 이상하단 말이야. 꼬집기를 했어 후벼 파기를 했어, 왜 엉뚱한 데서 우는 거야?"

"그러게. 그런데…… 같이 우는 마당에 나도 좀 안아주면 안 될라나?"

은주의 말에 정현이 푸하 하고 웃음을 터뜨리더니 가슴에 들어오라는 듯 은주를 향해 팔을 벌렸고 은주는 망설임도 없이 냉큼 정현의 품에 안겼다.

어린 자식이 팔도 길고 가슴팍도 제법 널찍한 것이 수안과 은주를 동시에 안았는데도 부족함이 없었다.

"어머 수안아, 연하의 품이 이런 맛이구나."

은주가 행복해하며 말했고 수안과 정현이 은주의 너무 느끼는 듯한 표정에 웃음을 터뜨렸다. 그때 문소리가 들리는 것 같아 고개를 돌리자 동욱이 일시정지한 듯한 동작으로 세 사람을 쳐다보고 있었다.

"선배!"

은주가 반갑게 인사했다. 여전히 정현의 품에서 쫓겨나지 않기 위해 애쓰면서.

"어……."

동욱이 결코 밝다고는 할 수 없는 표정으로 은주의 인사에 대답은 했지만 정현과 정현의 품에 있는 수안에게서 시선을 떼지 못했다.

"인사해, 정현아. 누나 선배님. 선배, 내 동생이에요."

수안이 정현의 품에서 빠져나오자 은주도 별수 없이 정현의 품을 포기해야 했다.

"안녕하세요, 윤정현입니다."

"난 최동욱. 동생이구나."

사랑이라는 것을 알았을 때

동욱의 굳었던 표정이 그제야 조금 밝아졌다.

"선배, 너무 티내는 거 아니에요?"

은주가 입술을 비죽거리며 시비조로 말했다.

"누가 윤수안을 안고 있나 도끼눈으로 노려보더니 동생이라고 하니까 풀어지네요."

은주의 말에 동욱이 무안해하지도 않고 되레 정색을 했다.

"순간 치밀더라고."

동욱의 반응에 은주는 눈을 흘기고 수안은 당황했으며 정현의 얼굴은 수상해졌다.

"아무리 동생이더라도 안고 그러지 마. 내 여자 손 타는 것 같아 기분 안 좋네."

동욱이 정현을 향해 농담이 아니라 분명히 경고를 날렸고 동욱의 경고를 받고 동욱의 말대로 순간 치민 듯한 얼굴로 동욱을 노려보던 정현이 씨익 웃더니 동욱에게 손을 내밀었다.

"멋진데요, 형. 형이라고 불러도 되죠?"

"물론이지."

동욱이 정현의 손을 움켜잡으며 대답했다.

"뭐니? 한 대씩 치고받을 것 같더니…… 남자들은 진짜 엉뚱한 데서 의기투합한다."

"그러게."

"우리 누나 괜찮죠? 제법 허름해 보이는 게."

정현의 발언에 수안이 뾰족해진 눈으로 정현을 노려봤다.

"어, 괜찮더라고. 그런데 누나한테 그런 말 막 해도 돼?"

"어때요. 같이 허름한 처진데."

정현이 아무렇지도 않은 듯 수안을 허름한 여자로 만든 후 신발을 신었다.

"가자, 누나. 개미 똥구멍만 한 집 꾸미러."

정현이 먼저 밖으로 나가자 동욱도 픽 웃으며 정현을 따라 나갔고 수안과 은주는 어처구니없는 얼굴로 서 있다가 웃고 말았다.

"수안아, 내가 심각하게 물어보는 건데, 너 혹시 올케가 동생보다 나이가 많아도 괜찮겠니?"

은주의 엉뚱한 질문에 수안은 웃음을 터뜨렸다.

"얼마 전까지 동욱 선배 때문에 속 끓이지 않았어?"

"얘, 떠난 중고차를 왜 쳐다보고 있니? 새 차가 있는데."

"그 중고차는……."

"윤수안한테 가버린 차지."

동욱을 몇 분 만에 중고차로 둔갑시킨 은주가 재빨리 신발을 신더니 두 사람을 쫓아나갔다.

"같이 가요!"

하고 외치며.

화통하다고 해야 할지 속이 없다고 해야 할지 은주는 참 특이했다. 그래도 고마운 것은 사실이었다. 자칫하면 동욱 때문에 껄끄러워질 수 있었던 관계가 은주 덕분에 상하지 않고 유지되었으니까. 그건 정말 순전히 은주 덕분이었다.

동욱이 와준 것은 정말 고마운 일이었다. 이불부터 쌀까지 들고 오기엔 무리인 것들이 모두 동욱의 차 트렁크에 실렸고 동욱 덕분에 가장 골치 아프고 힘든 일이 쉽게 처리가 되었기 때문이다.

마트에서 산 물건들은 대충 부려놓고 돼지갈비집으로 간 수안의 일행은 마치 독립기념일이라도 되는 듯 수안의 독립을 축하하며 태어나서 처음으로 배가 불러 한 점도 더는 못 먹을 정도로 돼지갈비를 배부르게 먹었다.

"이모한테 연락했어?"

정현이 수안의 잔에 맥주를 따라주며 물었다.

"응. 매주 월요일이 쉬는 날이라서 다음 주 월요일에 오신대."

"이모 되게 좋아하겠다."

"응. 우시더라고."

"이모는 맨날 울어. 무슨 눈물이 그렇게나 헤픈지."

"이모 같이 살자고 하려고."

"좋지. 그런데 이모가 오겠어? 그 성격에 조카 덕 보려고 하겠냐고."

"우겨보려고."

"그래, 우겨봐."

"그나저나 자주 와, 정현아. 올 때마다 누나가 고기 사줄게.

이제 사줄 수 있어."

"누가 고기 못 먹고 사나? 걱정 마. 나 잘 먹고 살아."

"아는데…… 여태까지 못 챙겨줘서 미안해서 그래."

"못 챙기긴 뭘 못 챙겨. 나나 누나나 허름한 처지긴 마찬가지였는데."

허름하다는 말 듣기 참 거북했지만 허름했던 것이 사실인지라 그만 하랄 수도 없었다.

"주말엔 무조건 와. 누나가 밥해줄게."

정현은 잘 먹고 산다고 했지만 수안은 해줄 수만 있다면 뭐든, 조금이라도 더 해주고 싶었다.

"누나가 이젠 챙겨줄 테니까 주말마다 와. 응?"

"옛날에도 잘 챙겨줬어."

"내가 뭘 잘 챙겼어?"

"그 개싸이코가 나 때리면 누나가 막아서서 다 맞았잖아."

정현의 말에 은주와 동욱이 놀란 얼굴로 수안을 쳐다봤다.

"누가 때려?"

동욱이 묻고 싶었던 것을 은주가 물었다.

"개싸이코가 누구야?"

"그렇게 말하지 마, 정현아. 가정교육 못 받았다고 욕먹어."

수안이 어느새 굳은 표정으로 나무랐다.

"가정교육은 우라질. 욕하라면 하라지."

정현이 콧방귀를 꼈다.

"누군데? 개싸이코는 누구고 왜 수안일 때려?"

동욱이 대답을 재촉했다.

"작은어머니라 불리는 개싸이코가 한 사람 있는데요, 밥 먹다가 재채기했더니 밥맛 떨어지게 했다고, 드럽다고 팹디다. 나 못 때리게 하려고 누나가 막아서는 바람에 몽땅 누나가 다 맞았고요. 말도 안 되는 이유로 맞은 게 한두 번이 아니니…… 나 때문에 우리 누나가 죄없이 뒤지게 맞았죠. ××……."

정현이 마지막 욕설을 낮게 흘렸고 수안은 정현이 한 가지도 잊지 않고 고스란히 기억하고 있는 것이 가슴 아파 낮게 한숨을 내쉬었다.

하긴, 어떻게 잊을 수 있을까. 작은어머니를 두고 개싸이코라 부르는 것을 어떻게 막겠는가. 믿을 수 없을 정도로, 정말 말도 안 되고 거짓말 같은 이유로 몰매를 맞았던 기억을 어떻게 무슨 수로 지우겠는가.

"형, 죄송해요. 내가 분위기를 확 잡치게 했네. 한잔하세요."

정현이 동욱의 잔에 맥주를 따라주었고 동욱은 아무 말도 하지 않고 단숨에 맥주잔을 비웠다.

"나한테 미안해하지 마, 누나. 나야말로 나 때문에 누나를 더 힘들게 한 것 같아 늘 맘이 안 좋아."

"너 때문에 더 힘든 거 없었어."

"이런 얘기 그만 하자. 독립기념일에 이 무슨 칙칙한 스토리야. 기분 좋게 시원하게 한 잔씩 마시고 가자."

정현이 맥주잔을 치켜들었고 은주도 수안도 그리고 동욱도 말없이 잔을 들어 부딪친 후 들이켰다. 전혀 시원하지 않게.

고기 집을 나와 당연히 집으로 가는 줄 알았는데 정현이 내일 출근하려면 지금 출발해야 한다며 돌아섰다.

"누나 오늘 이사했어. 하루라도 같이 자자."

수안이 서운함에 급히 정현을 붙잡았다.

몇 달 만에 만났는데 이렇게 금방 헤어질 수는 없었다.

"같이 자는 건 문제가 아닌데 여기서 자면 내일 나 지각해."

그렇구나. 정현은 용인에 있으니 자고 가는 것은 무리였다.

"하루 휴가 내면 안 돼?"

"휴가는 일 년에 한 번, 여름휴가밖에 없어. 알지? 넥타이 매고 하는 일이 아니라서 월차 같은 거 없는 거."

"그래도 이렇게 가면 너무 서운해. 누나가 밥이라도 한 끼 해 먹여야지."

"집 알잖아. 이제 종종 오면 되지."

"그럼, 차라도 마시고 가."

"아무것도 없는 집에서 무슨 차를 마셔. 주전자 있어? 차 있어?"

"냄비에 끓이면 되지. 차는 가면서 슈퍼에서 사면 되고."

"됐어. 다음에 시간 내서 또 올게."

정현이 서운해하지 말라는 듯 수안의 어깨를 감쌌다.

"누나 얼굴이 밝아져서 그것만으로도 기분 째져. 안타까워하지 마."

"자식이 인정머리 없어."

"왜 인정머리가 없어. 금일봉 하사했잖아."

"황송해 죽겠네."

"다음에 또 줄게. 다 갖다줄게. 신문배달 때려쳐."

정말로 버는 돈 다 줄 것처럼 말하는 정현 때문에 수안은 순간 울컥했다.

"갈게. 아프지 말고 잘 지내, 누나."

"주말에 와. 꼭 와."

수안이 정현의 손을 잡고 약속하라는 듯 말했다.

"알았어."

정현이 푸근하게 웃더니 은주를 쳐다봤다.

"누님도 지금 가시죠. 제가 기꺼이 버스 정류장까지 모시겠습니다."

"어머, 영광이다, 얘."

은주가 정현에게 다가가자 정현이 팔짱을 끼라는 듯 팔을 내주었고 은주는 냉큼 정현의 팔에 자신의 팔을 걸었다.

"왜 전부 다 가?"

수안이 서운한 듯 말하자 동욱이 난 안 가 하고 말했다.

"선배도 그만 가세요……."

수안이 동욱도 같이 보내려고 하는데 정현이 '누나 잘 부탁해요, 형' 하고 말하더니 돌아섰다.

"오작교는 철수할 테니까 아름다운 밤 되세요."

은주도 한마디 걸치더니 정현의 팔짱을 끼고 미련없이 가버렸다.

다정한 연인처럼 낄낄거리며 가는 정현과 은주의 뒷모습을 바라보던 수안이 조금 멋쩍은 얼굴로 동욱을 올려다봤다.

"선배도 집에 가세요."

"그래, 집에 가자."

동욱이 수안의 손을 덥석 잡더니 수안의 집을 향해 걷기 시작했다.

"가라니까요."

"가고 있잖아."

싱겁긴.

"선배가 가야 나도 쉬죠. 피곤해 죽겠는데."

"뭐야, 집 생겼다고 더 거만해졌잖아."

"이제 아쉬울 게 없잖아요."

수안의 거드름 피우는 대꾸에 동욱이 밉지 않다는 표정으로 노려봤다.

"재수없어요?"

"예뻐 죽겠다."

"취향이 독특하다니까요."

"난 흔한 건 싫거든."

동욱의 말에 수안이 못 말린다는 듯 웃었다.

사랑이라는 것을 알았을 때    233

살림살이라고 부를 만한 것들이 없을 만큼 옹색한 살림이라 정리할 것이 없으니 그만 가라고 해도 동욱이 우직하게 따라 들어와 마트에서 사온 것들을 챙기기 시작했다.

"싱크대 안에 대충 집어넣으면 되는 거지?"

"그래 주세요."

동욱은 정말 대충 집어넣었다.

지금까지 제 손으로 정리라는 것을 단 한 번도 해본 적이 없었던 동욱이었기에, 더구나 내 살림도 아니고 남의 살림이다 보니 어디에 뭘 넣고 어디에 수납하는 것이 좋은지도 몰랐다. 작은 것은 무조건 서랍에 넣고 큰 것은 아래 수납장에 넣고 그런 식이었다. 수안의 말대로 살림살이라고 하기에는 너무도 간소해서 정리라고 할 것도 없었지만.

"세탁기나 냉장고는 어떻게 할 거야?"

"천천히 중고 알아보려구요."

수안의 대답에 동욱은 고민이 생겼다. 세탁기며 냉장고며 필요한 것은 모두 다 사주고 싶은데 중고를 알아본다는 수안이 아무래도 순순히 받을 것 같지가 않았기 때문이다.

"내가 독립기념으로 중고 텔레비전 하나 사줄까?"

동욱이 걸레질을 하고 있는 수안에게 가서 걸레를 빼앗아 대신 걸레질을 하며 물었다.

"정현이가 돈 주고 갔어요. 꽤 많이."

"자식이 쓸 만하네."

"꼭 필요한 것 몇 가지는 중고로 사고도 남을 돈이라 내가 사면 돼요."

"그럼 난 뭐 해줄까?"

"안 해줘도 된다니까요."

수안이 서랍장이 있는 방으로 건너가 서랍장에 옷을 정리하기 시작했다.

"우리 집에 좀 후지지만 안 쓰는 컴퓨터 있는데 너 줄까?"

동욱의 말에 수안은 아뇨 하고 딱 잘라 거절했다.

"안 쓰는 건데 뭐 어때. 새것 사준다고 하면 안 받을 것 아니야."

"왜 퍼주지 못해 안달이에요?"

"좋아서."

동욱의 입에서 대답이 즉시 나오자 수안이 피식 웃었다.

"구석에 처박혀 있는 밥통도 본 것 같은데 다 훔쳐 올까?"

"나 도둑놈 만들 생각이에요?"

"훔치는 건 난데 왜 네가 도둑이 돼?"

"내가 알아서 할 테니까 아무것도 훔쳐 오지 마세요."

수안이 쐐기를 박듯 말했다.

"그럼…… 우리 사귈까?"

동욱이 직접적으로 사귀자고 한 것은 지금이 처음이었다.

"사귈까?"

동욱이 재차 물었고 수안은 어이없다는 듯 웃으며 아무 대답도 하지 않았다.

"수안아, 나 대답 기다리고 있거든?"

"사귀자고 하면 달려올 여자들 많잖아요?"

"난 네가 좋아. 허름하고 좋잖아."

동욱의 말에 수안이 찌푸린 얼굴로 노려보다가 웃음을 터뜨렸다.

"사귈까?"

"……."

수안이 대답을 하지 않고 시간을 끌자 동욱이 갑자기 정색을 했다.

"나 똑바로 봐."

"바빠요."

"나 똑바로 보고 솔직히 말해봐. 나 완전 아니야? 은주나 네 처지나 그런 거 다 치우고 남자로서 내가 완전 아닌지, 사귈 만한 사람인지 그것만 말해."

동욱이 정색까지 하며 다그치자 수안은 당황하고 말았다.

농담처럼 말할 땐 그냥 웃는 것으로 피해갈 수 있는데 이렇게 정색을 하니 웃으며 피해가는 것도 쉽지 않았다.

"갑자기 왜 정색을 하고 그래요."

"네가 장난으로 받아들이니까 그렇지. 말해봐. 나 완전 아니야?"

"뭐…… 남자로 완전히 아닌 건 아니에요. 괜찮죠…… 괜찮은 사람이죠."

거짓말을 할 수도 없었다. 동욱이 괜찮은 사람이라는 것은 분명했으니까. 괜찮은 정도가 아니라 꽤, 많이 훌륭한 사람이었다. 지금까지 그가 보여준 행동이라던가 매너를 두고 보면. 물론, 그가 구사하는 유머는 훌륭하지 못했지만 말이다.

"됐어, 그럼. 사귀는 거야."

동욱이 마음대로 결론을 내렸다.

"누구 맘대로 사귀어요?"

"내 맘대로. 사귀는 거야."

동욱이 꿋꿋하게 우겼다.

"난 좋은 여자친구 노릇할 자신 없어요. 그러니까 다른 여자를……"

"내가 좋은 남자친구 노릇할게. 몸 바쳐서."

동욱이 수안의 말을 중간에서 잘라내며 말했다.

"난 착한 여자친구 노릇도 못해요."

"내가 착한 남자친구 노릇할게."

"난 돈도 없어요. 밥도 식당 밥 사주고 선물은 못 사줘요."

"돈은 내가 있어. 식당 밥 제일 비싼 거 사주면 되고 선물도 내가 사줄게. 말했잖아, 허름한 여자 좋다니까."

동욱이 무슨 말을 못하게 밀어붙였다.

"나하고 다니면…… 분명히 창피할 텐데요?"

"나하고 다니면 뿌듯하게 해줄게."

동욱의 말에 수안이 입술을 비죽거렸다.

듣고 보니 은근히 자기 자랑이었고 듣다 보니 순 잘난 척이었다.

"손해 보는 연애를 왜 하려고 해요?"

"그래야 미안해서라도 너 도망 못 가지."

"그럼…… 허름한 여자한테 싫증나서 찰 때까지 붙어 있으라구요?"

"안 차."

동욱이 확고한 어조로 말했다.

"안 차. 너 찰 것 같으면 죽을게. 너도 절대 돌아서면 안 돼. 너도 돌아설 것 같으면 죽는 거야."

"뭐가 그렇게 살벌해요?"

수안이 낯을 찡그렸다.

"살벌하게 맹세해야 믿을 것 같아서."

수안은 동욱이 빈말을 하는 것인지 진심을 말하는 것인지 알아보기 위해 가만히 동욱을 바라봤다. 사람의 진심을 파악하는 재주를 가진 것은 아니었지만 눈을 보면 순간의 감정에 사로잡혀 내뱉은 말인지 오랜 생각 끝에 내린 결정인지 알 수 있을 것 같았기 때문이다.

동욱은 눈빛은 변함이 없었다. 처음 만났던 그날부터 지금까지 따뜻한 눈빛 그대로였다.

"사귀는 거다."

동욱이 낮았지만 유달리 다정한 목소리로 말했다.

수안은 좋다는 대답을 하고 싶었지만 갑작스럽게 왈칵 부끄러워져서 좋다는 말이 목에 걸려 차마 내뱉지 못했다.

"저, 수안아……."

동욱의 목소리가 어째 좀 은밀해졌다.

"왜요?"

"저기…… 사귀는 기념으로……."

동욱의 눈빛도 어째 점점 은밀해지고 있었다.

"뭐요?"

수안이 어색함에 슬금 물러나자 동욱이 물러난 만큼 다가앉았다.

"왜 다가오고 그래요?"

수안이 더 부끄러워져서 조금 더 물러서자 동욱이 또 다가왔다.

"한 번만…… 안아보면 안 될까?"

동욱이 손만 벌리면 당장 잡아채서 안을 수 있는 거리인데도 굳이 허락을 구했다.

"누가 사귄대요. 아직 대답 안 했어요. 저리 가요."

안아보고 싶다고 한다고 그래 안으시오 할 수는 없어서 수안이 튕기는 척 밀어냈지만 동욱은 꿈쩍도 하지 않았다.

"한 번만 안아보자."

"아우, 진짜 어색하게."

사랑이라는 것을 알았을 때

수안이 눈을 흘기는데 동욱이 더 물러날 곳이 없을 만큼 바짝 다가왔다.

"어색하고 좋잖아."

"어색한 게 뭐가 좋아요."

"한 번만 안아볼게."

동욱이 금방이라도 끌어안을 듯이 이글거리는 눈빛으로 바라보는데 순간 분위기를 확 깨뜨리는 목소리가 들려왔다.

"정리 다 한 거야, 학생?"

주인집 아주머니였다.

수안이 불에 덴 듯이 놀라 네! 하고 소리쳐 대답하며 밖으로 뛰쳐나가자 동욱은 누군지는 몰라도 다 된 밥에 코를 빠뜨린 사람을 향해 욕설을 내뱉으며 주먹을 움켜잡았다.

얼마 만에 얻은 기회인데, 얼마나 기다리고 기다리며 공을 들여 얻은 기회인데 망할 놈의 아줌마가 낚아채 버리다니.

동욱은 씩씩거리며 수안이 정리하다 만 서랍장을 대충 정리하기 시작했다.

"이거 겉절이야. 오늘 조금 무친 김에 맛이나 보라고."

"고맙습니다. 잘 먹을게요."

"다른 거 부탁할 건 없고 좀 깨끗하게 써줘."

"그럴게요."

"아직 살림이 다 안 들어온 모양이네?"

"네…… 차차……."

"혹시 물이 샌다거나 보일러 잘 안 돌아가면 연락하고."
"네, 고맙습니다."
"쓰레기는 분리수거해서 내놓고. 음식물 쓰레기는 절대 문 앞에 두지 말고 그때그때 갖다 버려. 벌레 꼬여서 구더기 나."
"네."
"쓰레기 버리는 데 어딘지 알아?"
"아직 잘 몰라요."
"이리 와봐. 알려줄게."
"네."

수안이 주인집 아줌마를 따라 나가고 혼자 서랍장에 몇 개 되지도 않는 수안의 옷을 정리해 넣던 동욱은 가방 안에 들어 있는 몇 권의 공책을 휘리릭 넘겨보았다. 강의 내용을 메모한 노트였는데 대학생이 아니라 대입을 준비하는 고등학생의 노트처럼 꼼꼼하게 메모되어 있었다.

"괜히 1등이 아니구나."

되는 놈들은 노트만 봐도 안다더니 수안이 그랬다.

노트들을 건성으로 넘겨보던 동욱은 꽤 두툼하면서 오래된 노트를 가방에서 발견했고 다른 노트들처럼 건성으로 넘겨보다가 순간 멈칫했다.

'죽여 버리고 싶다.'

하는 문장이 눈에 들어왔기 때문이었다.

가만히 보니 그냥 노트가 아니라 일기장이었고 날짜는 꽤 오래전이었다. 매일매일 하루도 빠뜨리지 않고 썼다기보다는 그때그때 중요한 일이 있거나 기억할 만한 일이 있을 때 간략하게 메모 형식으로 쓴 일기였는데 죽여 버리고 싶다는 문구가 쓰인 날짜에는 온통 전투적이고 치명적인 문장들뿐이었다.

동욱은 순간 작은어머니를 향한 분노일 것이라 생각했다. 수안에게 들은 얘기나 고기집에서 정현이 했던 말을 종합해 보면 수안이 죽여 버리고 싶을 만큼 미워한 사람은 작은어머니일 것 같았기 때문이다. 정현이 개싸이코라고 표현했던 바로 그 사람. 정현을 보호하기 위해 막아선 수안을 두들겨 팼다는 그 사람, 개싸이코.

그런데, 작은어머니가 아니었다. 두서없이 휘갈겨 쓴 일기에는 일순간 숨이 턱 막힐 만큼 엄청난 사건이 적혀 있었고 동욱은 자신도 모르게 어금니를 앙다물며 일기를 손에서 내려놓질 못했다.

일기를 훔쳐본 것을 수안이 알게 된다면, 더구나 이런 내용을 동욱이 읽었다는 걸 알게 된다면 결코 그냥 넘어갈 수안이 아니라는 것을 알면서도 동욱은 마치 자석이 되어 쇠붙이를 끌어당기는 것처럼 일기를 꽉 틀어쥔 채 수안이 쓴 문장 한 줄 한 줄을 심장이 멎어버린 기분으로 읽고 있었다.

그 짐승이…… 나를 또 해치려 할까 봐 두려워서 잠을 잘 수가 없다…….

불만 끄면…… 짐승이 또 나를 덮치려고 할 것 같아 불 끄는 게 두렵다…….

짐승 같은 놈…… 짐승…… 괴물…… 미친놈…….
그때 내가 막아서지 않았다면 난…… 어떻게 됐을까…….
매일매일 기도한다. 제발 저 짐승을 죽게 해달라고…….
제발…… 죽어버려…… 죽어버려…….

나를 쳐다볼 때마다 숨이 막히는 것 같다…….
토악질이 치민다…….
차라리…… 죽어버릴까…….
어떻게 해야 하지…… 어떻게 해야 하지…….

극심한 정신적 고통을 겪는 듯한 일기는 몇 장 더 있었고 동욱은 누군가 대바늘로 심장을 찔러대는 듯한 통증을 느끼며 일기장이 일그러지도록 움켜쥐고 있었다.

"XX 새끼……."

격렬하게 폭발할 듯 치밀어 오르는 분노를 주체하지 못해 이를 갈며 욕설을 내뱉는 그때 언제 들어왔는지 수안이 동욱의 손에서 거칠게 일기장을 빼앗더니 등 뒤로 숨겼다.

동욱이 고개를 돌려 수안을 쳐다보자 수안은 석고처럼 하얗게 질린 채 부들부들 떨며 무섭게 부릅뜬 눈으로 동욱을 노려보고 있었다.

"수안아."

"가세요."

"수안아."

"지금 당장 나가요."

수안이 낮았지만 격한 어조로 명령했다.

동욱은 차마 미안하다는 사과도, 잊어버리라고 내가 잊게 해 주겠다는 위로 한마디도 못한 채 쫓겨나듯 수안의 집을 나오고 말았다.

차에 올랐지만 수안의 집을 떠날 수가 없었다.

극심한 분노는 여전히 동욱의 몸을 뒤흔들고 있었고 동욱은 살의라는 것이 어떤 느낌인지 절실하게 느끼며, 수안이 말한 그 짐승이 누구이며 반드시 찾아내서 죽여 버리고 말겠다고 이를 갈았다.

수안이 그런 일을 당했을 것이라고는 생각조차 못했다. 정말 상상도 할 수 없는 일이었다.

누굴까.

그 짐승이 누굴까.

누구든 상관없었다. 누구든 붙잡아 수안이 받았을 고통만큼, 아니, 백배만큼 고통을 주고 싶었다. 수안의 가슴에 평생, 죽을 때까지 잊지도 씻지도 못할 상처를 주었으니 그 짐승의 가슴에, 육신에 무슨 짓을 해도 없앨 수 없는 깊은 상처를 남겨주고 싶었다.

그 상처를 보며 자신이 얼마나 인간 이하의 짓을 했는지 죽는 날까지 깨닫도록, 그 상처를 보며 죽는 날까지 후회하고 또 후회해도 돌이킬 수 없는 죄를 지었다는 것을 절절하게 깨닫도록.

도저히 이렇게 돌아갈 수가 없어 다시 수안의 집 앞으로 온 동욱은 문을 두드리고 초인종을 누르려던 시도만 스무 번도 넘게 하다 차마 문도 두드리지 못하고 초인종도 누르지 못한 채 결코 열리지 않는 현관문만 하염없이 바라보고 서 있었다.

무슨 말을 해야 할지 몰라 문을 두드릴 수가 없었고 어떤 위로를 해야 할지 몰라 초인종을 누를 수가 없었다.

동욱은 단지 분노만 느낄 뿐, 극심하게 치밀어 오르는 분노에 사로잡혀 있을 뿐, 수안이 그 당시 받았을 고통과 지금까지 숨겨둘 수밖에 없는 깊고 모진 상처에 대해서는 감히 상상조차도 할 수 없었기 때문이다.

어설픈 위로가 수안에게 오히려 독이 될 수도 있다는 생각에 끊임없이 망설여졌고 그래서 결국 아무것도 하지 못한 채 자정이 넘도록 수안의 집 앞에 우두커니 서 있다가 집으로 돌아오고 말았다.

한숨도 잘 수가 없었다. 독한 위스키를 몇 잔이나 들이켰지만 잠이 오지 않았다.

불쑥, 불현듯 치밀어 오르는 화를 누르지 못해 손에 잡히는 대로 집어 던지고 이대로는 견딜 수가 없을 것 같아 당장에 수안에게 달려가기 위해 옷을 집어 들었다가 도로 주저앉으며 그렇게 밤을 꼬박 새우고 말았다.

차라리 보지 않았더라면…….

좀체 가라앉지 않는 분노도 동욱을 괴롭혔지만 그것이 강의 노트였든 일기장이었든 그냥 서랍장에 넣어버렸더라면 이렇게 복잡하지는 않을 텐데 하는 후회도 동욱을 괴롭혔다.

한순간, 별것 아니라고 생각했던 행동이 상황을 엉망으로 만들어 버리고 동욱과 수안을 지옥에 빠뜨리고 만 것이다.

"빌어먹을……."

동욱은 동이 터 환하게 아침이 밝아오는 시간까지 수천 번이나 빌어먹을이라고 뇌까리며 분노와 후회를 곱씹고 있었다.

"MBA 준비해라."

같이 저녁 먹자는 아버지의 제의를 두 번이나 거절하고 교묘하게 피해 다니던 동욱은 2층 거실에서 기다리고 있던 아버지를 더 이상 피하지 못하고 맞닥뜨렸다.

아들을 만나겠다고 작정하고 2층 방문 앞에서 기다리던 아버지를 외면할 수가 없어 맞은편 자리에 앉았는데 불길한 예감이 엄습하면서 꼭 올 것이 온 듯한 기분이 들었다. 아니나 다를까, 동욱이 예상했던 대로 유학 얘기가 나왔다.

되도록 시간을 끌 참이었는데 그래서 어떻게 하든 피해 다녔던 것인데 아버지 표정을 보아하니 시간을 끄는 것은 불가능할 것 같았다.

아버지의 표정은 늘 똑같았지만 아버지의 고집스럽고 무뚝뚝한 얼굴이 오늘따라 더욱 불편하게 느껴졌다.

"더 미루면 늦다."

죽을 때까지 늦은 시간이라는 것이 있을 수 없는 것이 공부하는 시간이라지만 아마도 아버지가 말씀하시는 그 늦음은 동욱이 아버지의 자리에 올라가는 시기를 두고 하시는 말씀이리라.

동욱은 아버지의 맏아들이었고 태어나는 순간부터 아버지의 뒤를 이어 유성그룹의 수장이 될 사람으로 결정이 되어 있었다.

동욱의 배다른 동생인 영욱이 있었지만 아버지는 처음부터 영욱이 형인 동욱을 밟고 올라서거나 위에 서는 것은 있을 수 없는 일이라 못 박았었다.

유성그룹의 차기 수장은 무슨 일이 있어도 동욱이었고 무조건 동욱이었다. 그래서 아버지는 더는 동욱의 후계자 수업을 늦출 수 없다고 생각하신 것이 분명했다. 이미 군 입대로 2년이라는 시간을 허비했으니까.

"군에 입대한 것은 네 뜻대로 해주었으니 약속대로 MBA과정 밟아."

아버지가 더 이상의 협상은 없다는 듯 확고한 어조로 말했다.

분명 약속이었다.

나중에 재벌가 군 면제 시비가 불거지더라도 조금도 개의치 않고 멀쩡한 육신에 없는 병을 만들어 입혀 면제를 시키려는 아버지의 뜻을 무시하고 동욱은 군에 가겠다고 우겼었다.

사랑이라는 것을 알았을 때 247

나 자신의 한계를 시험해 보고 싶다는 말도 했던 것 같고 남자로서 도전해 볼 만한 경험인 것 같다는 말도 했던 것 같고 그럴듯해 보이지만 실은 별 시답지 않고 진심이 아닌 이유를 수십 개나 들어 결사적 반대에 맞서 필사적으로 군 입대를 강행했었다. 군에 다녀오게 해주면 그 즉시 아버지 뜻대로 MBA 과정 밟겠다고 담보를 내걸면서.

　사실 동욱이 아버지의 결사적 반대를 무릅쓰고 기어이 군에 간 이유는 순전히 반항심 때문이었다.

　동욱이 원래부터 시키는 대로 잘 따라 하던 고분고분 순한 편은 아니었지만 사춘기도 훨씬 전에 지나가고 오춘기도 벌써 지났을 대학생 시기에 갑작스레 반항기가 하늘을 찌를 듯 치솟은 것은 뜻하지 않게 생모를 만나게 되면서부터였다.

　12년 만에 생모를 만나게 된 사연은 나중에 얘기하기로 하고 우선 동욱은 아버지께 대답을 해야 했다. 유학을 갈 것인지 아니면 유학을 미룰 것인지.

　유학을 미룰 거라면 일단은 아버지를 설득할 수 있는 묘안이 담긴 답을 던져야 했는데 안타깝게도 지금 동욱에겐 유학을 미룰 만한 묘수가 없었다.

　유학을 미루고 싶고 미뤄야 하는 이유는 분명히 있었다.

　좋아하는 여자가 하나 있는데 그 여자와의 관계가 미적지근해서 지금은 유학을 갈 수가 없습니다. 끊든지 사귀든지 둘 중에 한 가지는 결정을 한 다음에 가겠습니다, 라는 말을 하고 싶은데 그것은 유학을 미룰 만한 묘수가 되지 못했고 아버지에게 절대 통할 리가 없었기에 아예 입 밖으로 꺼내놓을 수가 없었다.

어리석고 유아적 발상이긴 하지만 순간적으로 아프다고 해볼까도 생각했지만 그건 더 말이 되지 않고 아무리 생각해도 적당한 핑계거리가 없었다.

"지시해 뒀으니 정해지면 떠나도록 해라."

동욱이 핑계거리를 찾아 머리를 굴리고 있는 사이 아버지는 동욱의 유학을 확정지은 다음 자리에서 일어났다.

"졸업하고 가면 안 되겠습니까?"

동욱이 아버지를 따라 일어나며 급히 사정했다. 몇 달이라도 시간을 벌어야 했기 때문이다.

"늦다."

아버지가 잘라 말했다.

"두어 달 걸릴 테니 그런 줄 알고 있어."

아버지는 동욱을 남겨두고 아래층으로 내려갔고 동욱은 짜증 난 얼굴로 소파에 털썩 주저앉았다.

지금 유학을 간다는 것은 정말 곤란했다. 곤란하고 또 곤란했다.

겉으로 보면 곤란할 것이 조금도 없었지만 동욱의 마음에서는 이보다 더 곤란한 일은 없었다. 수안 때문에 말이다. 수안 때문에.

수안이 이사하던 날 있었던 일기장 사건 때문에 동욱과 수안의 관계는 이상하게 비틀어져 버렸다.

도움을 주고받던 선후배였고 점점 더 가까워지고 있던 한 쌍의 예쁜 풋내기 연인이었는데 그 사건 후로 수안은 동욱을 철저하게 모르는 사람 취급했고 동욱은 그런 수안에게 감히 다가서지 못하고 있었다.

물론 수안이 철저하게 모르는 사람인 것처럼 하지는 않았다. 점심시간 때마다 속된 말로 칼같이 제일 비싼 식당 밥을 사 바쳤으니까.

하지만 동욱은 수안의 그런 태도 때문에 더욱 섬뜩하고 외로웠다. 아예 깨끗하게 외면해 주면 오히려 마음이 편하겠는데, 오히려 정리할 수 있을 것 같은데 수안은 빚을 갚는다는 이유로 점심시간 때만큼은 무슨 일이 있어도 동욱을 찾아내 점심을 샀다.

질문도 없고 대답도 없고 눈도 마주치지 않았다.

수안은 가슴속에서 격정적으로 일고 있는 광풍을 아슬아슬하게 숨긴 얼굴로 동욱을 대했고 동욱은 어느새 수안의 그런 태도에 익숙한 척 아무렇지도 않은 척하느라 진땀을 흘려야 했다.

그런 날이 벌써 거의 석 달째였다. 이제 곧 방학인데 수안과의 관계는 좀처럼 나아질 기미가 보이지 않았다. 오죽하면 어제는 점심 먹자는 수안에게 다른 약속이 있다며 먹은 것으로 치겠다고 했을까.

"얘기 좀 하자."

동욱의 간곡한 부탁을 단칼에 거절한 것도 벌써 여러 번.

지친 것은 아니지만 동욱도 이젠 슬슬 화가 나고 있었고 그래서 수안과의 관계를 확실하게 매듭짓고 싶었다.

제대로 된 시작도 못해봤지만 여기서 끝인 것인지 아니면 아직까지는 다시 관계를 회복할 여지가 있는 것인지 그 부분은 정확하게 하고 싶었다.

물론 이쯤 되면 끝난 것으로 봐야 하겠지만 동욱은 이런 식으로 흐지부지 끝내고 싶지는 않았다. 끝이라면 확실하게 끝이라는 대답을 들어야 마음을 정리할 수 있을 것 같았다. 끝이라는 답도 듣지 못했는데 여기서 이렇게 어처구니없이 끝내고 싶지는 않았다.

아니, 이런 식의 끝장은 싫었다. 자존심도 상했지만 끝장이라는 말을 듣는 한이 있더라도 진심으로 사과는 하고 싶었다. 받아줄지 받아주지 않을지 모르지만 남자니까 그리고 수안의 비밀 일기장을 허락도 받지 않고 훔쳐본 것은 분명 자신이 실수한 것이니까.

생각해 보면 동욱도 참 질겼다. 스스로 놀랄 만큼.

예전에는 절대 하지 않을 짓을 하고 있었다. 꿈에도 이런 짓은 하지 않을 동욱이었다. 고작 허름하고 별 볼일 없는 윤수안이라는 여자 때문에 이렇게까지 마음을 쓰다니.

이런 식의 끝장이 싫다는 것도 진심으로 사과를 하고 싶다는 것도 순 거짓말이었다. 예전 같으면 콧방귀 한번 날려주고 끝이었다.

동욱은 수안의 일기장을 허락없이 들여다본 후로 하늘에 맹세코 할 만큼 했다. 받아주지 않는 사과를 다섯 번 넘게 진심으로 전했고 예전에 어떤 끔찍한 사건을 겪었건 자신에게 아무런 문제도 되지 않으니 혹시라도 흠을 잡혔다는 생각은 하지 말아달라는 뜻도 전했다. 손수 편지까지 써서 말이다.

최동욱이 편지를 썼다? 그것도 컴퓨터가 아니라 직접 손으로?

하늘이 웃고 아버지가 웃고 친구들이 웃을 일이었다.

하지만 동욱은 자신을 아는 모두가 웃음을 터뜨릴 짓을 해서라도 수안에게 진심을 전하고 싶었지만 결과적으로 진심은 받아들여지지 않았고 수안과의 관계는 점점 더 멀어지고 있었다.

그렇게까지 했는데도 윤수안이 꿈쩍하지 않는다면, 정말 센 콧방귀 한번 날려주고 끝내면 그만이었다. 막말로 별것도 아닌 게 더럽게 튕기네 욕하고 두 번 다시 쳐다보지 않으면 그만이었다. 그런데 참 이상하게도 그 간단한 일이 되질 않았다. 하루에도 수백 번씩 세상에 널리고 널린 게 여자고 손만 뻗으면 달려올 여자들이 줄을 섰는데 생각할수록 복잡하고 구질거리는 여자에게 미련 갖지 말고 뺑 소리나게 차버리고 보란 듯이 멋진 여자와 사귀자고 스스로 세뇌를 시키면서도 다음날 수안만 보면 또다시 가슴 한구석이 울렁거리며 알싸한 아픔과 함께 도대체가 수안을 향한 관심을 몰아낼 수가 없었다.

밤새 백번씩 결심을 하지만 다음날 아침이면 백번의 결심을 깡그리 잊어버리는 것이다.

수안이 한 번만 바라봐 주길…… 한 번만 눈을 맞춰주길…… 한 번만 미소 지어주길…… 한 번만 말을 걸어주길 학수고대하는 것이다.

"돌겠네."

유학을 가야 한다니.

제대하던 날부터 유학은 피해갈 수 없는 일이라고 생각하고 있었고 또 어느 정도 마음의 준비도 하고 있었지만 막상 유학을 떠나야 하는 상황이 닥치자 참으로 곤란하고 난처해진 동욱은 오랫동안 찌푸린 얼굴로 소파에 앉아 있다가 이미 미루거나 취소할 수 없는 일이라는 결론에 도달한 후 마치 찜찜함을 씻어내려는 듯 뜨거운 물에 샤워를 했다.

미루거나 취소할 수 없는 일이라는 결론에 도달했음에도 몸을 씻는 내내 '정말 방법이 없는 걸까?'라는 생각에 꽂혀 머리를 굴렸지만 샤워를 끝내고 잠자리에 드는 때까지도 다른 방법은 찾아내지 못했다.

군에 가겠다고 우겼을 때처럼 정신 나간 놈처럼 못 가겠다고 발광을 할 수도 없고…….

동욱이 잠들지 못해 뒤척이고 있는데 휴대폰이 진동으로 울렸다. 이 시간에 전화할 사람이라면 99%는 엄마였고 1%는 수안이었다.

동욱이 오늘만큼은 99%의 확률보다는 1%의 확률 쪽이었으면 좋겠다고 생각하며 전화를 받자 아쉽게도 99%의 확률 엄마였다.

[자는데 깨웠니?]

언제나 다정한 엄마.

"아뇨. 안 잤어요."

[우리 아들 보고 싶어서.]

"나도 우리 엄마 보고 싶어요. 영국이죠?"

[응. 별일 없이 잘 지내는지 궁금해서 전화했어.]

"별일은 없어요. 좋아하는 여자가 생겼는데…… 연애하기 되게 어렵네요."

[연애 쉬운 거 아니야. 얼마나 공을 들여야 하는데.]

엄마의 말에 동욱이 동의하는 듯 맞아요 하고 말했다.

[그런데 누가 우리 동욱이 속 썩이는 걸까?]

"예쁘고 똑똑하고 엄청 까칠한 애 있어요."

[예쁘고 똑똑하면 까칠해도 돼. 너무 무른 여자는 매력없어. 엄마 봐. 매력 넘치잖아.]

엄마의 말에 동욱이 웃으면서 또 맞아요 하고 대답했다.

[잘 골랐어. 그래도 우리 동욱이 정도면 탐낼 만한데.]

"탐내질 않아요."

[그래서? 포기해?]

"아뇨. 오기 생겨서 포기 못해요."

[오기 때문이야, 너무 좋아서야?]

"……좋아요."

동욱의 대답에 엄마가 웃었다.

[오기 때문이라면 관둬도 되는데 좋으면 포기하면 안 되지. 계속 공을 들여봐.]

"그럴게요."

[우리 아들한테 좋아하는 여자도 생기고. 멋지네. 다 컸어.]

"혹시 서운하세요?"

[서운하긴. 기특하지.]

"아저씬 건강하시죠?"

[건강해. 요즘 결혼하자고 졸라대는 통에 피곤해.]

"결혼하세요."

[엄만 연애만 하고 싶거든. 이 나이에야 연애라는 걸 시작했는데 벌써 결혼하면 김새잖아. 결혼이라는 거 한번 해봐서 아는데…… 별로더라고.]

"아저씨하고 결혼하면 좋을지도 몰라요."

[그럴까? 혹시 엄마 결혼하면 서운해할 거야?]

"아뇨. 박수 쳐드릴게요."

[그럼 생각해 봐야겠다. 반지는 벌써 받았거든. 끼지만 않았지.]

"아저씨 너무 속태우지 마세요. 제가 봤을 때 아저씨…… 멋진 분이에요."

빈말이 아니었다. 동욱은 엄마가 사귀고 있는 영국 남자를 엄마한테 직접 소개를 받았었다. 동욱을 만나기 위해 그가 영국에서 찾아온 것이다. 그를 만나고 난 후 동욱은 그가 정말 좋은 사람이고 엄마를 진심으로 사랑하고 있다는 것을 알게 됐었다. 그래서 두 분이 결혼하게 된다면 무조건 박수 치고 무조건 응원할 준비가 되어 있었다.

[결혼이 결정되면 제일 먼저 알려줄게.]

"기다릴게요."

[너도 그 친구하고 연애하게 되면 엄마한테 제일 먼저 알려줘야 해.]

"당연하죠."

[잘 자라, 아들. 사랑한다.]

"행복한 하루 되세요, 엄마. 사랑해요."

전화를 끊은 동욱은 다시 침대에 누워 흐뭇하게 미소 지었다.

엄마…… 엄마…….

엄마를 다시 만나게 되기까지 얼마나 오랜 시간이 걸렸는지.

동욱은 엄마를 다시 만나게 됐던 그날을 떠올렸다.

엄마는 강의실 앞에서 동욱을 기다리고 있었고 동욱은 낯선 중년의 부인과 세 마디째 대화를 나누었을 때 엄마라는 것을 알았다.

"동욱이? 최동욱?"

그때까지만 해도 동욱은 엄마의 얼굴도 목소리도 기억하지 못했다. 처음 보는 여자가 어째서 내 이름을 알고 있을까 이상했었다.

"예."

"반갑다."

그때도 몰랐다.

"예?"

"잘 컸구나."

그때야 알았다. 그냥 저절로 알아졌다. 참 이상한 일이었지만 정말 저절로 알아졌다. 처음 보는 낯선 여자가 엄마라는 것을.

"……어머니."

동욱은 그날 어머니와 새벽녘까지 대화를 나누었고 진실이라고 하기엔 너무 거창하지만 하여튼 많은 부분의 오해를 풀게 됐다.

동욱은 여러 사람들의 세뇌로—주로 친가 사람들—아버지와 어머니가 이혼한 것이 어머니 탓인 줄 알고 있었다.

정확한 이유는 알지 못했지만 어머니가 이혼을 하지 않고는 도저히 해결할 수 없는 큰 잘못을 저지른 것으로 알고 있었다. 하지만 그것은 정말 세뇌에 의해 조작된 이유였고 사실은 아버지가 바람을 피웠기 때문이었다.

바람이라고 하기에도 좀 무엇한, 이쪽 세계에서는 당연시되고 있는 '둘째, 셋째 부인 두기'를 어머니가 용납하지 못한 것이다.

 어머니는 참고 살아보려고 무진 애를 썼지만 하룻밤 자고 일어나면 동욱의 배다른 남동생이 나타나고 또 하룻밤 자고 나면 배다른 여동생이 나타나고 그런 식으로 동욱에게 배다른 남동생 여동생이 넷이나 더 있다는 것에 경악해 결국 두 손 두 발 다 들고 말았단다.

 "너도 이젠 알겠지만 다른 재벌가에서도 그런 일은 굉장히 흔한 일이지. 돈 있고 권력 있으면 여자 여럿 거느리고 수없이 자식을 낳으니까. 그쪽 사람들 자식도 재산으로 여기거든."

 어머니가 와인 잔을 기울이며 이젠 모든 아픔을 털어버린 듯이 말했다.

 "널 데려오려고 했지만 네 아버지, 재산 반을 떼어주는 한이 있더라두 넌 못 내쥬다 하더라고. 너 다섯 살 때 외갓집…… 이제 외가라고 하면 안 되겠구나, 엄마 친정집이 몰락했잖니. 한때는 대한민국에서 열 손가락 안에 꼽히는 대기업이었는데 정권이 교체되면서 밉보이는 바람에 칼바람을 맞은 거야. 그 큰 회사가 하루아침에 몰락하니 비참도 그런 비참이 없었어. 친정집만 무너지지 않고 든든했더라면 내 손에 쥐고 있던 유성그룹에 대한 약점을 휘두르며 무슨 일이 있어도 널 데리고 왔겠지만 유성그룹을 전국적으로 망신시킬 약점을 손에 쥐고도 뒷배가 없으니 쓸 수가 없는 거야."

 어머니가 씁쓸하게 미소 지으며 자조적으로 중얼거렸다.

"꼼짝없이 죽을 때까지 입 함부로 놀리지 않겠다는 각서에 사인해 주고 억울하지 않을 정도의 위자료 받고 물러났지. 그래 쫓겨나진 않았어, 물러난 거지. 버티고 있었다면 유성그룹 최 회장의 조강지처 자리는 차지하고 앉았을 테니까. 허울뿐인 자리가 싫어 내가 관둔 거니까 쫓겨난 건 아니야."

어머니는 어떤 경우에라도 당당함을 잃지 않으려고 애쓰며 설명했다.

"어떤 이는 그냥 참고 살지 뭐 하러 버리고 나왔냐고 나무라는데…… 물론 나도 후회하지 않은 건 아니야. 하지만 내가 한 후회는 네 아버지의 조강지처 자리가 아까워서도 아니고 유성그룹 사모님 호칭이 아까워서도 아니었어. 순전히 너 때문이었지. 내 배 아파 낳은 너 때문에. 하지만 털어버리고 나온 이상 다시 돌아갈 수는 없었어. 후회만 할 뿐."

어머니가 죄스러움과 후회가 담긴 눈길로 동욱을 바라보며 말했다.

문을 닫고 나온 이상 다시 열고 들어갈 수는 없었을 것이다. 아무도 열어주지 않았을 테니까, 그 누구도 환영해 주지 않았을 테니까.

동욱은 어머니가 무슨 얘기를 하는지 이해할 수 있었다.

어머니가 물러날 수밖에 없었던 상황도 이해할 수 있었고 그래서 후회했던 것도 이해할 수 있었다.

동욱도 그랬으니까. 어느 날 갑자기 어머니는 사라지듯 떠나

버렸고 그럴 줄 알았다면, 그날 학교 잘 갔다 오라던 어머니와의 인사가 마지막인줄 알았더라면, 학교에 가지 않고 어머니의 치맛자락을 붙잡고 늘어졌을 텐데, 아무것도 눈치 채지 못하고 학교로 갔던 자신의 둔함을 골백번 탓하고 그렇게 어머니를 보내 버린 것을 천번 만번 천만번 후회했었으니까.

참 다행이었다.

어머니가 씩씩한 것이, 당당한 것이, 여전히 아름다운 것이.

아버지께 버려진 후 비참할까 봐, 추해졌을까 봐, 비참함을 견디지 못해 죽었을까 봐 문득문득 엄습하는 걱정과 공포심에 심장이 오그라드는 것 같았었는데 정말 다행이었다.

"잘 지내셨어요?"

"잘 못 지냈어. 1년 전까지는."

"왜……."

"네 아버지가 정기적으로 널 만나게 해주겠다던 약속을 깼거든. 설명하면 짜증나고 울화 치미니까 그 얘긴 말자."

어머니가 억지로 웃었지만 웃음 끝에는 날카로운 분노가 걸려 있었다.

어머니를 만나지 못한 이유가 어머니가 만나러 오지 않기 때문이라고 들었는데 아버지가 고의적으로 막았다는 것을 알게 되자 동욱은 어머니 표현대로 울화가 치밀었다.

"그럼 1년 전부터는……."

"너 대학 들어간 것 알게 됐고 2학기부터는 너 혼자 차 몰고 학교 다니는 거 알게 됐고 그래서 그때부터 잘 지냈어. 널 만날 수 있게 됐으니까. 네 곁에 경호원이 떨어져 나가길 목 빠지게 기다렸던 세월이나 네가 어느 학교 어느 과에 다니고 있는지 알아내려고 혈안이 됐던 거나 그런 얘기도 말자. 어쨌거나 난 널 만났고, 엄만 스스로 인간 승리라 생각해."

어머니의 말에 동욱이 웃었다.

"그러네요."

"훌륭해, 너. 무척 잘 컸어."

"그래요?"

"널 내가 낳았다는 게 굉장히 뿌듯할 정도로 훌륭해. 근사하다, 동욱아."

"내가 잘나기 했어요."

동욱의 대꾸에 어머니가 처음으로 큰소리로 웃었다.

"너 나 닮은 거 아니? 네 아버지 닮았으면 그런 얼굴, 그런 골격 안 나와."

어머니가 으스대듯 말했고 동욱은 인정했다. 아버지는 솔직히 외모 면에는 내세울 것이 없었다.

"너 외탁했어. 외할아버지, 외삼촌 전부 장골이거든. 엄마도 그 시대 여자들에 비하면 꽤 큰 편이고. 그래서 스타일 먹어주는 거야."

"알아요."

"여자친구 없니?"

"있다가 없다가 해요."

"진득이 사겨. 너무 자주 있다가 없다가 하는 거 매력없어."

"그럴까요?"

"분명히 그럴 때가 있어. 이 사람이구나. 이 사람이야…… 누가 가르쳐 주지 않아도 확실하게 알게 될 때가 있어. 그럼 그 사람이야. 그런 사람을 만나면 그 사람만 바라보는 거야. 아니, 그 사람만 바라보게 되는 거지. 마치 이 세상에 다른 사람은 존재하지 않는 것처럼."

그땐 왜 그랬는지 모르겠지만 동욱은 어머니의 말이 무조건 진리라고 생각했고 엄마가 말한 대로 이 사람이구나, 누가 가르쳐 주지 않아도 이 사람이라는 것을 알게 됐을 때가 오면 그 사람만 바라보겠다고 맹세했다. 다른 사람은 이 세상에 존재하지 않는 것처럼.

"여자 너무 좋아하면 네 아버지 닮았다는 소리 들어. 난 내가 50시간이나 고통에 떨며 낳은 내 아들이 네 아버지처럼 정신없이 여자 밝히는 놈은 안 됐으면 좋겠다."

어머니의 거침없는 말에 동욱이 웃음을 터뜨렸다.

"좀 웃기지 않니? 그 얼굴에 여자를 밝히는 것도 웃기지만 그 얼굴이 좋다고 덤비는 여자들도 참……."

어머니는 대놓고 아버지의 외모를 밟아댔다.

"그럼 어머니는……."

"엄만 정략결혼이었어. 만약에 얼굴로 따져서 너 좋아하는 놈으로 골라잡아라 했으면 네 아버진 절대 아니지. 꿈에도 싫지."

어머니의 대꾸에 동욱이 또 웃음을 터뜨렸다.

"지금…… 남자친구 있어요?"

"쭉 없다가 일 년 전에 한 사람 생겼어. 영국 사람. 스타일 죽여. 심사숙고해서 골랐거든."

"영국 사람요?"

"엄마 영국 살아."

"그래요?"

"영국에서 너 보러 온 거야. 인간 승리라니까."

"영국엔 왜 가셨어요?"

"최명복 씨가 한국에서 나가라더라고. 내가 너 보여달라고 사정하고 떼쓰고 협박하고…… 미친년처럼 구니까 남아 있는 친정 식구들 모조리 한국 땅에서 밥 못 먹고 살게 해주겠다고 협박해서…… 더러워서 나갔어."

"……"

"엄마 영국에서 뭐 하고 사는지 물어봐 주면 안 되겠니?"

"뭐 하고 사세요?"

"국제 변호사야. 나 너한테 이거 자랑하고 싶어서 죽는 줄 알았다."

어머니의 자랑에 동욱이 밝게 웃으며 정말 훌륭하시네요 하고 말했다.

"영국에서 위자료 펑펑 쓰면서 놀고먹은 거 아니야. 공부했어. 네가 어른이 돼서 날 만났을 때 너한테 부끄럽지 않은 엄마가 되려고."

그토록 당당하고 유쾌하던 어머니의 눈에 눈물이 고였다.

"12년 만에 통했네. 아들 만나게 해달라던 내 기도가 12년 만에 통했어. 무슨 기도 응답이 이따위로 느려 터졌는지 응답 기다리다 늙어죽겠다."

어머니는 일부러 웃기려고 한 소리였지만 그래서 웃고 있었지만 눈에서 흘러내리는 눈물까지는 막을 수가 없었다.

"어머니……"

"엄마라고 불러. 어머니라 하니까 내 아들 안 같아. 엄마라고 해, 동욱아."

"엄마…… 안아드릴까요?"

동욱의 물음에 어머니가 아무 소리도 없이 감격한 듯 활짝 웃었고 동욱은 어머니를 꼭 안아드렸다.

"널 싫증나도록 안아주지 못했던 게 제일 가슴 아팠는데…… 네가 날 안아줄 나이가 돼서야 다시 만났구나."

"오늘부터 내가 싫증나도록 안아드릴게요."

"미안하다."

그때부터 동욱의 이유없는, 아니, 분명한 이유가 있는 반항이 시작됐다.

반항이라고 해서 집에 있는 물건을 부순다거나 아버지한테 말끝마다 대든다거나 동생을 때려 울리거나—그럴 나이도 아니었지만—하는 것은 아니었지만 아버지와의 대화나 대면을 피하고 지금까지 동욱에게 특별하게 못되게 군 적이 없는 새어머니마저도 불편해져서 꼭 필요한 말 외에는 대화를 차단했으며 혼자 있는 시간을 즐겼고 예전에는 꼭 참석했던 가족 모임에 불참하거나 하는 식의 반항을 했다. 군 입대가 반항의 절정이었다고 할까.

고분고분하기만 한 아들이 아니라는 것을 보여주고 싶기도 했고 어머니의 가슴에 상처를 입힌 것에 대해 소심한 복수를 하고 싶기도 했다.

그래서 강력한 반대를 무릅쓰고 군대를 다녀왔는데 이제 동욱이 약속을 지켜야 할 차례가 된 것이다. 하필이면 이렇게 애매할 때 말이다.

바빠진 이상 마냥 기다리고 있을 수는 없었다.

도든 모든 결정을 봐야만 했다. 수안과 이렇게 이것도 저것도 아닌 관계로 지내는 것도 더는 못할 짓이고 말이다.

사람들로 북적거리는 학교에서 수안에게 말을 거는 것은 좋은 방법이 아니었고 또 제대로 뜻을 전달할 수도 없을 것 같아 작정을 하고 수안의 집으로 찾아간 동욱은 꼬박 다섯 시간을 기다린 끝에야 자정이 다 되어 집으로 돌아온 수안을 만날 수 있었다.

수안은 새벽부터 자정까지 바쁘지 않은 시간이 없는 사람이었기 때문에 늦게 돌아온다는 것을 알고 있었다. 하지만 그럼에도 다섯 시간이나 미련 맞게 기다린 것은 수안에게 어떤 식으로 사과와 함께 자신의 진심을 전할 것인가에 대해 생각도 하고 준비도 할 시간이 필요했기 때문이다. 그리고 내가 이만큼 기다렸다는 것을 보여주고 싶은, 말하자면 생색을 내고 싶은 마음도 전혀 없었다 할 수 없었고 긴 시간을 지루해하지 않고 기다렸다는 것을 보여주어서라도 수안의 꽁꽁 얼어붙어 버린 마음을 풀어주고 싶었다. 마음이 조금 심란하다 보니 다른 일은 할 수도 없었지만 마지막이라는 생각에 최선을 다하고 싶었던 것은 분명했다.

솔직히 지루하기도 했다. 다섯 시간이라면 한 시간씩 쪼개더라도 다섯 가지 일은 할 수 있는 아주 긴 시간이었고 다섯 가지를 할 수 있는 시간 동안 차 안에서 수안이 돌아오기만을 기다리고 있자니 불쑥불쑥 짜증도 나고 지루하다 못해 졸리기까지 했었다.

그럼에도 나름대로 꿋꿋하게 기다린 끝에 수안을 만나자 지루했던 것도 잊고 눈까풀에 내려앉았던 졸음도 싹 달아났다.

수안은 집 앞에서 기다리고 있는 동욱 때문에 조금 놀란 것 같았지만 찾아오던지 말든지 무시할지도 모른다는 걱정과는 달리 본척만척하지 않았다. 물론 반겨준 것도 아니지만.

"얼마나 기다린 거예요?"

동욱은 수안이 그렇게 물어준 것이 얼마나 고마웠는지 모른다. 생색낼 수 있게 됐으니까.

"다섯 시간."

다섯 시간이나 기다렸다는 동욱의 말에 수안의 얼굴에 미안한 기색이 스쳤다.

"뭐 하러…… 원래 늦게 와요."

"알아. 그런데 혹시 놓칠까 봐."

"무슨 일로…… 무슨 얘기 하려구요?"

"이것저것. 사과도 하고…… 그래, 사과하려고."

동욱의 말에 수안이 아무 말도 하지 않고 발치만 내려다보고 있었다.

그러고 보니 수안은 동욱과 단 한 번도 제대로 눈을 마주치지 못하고 있었다. 마치 크게 죄를 지은 사람처럼, 차마 고개를 들어 바라볼 용기를 낼 수 없는 잘못을 저지른 사람처럼.

이런 모습은 수안에게 어울리지 않았다. 수안은 차갑게 굴 때 건방지게 굴 때 그때가 제일 어울리고 예쁘고 사랑스러웠다.

처음엔 예쁜 얼굴 앞세워 정말 별다른 것도 없는 주제에 지나치게 시건방지게 군다는 생각도 했었지만 수안이 왜 그렇게 건방지고 깔깔한 척했는지 이제는 이해할 수 있었다.

허름한 처지가 싫어서 구질구질한 처지가 싫어서 감추려고 숨기려고 일부러 더 차갑게 굴었다는 것을 이해한 것이다. 그렇게라도 하지 않으면 정말 비참해지니까. 그렇게라도 해야 사람처럼 사는 것 같았을 테니까.

만약 수안이 허름한 처지인 것을 감추지 않고 구질구질한 처지를 숨기지 않고 다 내보였다면 수안에게 이렇게까지 관심을 가지지 않았을지도 몰랐다. 주눅이 들어도 주눅 들지 않은 척 절대 불쌍하지 않은 척 오히려 더 당당하게 굴었기 때문에 예쁘고 매력적이었던 것이다.

"시간 많이 안 뺏을게. 잠깐만 얘기하자."

"……."

수안이 곤란한 표정으로 아무 대답도 하지 않았다.

"약속해. 오래 붙잡지 않을게."

"안에 들어가자고 못해요."

"그래. 여기서 얘기할게."

수안이 고개를 끄덕였고 동욱은 다행이라고 생각하며 수안에게 반걸음 정도 다가갔다.

"허락받지 않고 일기장 봐서 미안해. 변명처럼 들리겠지만 그날 네 가방 정리하다가 노트를 보게 됐고 다른 노트들은 전부 강의 노트였기 때문에 일기장이라고는 생각하지 못하고 보게 됐던 거야. 그 노트에 네가 남에게 보여주고 싶지 않은 내용이 있을 줄은 몰랐어. 사과할게, 잘못했다."

"……."

"그냥 그 말이 하고 싶었어. 네가 들으려고 하지 않으니 진심을 전할 수가 없어서 찾아왔어. 잘못했어."

"네, 알았어요. 하지만 찾아오면서까지 사과하지 않았어도 되는데…… 선배를 굉장히 **귀찮**게 했네요."

수안이 미안한 어조로 말했다.

"그게…… 그날은 많이 놀랐고 또 창피하고 화가 났었고 그다음 날도 다음날도…… 한참 그랬어요. 화보다는 창피했던 게 더 컸는데 창피한 걸 감추려다 보니까 더 화난 척했었어요."

수안이 솔직하게 말하기 시작했다.

"그리고 그다음엔…… 너무 화를 많이 내는 바람에 이제 화가 풀렸다는 것을 어떻게 표현해야 할지 몰라서 계속 화난 척하고…… 선배한테 도움받은 게 많아서…… 그걸 봐서라도 얼른 화를 풀었어야 하는데 내가 뒤끝이 진짜 길잖아요."

"아니야. 도움은 도움이고 잘못은 잘못이야."

정말 그건 아니었다. 받은 도움이 많아서 화가 난 것을 억지로 푸는 것은 서로에게 전혀 도움이 될 것이 없었다.

"사실은…… 아직도 부끄러워요."

"네가 부끄러워할 일은 아니야."

"알아요. 아는데…… 내가 잘못을 한 것 같아서요."

수안은 웃는 것도 찡그린 것도 아닌 번다한 표정으로 여전히 발치만 내려다보고 있었다.

"찾아와 줘서 고마워요. 실컷 화내고 나니까…… 말을 못 걸겠더라구요. 선배 사과 처음에 받아주지 않아서 미안해요. 처음엔…… 사과고 뭐고…… 마음이 너무 복잡해서…… 도저히 안 되겠더라구요."

"알아. 이해해."

"그동안 너무 고약하게 굴어서 미안해요."

"내 사과 받아주는 거지?"

동욱의 말에 수안이 고개를 끄덕였다.

"나 좀 쳐다봐. 나 꼴도 보기 싫은 거야?"

"그런 거 아니에요."

수안이 어색하게 웃으며 말했다. 그런데도 차마 동욱의 얼굴을 쳐다보기가 좀 무엇했다.

동욱은 과거에 수안 자신이 어떤 몹쓸 짓을 당했는지 알고 있는 유일한 사람이었고 또 꽤 오랫동안 데면데면한 관계였다 보니 단숨에 아무 일도 없었다는 듯이 빤히 얼굴을 쳐다보며 웃기가 정말 쑥스러웠다.

"나 좀 봐."

동욱이 한 걸음 더 다가서며 부탁했고 수안은 그제야 고개를 들고 동욱을 바라봤다. 멋쩍음을 씻어내지 못한 채.

"부끄럽다는데 왜 자꾸 쳐다보라고 그래요."

수안이 낯을 찡그리며 불만스럽게 쏘아붙였고 동욱은 수안이 이제야 본래의 모습을 찾는 것 같아 기쁨에 픽 웃었다.

"얼굴 좀 보자."

"아 진짜 비싼데······."

수안이 거드름을 피우자 동욱이 낮게 웃음을 터뜨렸다.

"황송하게 볼게."

"얼른 보세요."

수안이 고개를 들어 동욱을 쳐다보다가 픽 웃었다.

"우리 이제 잘 지내는 거지?"

"그래요. 앞으로는 고약하게 굴지 않을게요."

"우리…… 다시 시작하는 거야?"

"그건……."

그 문제는 곤란했다. 아무래도 곤란했다. 수안은 자신의 과거를 아는 남자와 진지한 만남을 갖는 것은 결코 좋은 결과를 얻지 못할 것이라는 생각이 들었기 때문이다.

"그건 안 했으면 좋겠어요."

수안의 말에 동욱은 크게 실망했다.

사과를 했고 수안이 받아들였고 그래서 일기장을 보던 그날 전으로 돌아갈 수 있을 것이라 기대했기 때문이었다. 그런데 수안이 거절했다. 단번에 무 자르듯 거절한 것은 아니었지만 싫다는 뜻을 내비치자 크게 실망하고 말았다.

"어째서?"

"알잖아요."

"그런 거 상관없어."

"난 상관있어요."

"난 없어."

"난…… 나에 대해 전부 다 아는 사람은…… 부담스러워요. 솔직히 선배가 날 바라보는 시선도…… 그대로 순수하게 받아들여지지 않아요."

"그렇지 않아."

"그렇지 않다는 것도 알고 내가 쓸데없는 피해의식에 시달린다는 것도 알아요. 그런데 그게 내 마음대로 되지 않아요. 나도 그러고 싶지 않은데…… 그게 안 돼요. 미안해요."

수안이 깊은 슬픔이 느껴지는 어조로 말했다. 정말 그따위 피해의식에서 벗어나고 싶은데 무슨 짓을 해서라도 벗어났으면 좋겠는데 마음먹은 대로 되지 않아 자신도 괴롭다는 듯이.

동욱은 지금 당장 예전의 그대로 돌아가자고 강요할 수 없다는 것을 알았지만 지금은 수안의 닫힌 마음을 천천히 열고 수안의 가슴에 난 상처가 아물 때까지 조심스럽게 접근해야 한다는 것을 알고 있었지만 안타깝게도 동욱에겐 시간적 여유가 없었다. 곧 유학을 떠나야 하니까. 유학을 떠나면 오랫동안 수안을 만나지 못할 테니까.

"나…… 유학 가."

동욱이 불쑥 말했다.

유학 얘기를 꺼낼 생각은 조금도 없었는데 다급했던 모양인지 저절로 튀어나와 버렸다.

동욱의 말에 수안이 많이 놀란 표정으로 동욱을 쳐다봤다.

"유학요?"

"응."

"언제요?"

"아마도…… 방학 중에 떠날 것 같아. 지금 준비 중이야."

"그렇군요."

그렇게 대답하는 수안의 목소리에는 분명히, 분명히 서운함이 담겨 있었다. 표정 역시 마찬가지였다. 되도록 표시 내지 않으려고 노력은 했지만 두 눈 가득 서운함이 담겨 있었다.

"유학 가기 전에 잘 지내고 싶었어. 그러면…… 유학 가서도 그리워는 할망정 외롭진 않을 것 같아서."

"……."

"내가 강요할 수 없다는 걸 알지만…… 다시 시작하면 안 될까? 네가 날 부담스러워한다는 것도 알지만…… 난 이렇게 끝내고 싶지 않아. 단순하게 선후배로 남고 싶지도 않고."

"……."

수안은 차마 어떤 대답도 할 수 없어 입을 꼭 다물고 있었다.

유학을 간다니…… 유학을 간다는 소리를 들었을 때 정말 이게 웬 날벼락인가 하는 심정이었다.

동욱이 몰랐으면 하는 과거를 다 알아버린 사람이어서 그래서 조금만 눈빛이 달라져도 혹시 일기장에 나온 그 사건을 상상하고 있는 것은 아닐까, 날 더러운 여자로 생각하는 것은 아닐까 그래서 함부로 대하지는 않을까 하고 동욱을 진심을 곡해하고 그런 의심들로 스스로를 괴롭히게 될까 봐 그래서 동욱과 가까워지는 것을 경계했던 것이다.

그런데 유학을 간다는 말을 듣게 되자 마치 아주 커다랗고 든든했던 울타리가 하루아침에 벼락을 맞아 와르르 무너지고 타

버린 듯한 허탈감이 밀려들었다.

 조금 전 가까운 관계가 되는 것은 원하지 않는다고 말했으면서도 동욱이 그렇게 멀리 떠나 버리는 것은 너무나 싫었다. 이기적이고 이중적이라는 것을 알고 있었지만 수안의 기분은 그랬다. 아주 커다란 것을 놓치고 잃어버린 듯한 기분 말이다.

 그렇다고 가지 말라고 붙잡을 수도 없고 유학 간다는 말에 가까워지기 싫다던 말을 단번에 뒤집을 수도 없고 참 복잡했다. 정말 복잡했다. 안절부절못할 정도로 짜증이 날 정도로.

 "수안아."

 "……."

 뭐라고 해야 할까, 가지 말라고? 사귀자고?

 이럴 땐 어떤 말을 하고 어떻게 해야 하는지 몰라 미간을 찌푸린 채 흔들리는 시선으로 동욱의 얼굴만 바라보고 있는데 먼저 말한 사람은, 아니, 먼저 움직인 사람은 동욱이었다.

 "수안아."

 동욱은 들릴 듯 말 듯 이름을 불렀고, 동시에 수안을 끌어안았다. 그동안 참고 또 참다가 미치는 줄 알았다는 듯이 꼭 끌어안았다.

 동욱의 품에 안긴 수안은 이유를 설명할 수는 없지만 마치 비로소 완벽한 안식처를 찾은 듯한 느낌에 빠져들었다.

 그래, 그건 절대 설명할 수 없지만 이유없이 조건없이 분명했다.

태어나서 처음으로 느끼는 포근함과 안락함. 살아오는 동안의 치열했던 고단함과 아프고 또 아팠던 기억들이 순식간에 씻겨 나가며 너무 포근하고 너무 안락해서 어느새 잠이 들어버릴 것만 같은 완벽한 안식처를 찾은 느낌.

 '이 사람이구나.'

 순간 수안은 확신했다.

 죽는 날까지 절대로 풀지 못할 문제의 정답을 찾은 기분이었고 틀린 답이 아니라 정답이라는, 죽어도 정답이고 무슨 일이 있어도 정답일 수밖에 없다는 확신이 들었다. 누가 알려주어서도 강요해서도 아니고 그냥 저절로 알아졌다.

 수안을 숨 쉬는 것이 버거울 정도로 꽉 끌어안고 있던 동욱이 수안의 얼굴을 감싸 쥐었고 수안의 입술이 미처 피할 새도 없이 동욱의 입술이 닿았다.

 동욱의 입맞춤. 그의 입맞춤.

 수안은 동욱의 두 손에 얼굴이 붙잡힌 채로 그의 입맞춤을 받아들이고 있었다. 그의 입맞춤은 굉장히 당연한 수순처럼 느껴졌고 놀랍게도 어떤 거부감도 느껴지지 않았다.

 어떻게 그럴 수 있지? 어떻게 이렇게까지 한 점의 거부감도 없을 수 있지?

 수안조차도 이해할 수 없었지만 그랬다. 그냥 그랬고 정말 그랬다.

 동욱의 입술은 촉촉하고 따뜻했다. 오븐에서 갓 구워낸 식빵처럼.

그의 입술이 식빵처럼 촉촉하다고 느끼는 순간 동욱의 혀가 수안의 입속으로 파고들었다.

동욱의 혀가 입안으로 비집고 들어오는 순간 수안은 조금 우습지만 혀가 짠맛이나 단맛이나 쓴맛, 신맛처럼 단지 결정되어 있는 맛만을 감지하는 기관이라는 것은 순 거짓말이라는 것을 깨달았다.

수안의 혀는 동욱의 혀와 만나는 순간 세상에는 지금껏 살아오면서 단 한 번도 맛을 본 적이 없는 매우 특이하고 너무도 신비한 맛이 존재한다는 것을 알게 됐다. 그리고 단맛과 짠맛과 쓴맛, 신맛이 동시에 놀랍도록 조화롭게 어울려 맛을 낸다는 것도 처음 알게 됐으며 맛에는 분명히 과학자들이 찾아내지 못한 제3의 맛, 아니, 제7의 맛이 존재한다는 것을 알게 됐다.

제7의 맛을 단순하게 키스의 맛이라고 하기엔 너무 예의없는 짓이라는 생각이 들었다. 뭐라고 하면 좋을까. 제7의 맛…… 키스…… 동욱…… 그래, 동욱의 맛. 동욱의 맛이구나.

동욱에게 이토록 신비로운 맛이 있었구나. 믿어지지 않을 만큼 단숨에 모든 신경을 안정시키고 더없는 평안을 주는 맛이 동욱의 맛이었던 것이다.

수안에겐 정말 새롭고 놀라운 발견이었고 자신의 발견에 흥분됐으며 그리고 더욱 명확해졌다.

'이 사람이야…… 내가 사랑해도 되는 사람…….'

수안은 형용할 수 없는 행복을 만끽하며 동욱의 입술을 동욱의 맛을 허겁지겁, 체하도록 급하게 맛보고 있었다.

  그때였다. 어디선가 가까운 곳에서 문이 열리는 듯한 소리가 들렸고, 수안은 온몸이 긴장되는 것을 느끼며 깜짝 놀라 발작적으로 동욱을 밀쳐 냈다.

  그건 자동반사적인 행동이었다. 동욱이 싫어서도 그 어떤 것이 사악하게 끼어들어도 결코 무너뜨리지 못할 만큼 단단하던 확신이 갑작스레 와르르 무너졌기 때문도 아니었다. 그저 키스하는 장면을 다른 사람에게 들키고 싶지 않다는, 부끄러움으로 인한 단순한 반응이었는데 자신도 모르게 동욱을 너무 세차게 밀어버렸고 자신의 행동이 동욱에게 상처를 주었을 것이라는 생각을 했을 때 동욱은 낮은 목소리로 미안하다는 말을 남긴 채 이미 돌아서서 떠나고 있었다. 잔뜩 자존심이 상한 채로.

  수안은 끝내 동욱을 붙잡지 못했다.

2장 행복은 당신

 동욱은 이렇게 숙면을 취하지 못한 날이 며칠째인지 세어보는 것도 지쳐 버렸다. 하루 이틀이라면 모를까 한 달을 훌쩍 넘어서자 날짜를 세는 것이 무의미해진 것이다.
 밤이 무섭다는 말이 무슨 말인지 알 것 같았다. 정말 밤이 무서웠다. 푹 자면서 하루 온종일 소진했던 원기를 회복하라고 생겨난 때가 밤인데 푹 자는 것은 고사하고 잠깐잠깐 조는 것도 그렇게 어려울 수가 없었다.
 이렇게 오랜 날을 제대로 못 잤으니 불면증이 분명한데 꼭 불면증이라고 단정 짓기보다는 어쩌면 우울증일 수도 있었다.
 살면서 부족한 것 없이 넘치게 누리며 산 사람이 무슨 놈의 우울증이냐고 욕할 사람도 있겠지만 아무리 생각해도 단순하게 불면증인 것 같진 않았다. 온통 짜증스럽고 온통 불쾌한 걸 보면 말이다.

잠을 못 자서 짜증스러울 수도 있지만 거듭된 취침 불가로 불쾌한 것일 수도 있지만 우울증이 겹친 것이 분명했다. 한 번 꼬이고 두 번 꼬인 기분이 좀체 풀어지지 않고 갈수록 더 꼬이고 더 비틀어지는 것을 보면 말이다.

자신의 상태가 단순 불면증을 넘어서서 우울증이 겹쳤을지도 모른다고 그리고 그 이유까지도 분명하게 알고 있으면서도 고치지 못하는 것은 동욱으로서도 어쩔 수 없는 일이었다.

일단 하루라도 푹 자면 좀 나아질 것 같은데 아무리 애를 써도 잠이 들지 않으니 곤란도 이런 곤란이 없었다.

방학이 시작되자마자 동욱은 즉시 휴학계를 제출했고 아버지의 명에 따라 유학 준비를 하고 있었다. 모든 것이 물 흐르듯 순조롭게 진행되고 있었고 불편할 것은 요만큼도 없었다. 가을이 시작되기 전에 미국행 비행기에 오를 수 있을 만큼 매우 순조로웠다.

그렇게 모든 것이 순조로운데도 동욱은 잠을 못 자고 있었다. 안 자는 것이 아니라 분명히 못 잤다.

처음엔 유학을 떠날 생각에 정신이 상기된 모양이라고 생각했었는데 동욱의 불면증은 유학 때문이 아니었다.

절대 인정하고 싶지 않지만 이 지독한 불면증은 수안에게 사과하기 위해 찾아갔던 그날부터 시작됐고 그렇다면 불면증의 원인은 순전히 수안이었다. 수긍하고 싶지 않지만 결국엔 수안이었다.

불면증이라는 질병이 상상 이상 지독하다는 것을 동욱은 톡톡히 경험하고 있었다. 하루 종일 아무리 지치도록 몸을 굴려도 자정이 훨씬 지나 새벽 2, 3시에나 가까스로 잠이 들었고 그나마도 아무 이유 없이 한두 시간 후에는 저절로 깨고 말았다.

술을 마셔도 마찬가지였다. 몸이 이기지 못할 만큼 퍼마신 날도 많이 재워줘야 세 시간, 마치 신들린 사람처럼 잠들기 전 폭주했다는 것이 믿어지지 않을 만큼 멀쩡하게 깨어나는 것이다.

동욱이 불면증 때문에 고생한다는 것을 알아차린 어머니께서 수면유도제를 건네주었지만 수면유도제라는 것이 수면을 유도해 주는 역할은 탁월했지만 진행 시간은 짧아서 폭주하는 날 만큼밖에는 재워주지 않았다. 하루쯤 죽은 듯이 자게 해주길 기대했는데 반나절도 재워주지 않으니 그마저도 먹는 걸 그만두었다.

숙면을 취하지 못한 결과는 뻔했다. 신경은 점점 더 날카로워지고 몸은 말라갔으며 말수는 걱정스러울 만큼 줄어들었다.

이 모든 것이 수안 때문이었다. 지극히 멀쩡하던 동욱을 불면증 환자로 만들고 말하기 싫어지게 만들고 병난 사람처럼 수척하게 만든 것이 바로 수안이었다.

죽자고 잠은 오지 않는데 아무것도 하지 않는 것도 미칠 노릇이고 음악을 듣고 책을 읽는 것도 지겨웠다. 잤으면 좋겠는데 무조건 잤으면 좋겠는데 윤수안이라는 여자는 얼마나 지독하고 끔찍한지 가장 원초적이면서도 가장 효과적인 원기회복의 방법인 '잠'을 빼앗아 가버린 것이다.

괘씸하고 고약한 마녀 같으니라고.

동욱은 각성제라도 삼킨 사람처럼 두 눈을 반짝거리면서도 멍하게 누워 있는 것도 못할 짓이라 답답함에 바깥바람을 쐬기 위해 조용히 정원으로 나갔다. 아직도 세상은 깊은 잠에 빠져 있는데 이 새벽에 도둑님도 아니고 대체 무슨 짓인지. 하지만 어쩔 수 없었다. 이대로 가다간 미쳐 버릴 것 같았기 때문이다.

'빨리 미국으로 가던지 해야지.'

차라리 그 편이 나을 것 같았다. 이렇게 생으로 고생하느니 말이다.

가을이나 겨울이었으면 공기가 신선하게 느껴졌을 텐데 하필 여름이었고 여름의 새벽은 타는 듯이 뜨겁지는 않아도 도무지가 신선함을 찾을 수가 없는 텁텁한 공기들로 가득 차 있었다.

"젠장."

뭐 한 가지 도와주는 것이 없으니.

그나마 잠도 오지 않은데 방 안에 처박혀 있는 것보다는 나아 아무 생각 없이 스무 번쯤 정원 주변을 뱅글뱅글 돌던 동욱은 새벽인데도 후텁지근 땀이 나는 것을 느끼며 샤워나 하고 신문이나 읽다가 자려고 노력해 봐야겠다고 생각하며 대문으로 향하는 계단을 천천히 내려갔다.

신문이 이미 배달되어 대문에 걸린 나일론 주머니 안에 들어 있거나 배달되지 않았다면 조금 더 기다리면 된다는 생각을 하며 조심스럽게 대문을 열고 밖으로 나가던 동욱은 막 나일론 주머니 안에 신문을 집어넣으려던 사람과 마주쳤다.

동욱은 깜짝 놀랐다. 이렇게 기막힌 타이밍으로 마주칠 줄은 몰랐기 때문이다.

"어머."

갑자기 대문이 열리는 바람에 배달부도 놀란 모양이었다. 이 시간에 대문을 열고 누가 나올 거라는 생각은 전혀 못했던 탓일 것이다.

동욱은 깜짝 놀라 주먹만큼 커진 눈으로 올려다보는 신문배달부의 얼굴을 확인하는 순간 시간이 정지된 듯 동작 그만 상태가 되어버렸다.

신문배달부는 바로 수안이었기 때문이다. 검은 모자를 푹 눌러쓰고 면장갑을 끼고 있는 수안.

두 사람은 서로 아무 말도 못하고, 한참 동안 얼굴만 쳐다봤다.

이렇게 수안을 만난 것도 거짓말 같지만 수안이 여태 신문을 돌리고 있었다는 것도 놀랍고 의외였다.

동욱은 목구멍에 무엇인가 걸린 것처럼 아무런 말도 할 수가 없었다. 아니, 말이 나오지 않았다. 그저 뜻밖이었고, 놀랍고,

당황스러웠다.

"여기요."

한참 만에 수안이 나일론 주머니에 넣으려던 신문을 내밀었고, 얼떨한 채로 동욱은 신문을 받아 들었다.

"오늘 신문이니?"

그걸 질문이라고 하는지. 당연히 오늘 신문이지. 동욱은 멍청한 질문을 하고서도 그것이 멍청한 질문이었다는 것도 모르고 있었다.

"예."

수안이 대답했지만 수안도 동욱이 바보 같은 질문을 했다는 것을 눈치 채지 못했다.

"아직도 신문 돌렸던 거야?"

"방학이라…… 놀기 뭐해서……."

"그랬구나."

"여기 살았어요?"

"응."

"이 집에 10년 동안 신문 넣었는데……."

정말 10년 동안 신문을 넣었는데 10년 동안 이곳에 동욱이 살고 있다는 것을 몰랐다니.

"그랬구나."

"그만 갈게요. 아직 배달해야 될 집이 남아서."

수안이 뒤돌아섰다. 그리고 자전거에 올라탔다.

"수안아."

동욱이 불렀고 수안이 고개를 돌렸다. 그러나 동욱은 수안을 불러놓고도 무슨 말을 해야 할지 몰랐다. 그저 그냥 보낼 수가 없어서 부르긴 했는데 무슨 말을 해야 할지 몰랐다.

"그동안 잘 지냈니?"

한참 만에 가까스로 그렇게 물었다.

"그럭저럭요."

"바쁘니?"

정말 바보 같은 질문만 골라서 하고 있었다.

"네."

"그래."

동욱은 아직도 멍한 얼굴로 중얼거렸고 수안은 페달을 밟기 시작했다

"그때, 그때 왜 그랬니?"

동욱이 멀어지고 있는 수안을 향해 다급하게 묻자 저만치 멀어져 가던 수안이 멈춰 서더니 뒤돌아봤다.

"왜 그랬니? 왜 날 거부했어?"

동욱은 지금 왜 그걸 묻고 있는지 자기가 생각해도 참 멍청한 놈이라는 생각을 했다. 하지만 동욱은 그게 제일 궁금했다. 이유를 알고 싶었다. 너무너무 속상했으니까.

"문 여는 소리가 나서요."

"뭐라고?"

"누가, 누가 나오는 것 같아서, 누가 우릴 볼까 봐요. 좀 부끄럽더라구요."

수안의 대답을 들은 동욱은 다리에서 힘이 빠져나가는 것을 느꼈다. 이렇게 어이없을 수가. 그렇다면 동욱은 지금껏 완전히 오해하고 있었던 것이다. 수안이 자신을 혐오한다고.

어쨌거나 동욱은 진실을 알게 된 것이 너무나 기뻤다.

수안이 그때 자신을 밀쳐 냈던 건 싫어서가 아니었다는 것을, 누군가 문을 열고 나오는 것 같아서 키스하는 걸 들킬까 봐 밀쳐 냈던 것이다. 수안의 말대로 부끄러워서.

생각해 보니, 충분히 그럴 수 있었다. 동욱은 그때 수안과의 키스에 너무나 열중하고 있었기 때문에 아무런 소리도 듣지 못했지만 수안은 들었던 모양이고, 그래서 밀쳐 냈던 것이다. 부끄러워서, 지금도 부끄러워하고 있는 수안이니까.

동욱은 가슴이 두근거려 미칠 것만 같았다. 갑자기 왜 그날 수안과 키스했던 것이 생각나는지 알 수 없었다. 그날, 맛보았던 수안의 입술과 품에 안겼던 수안의 작은 몸과 그동안 수안과의 사이에 있었던 모든 일들이 한꺼번에 떠오르며 동욱의 가슴을 뒤흔들어 놓았다.

"가재요리 좋아하니?"

동욱은 그런 말 따위를 물으려던 게 아니었다. 그런데 어쩌다 그런 쓸모없는 말이 튀어나왔을까.

"못 먹어봤어요."

"먹으러 갈래?"

"언제요?"

놀랍게도 수안이 거절하지 않았다.

"네가 시간날 때."

"토요일이니까 오늘 낮에는 괜찮아요."

"어디서 볼까?"

"아무 데서나요."

"내가 집으로 데리러 갈게."

"알았어요."

"이따 보자. 12시에."

"네, 준비하고 있을게요."

수안이 뒤돌아섰다. 그리고 힘차게 자전거 페달을 밟기 시작했다. 수안은 저만치 달려가며 손을 흔들었다.

동욱은 가슴이 벅차올라 금방이라도 터져 버릴 것만 같은 기분에 사로잡혀 멀어져 가는 수안을 바라보고 있었다.

'내 사람이야.'

확실했다. 누가 뭐라고 해도 확실했다.

수안과 이렇게 다시 만나게 됐다는 것은, 어떤 형태로든 다시 만났다는 것은 그녀와 자신의 운명이라는 생각이 들었다.

운명의 여자, 수안은 동욱의 운명의 여자였던 것이다. 틀림없었다. 수안은 동욱에게 운명의 여자였다. 동욱의 심장을 관장하고 동욱의 삶을 운영하고 동욱의 잠을 지배하는 운명의 여자.

동욱은 날아갈 것 같은 기분으로 자전거가 눈에서 사라질 때까지 언제까지나 그대로 서 있었다.

  배급소로 돌아와 자전거를 반납한 수안은 집으로 가기 위해 배급소를 나서다 다시 들어갔다. 확인하고 싶은 것이 있었기 때문이다.
  "소장님, 27번지 14통 2반 어느 분 댁이라고 하셨죠?"
  "14통 2반…… 아, 그 통나무로 짠 대문 집 말이지?"
  "네."
  "유성그룹 회장님 댁이잖아."
  유성그룹 회장님 댁!
  유성그룹 회장님 댁이라는 말을 듣는 순간 수안은 자신도 모르게 숨을 멈추고 말았다.
  동욱이 유성그룹 사람이었다니.
  그가 부자인 줄은 이미 짐작하고 있었지만 그 정도일 줄은 몰랐었다. 조금 전 유성그룹 회장님 댁 앞에서 동욱을 만났지만 이 동네엔 워낙 쟁쟁한 분들이 많이 사는지라 정확하게 알고 있지는 못했었는데 소장에게 확인하고 나자 뒤통수를 제대로 맞은 기분이었다.
  우리나라에서 유성그룹을 모르는 사람이 있을까?
  집집마다 유성그룹에서 만들어내는 가전제품을 한 가지씩은 모두 쓰고 있을 터였고 자동차 전체 판매량에서도 유성그룹에서 생산한 자동차가 늘 1위였다. 가전제품이나 자동차 외에도 유성그룹에서 지은 아파트의 브랜드 파워 역시 1위였으며 유성그룹에서 생산하는 먹을거리도 안전성이나 고객만족도에서 늘 1위였다.

유성그룹은 우리나라에서 세 손가락 안에는 드는 대단히 크고 대단히 견고하고 대단히 훌륭한 그룹이었고 동욱은 그런 엄청난 그룹의 자제였던 것이다.

그래서 수안은 유성그룹 회장님 댁이잖아 하는 소장님의 말을 듣는 순간, 복권에 당첨이 된 듯한 기분이 아니라 뒤통수를 맞은 것 같았다. 동욱은 커도 지나치게 크고 높아도 지나치게 높은 댁의 아들이었기 때문이다.

"왜?"

"아뇨. 그냥 궁금해서요."

"어디가 누구네 집인지까지 알 것 없어. 다 똑같이 잘난 양반들 사는 집이니까 실수하지 말고 신문만 잘 넣으면 돼. 아니구나, 우리 수안이는 공부를 워낙 잘하니까 유성그룹에서 일하게 될지도 모를 일이니 알아둬서 나쁠 것 없지."

"가볼게요."

"수고했어. 내일 푹 쉬고 월요일에 보자."

"네, 소장님도 푹 쉬세요."

웃는 낯으로 인사하고 배급소를 나왔지만 배급소를 나오는 즉시 수안의 얼굴은 굳어버렸다.

유성그룹이라니, 유성그룹의 사람이었다니, 재벌이라니……
하필이면…… 하필이면…….

이상하게 께름칙하고 이상하게 불안하고 이상하게 김이 새는
것이 저절로 한숨이 푹 터져 나왔다. 한숨 쉴 이유가 조금도 없
는데 말이다.

유성그룹 회장님 댁이라는 것을 알고 나자 오래전에 들었던
얘기들이 어렴풋이 기억났다. 오래전에 수안이 직접 목격했거
나 배급소에서 들었던 가십들 말이다.

수안이 동욱이 사는 동네에서 신문을 돌린 지가 10년이었다.
초등학생 때부터 지금까지 일요일을 제외하고 하루도 빼놓지
않고 그 동네를 뛰어다니면서 높으신 분들이 사는 동네에서 어
떤 일들이 벌어지는지 고스란히 목격하고 참으로 다채로운 얘
기들을 듣게 됐다.

어떤 날은 그 새벽에 어떤 아가씨가 장관님 집 대문 앞에 무
릎을 꿇고 앉은 채 하염없이 울고 있는 것을 본 적이 있는데 무
릎 꿇고 울던 아가씨는 알고 보니 그 집의 둘째 며느리였고 소
장님 부인의 말을 빌리면 어떻게든 쫓겨나지 않기 위해 발버둥
치느라 울고 있었던 것이다.

어떤 날은 건장한 남자들에게 꽉 붙들려 강제로 차에 태워져
동네에서 추방된 여자도 봤는데 그 여자는 그 집안의 막내 며느
리였고 남편이 바람을 피우자 자신도 맞바람을 피웠다가 들켰
는데 똑같이 바람을 피웠는데 왜 자신만 죽일 년이 되어야 하느

냐고 버티다가 친정집에서 보낸 경호원들에게 붙잡혀 친정으로 끌려간 것이라고 했다.

또 어떤 날은 두 남녀가 서로 뺨을 때리며 싸우는 장면도 목격했었는데 나중에 들어보니 바람이 난 남편과 곱게 이혼해 줄 수 없었던 아내가 발악을 떤 것이었다. 바람난 남편은 물론 아주 높으신 분의 자제분이었고. 놀랍게도 금방이라도 이혼할 것 같았던 그 사람들은 아직도 결혼 생활을 유지하고 있었다. 원수가 된 채로.

수안이 직접 목격한 것도 한두 가지가 아닌데 모 제약회사 회장님 댁에 가정도우미로 일하시는 신문지국 소장님의 부인의 말을 들어보면 가관도 그런 가관이 없었다.

그 댁 회장님께서 스물셋 먹은 아가씨에게 임신을 시켜 아가씨가 결혼을 하던지 돈을 내놓으라고 작정하고 소란을 피우는 통에 그 집 사모님이 직접 나서서 소란 피우는 아가씨에게 싸대기를 올려붙이며 한 푼이라도 건지고 싶으면 주둥이 처닫고 기다리라고 엄포를 놓았단다. 그래도 분이 풀리지 않자 집에서 일하는 도우미들이 보는 앞에서 어린 아가씨에게 임신을 시킨 환갑 넘은 남편의 뺨도 올려붙였단다. 그래도 꼼짝없이 그 회장님이 뺨을 맞은 이유가 그 집안은 회장님 쪽 집안보다 사모님 쪽 집안이 속된 말로 더 빵빵해서였고 그 정도로 수모를 당했으면 그만둘 만도 한데 회장님의 바람기는 여전히 잡히질 않는다나.

또 어느 댁 회장님은 배다른 자녀가 줄을 섰는데 결국엔 조강지처를 버리고 한참 어린 새 부인을 얻어 산다고, 그런데 바람이 나서 내다 버린 조강지처가 아들 만나게 해달라고 열 번도 넘게 찾아와 동네가 뒤집어지도록 소란을 피워서 구경거리도 그런 구경거리가 없었다는 말도 했었다. 그런데 조강지처를 버리면서까지 새 부인을 얻었던 회장님이 새 부인으로도 만족하지 못해 부인 외에도 내연의 처가 다섯이라 새 부인도 남편 때문에 단 하루도 행복한 날이 없어 우울증 치료를 받고 있다고, 그 다섯의 내연의 처에게서 얻은 자녀와 첫째 부인, 둘째 부인에게서 얻은 자녀를 모두 합치면 열이 넘는다고 했다.

별 볼일 없는 집안의 아가씨가 재벌집 며느리 되려고 설치다가 집안에 들어가지도 못하고 대문 앞에서 눈물바람을 일으키고 돌아갔거나 회장님이나 회장님 아들들이 여자 문제건 다른 문제건 사고 쳐서 돈으로 뒷수습한 것은 가십거리 축에도 끼지 못할 만큼 흔한 일이었다.

과장된 부분도 있고 거짓말도 섞였겠지만 회장님 댁에 도우미 일을 다니며 직접 목격한 장면도 적지 않으니 전혀 믿지 않을 수도 없었다. 수안의 눈으로 직접 목격한 장면도 많았으니까.

건드린 것은 남자 쪽인데 피해는 고스란히 여자들이 받게 된다고 송충이는 솔잎을 먹고 살아야지 좋은 것 먹으려다간 엊히는 거라고, 없는 것들은 절대 재벌과 어울릴 생각을 말아야 한다는 말을 소장님 사모님의 입을 통해 만 번쯤은 들었을 것이다.

귀에 굳은살이 박이도록 재벌가의 비하인드 스토리를 들었던 수안인지라 동욱이 재벌이라는 것이 전혀 반갑지가 않았다.

조금 전 동욱과 마주쳤던 그 순간, 대문을 열고 나온 사람이 동욱이라는 것을 확인하던 그 순간 정말 행복했는데…….

정말 너무도 행복했다. 왜 그렇게 행복했는지 모르겠지만 너무 행복해서 비명을 지를 뻔했을 정도였고 하마터면 보고 싶었다는 말이 쏟아져 나올 뻔했었다. 그만큼 행복했다. 그래서 동욱이 점심을 먹자 했을 때 냉큼 받아들였던 것이다. 너무 그리웠고 너무 반가웠고 너무 행복해서.

그런데 그가 재벌이라는 것을 알게 되자 송충이는 솔잎을 먹어야 하고 없는 것들은 절대 재벌과 어울리지 말아야 한다는 사모님의 경고가 오늘따라 예사롭지 않게 가슴에 박히며 다른 댁들보다 유달리 높고 높은 유성그룹 회장님 댁 담벼락이 오버랩 되면서 그를 다시 만나고 그와 점심을 먹게 된 것을 행복해해서는 안 된다는 생각이 들었다. 선배 이상의 감정을 가져서는 안 된다고 절대 흔들리면 안 된다고.

떡 줄 사람은 생각도 않는데 김칫국부터 마시는 것일지도 몰랐다. 고작 점심 한 끼 같이 하는 것으로 쓸데없이 멀리까지 생각하고 너무 앞서 가는 것일지도 몰랐다.

'그래. 나만 정신 차리면 돼.'

수안 자신만 정신을 차리고 헛꿈을 꾸지 않는다면 동욱이 재벌이든 재벌 할아버지든 아무 상관 없었다.

재벌인 동욱을 꽉 붙잡아 내 남자로 만들고 말겠다는 헛꿈을 꾸지 않는다면, 어떻게든 동욱과 결혼해 유성그룹 사람이 되고야 말겠다는 가랑이 찢어질 욕심만 내지 않는다면.

맹세코 그런 욕심은 없었다. 나중엔 모르겠지만 지금 당장은 맹세코 그런 욕심은 없었다.

새벽에 집 앞에서 무릎을 꿇고 쫓겨나고 싶지 않다고 울고 싶은 생각도 없고 바람피우는 남편에게 곱게 이혼해 주기 싫다며 뺨을 때리고 싶지도 않고 바람난 남편에게 쫓겨나 아이를 보게 해달라고 난동을 피우고 싶지도 않기 때문이었다.

'내가 욕심을 안 내면 돼. 난 그런 욕심 없어. 그런데…… 내 감정은 어떻게 하지?'

그게 겁났다. 동욱과 처음 입 맞추었던 후로 내내 그리워하고 다시 만나게 되자 왈칵 반갑고 아직까지도 가슴이 떨리는 이 행복감을 어떻게 다스릴지. 앞으로 계속 그럴까 봐, 그를 그리워하고 반가워하고 행복해할까 봐.

동욱은 옷장을 뒤져 폴로 티셔츠와 면바지를 골라 입고 거울을 들여다보았다. 머리에 무스도 조금 발랐다. 산뜻한 향과 느낌의 스킨도 발랐다. 바람둥이처럼 생각할까 봐 향수는 그만뒀다.

이 정도면 깔끔했다. 수안이 반할 만큼. 꼭 반해야 할 텐데…….

동욱은 아직도 얼떨떨한 기분이었다. 새벽에 수안과 약속한 것이 혹시 꿈은 아니었는지, 가재요리 먹으러 가자는 말에 수안이 확실하게 좋다고 했었는지, 혹시 잘못 들었던 건 아닌지 불안해하며 시간을 확인했다.

동욱은 'SEE'라는 이름의 단골 레스토랑에 전화를 걸어 지배인에게 가장 전망 좋은 자리와 함께 가재요리를 부탁해 두었다. 아는 척하지 말아달라는 말도 덧붙이고.

신물이 올라올 만큼 느리게 지나가는 시계분침을 탓하던 동욱은 예상 시간보다 20분 일찍 수안의 집으로 출발했다. 수안의 집에 도착할 때까지 서른 번 넘게 백미러로 자신의 외모 상태를 점검하면서.

차가 좀 막힌다 싶으면 초조해서 견딜 수가 없고 차가 너무 뚫린다 싶으면 너무 일찍 도착하는 것은 아닐까 걱정하며 비로소 수안의 집 앞, 대문 앞에 도착했을 때 동욱은 면접이라도 보는 듯 잔뜩 긴장한 채 심호흡을 했다. 수안이 깜짝 놀랄 만큼 대환영을 해주었으면 좋겠다고 생각하면서.

동욱이 문을 두드리자 안쪽에서 누구세요 하고 묻는 소리가 들리더니 곧 수안이 수줍은 미소를 지으며 문을 반쯤 열고 고개를 내밀었다.

"밖에서 기다릴까?"

"아뇨. 준비가 덜 끝났어요. 잠깐 들어오실래요?"

"그래도 돼?"

수안이가 문을 활짝 열어주었고 동욱은 어린아이처럼 잔뜩 신이 나서 결코 거절하지 않고 냉큼 안으로 들어갔다. 수안이 대문을 열어준 것이 마치 마음의 문을 활짝 열어준 것 같았기 때문이다.

　동욱은 수안이 외출 준비가 덜 된 모양이라고 생각했다. 그러나 수안의 방은 아주 깨끗하게 정리되어 있었고 외출복을 입은 모습이었다. 외출복이라고 하기에는 무리가 있는 차림이긴 했지만.

　"우리 집 덥죠?"

　"괜찮아."

　지금은 더운 것 추운 것 그따위 것들을 느낄 만큼 느긋한 상황이 아니었다.

　"바퀴벌레가 한 마리 나왔다가 숨었는데, 그놈을 못 잡아서요."

　수안이 바퀴벌레용 스프레이를 들고 방 안을 두리번거리며 말했고 동욱은 웃음이 터지려는 걸 억지로 참았다. 바퀴벌레를 잡아야 한다는 수안의 얼굴이 마치 도둑을 잡는 것처럼 너무나 심각해 보였기 때문이었다.

　"어디로 들어갔는데?"

　"옷장 뒤로 들어갔는데, 안 나오네요."

　이사했을 때는 없었던 옷장이 생겨나 있었고 이사할 때는 없었던 침대도 있었다.

서로 모른 척하고 지내는 사이에 수아의 집에도 꽤 많은 변화가 있었던 것이다. 물론 누군가 깨끗하게 하지만 꽤 오래 사용한 흔적이 엿보이지만.

"바퀴벌레란 놈도 여간 약은 게 아니야. 기다리고 있으면 눈치 채고 더 안 나와."

"바퀴벌레가 정말 싫거든요. 무서워요."

바퀴벌레 좋아하는 사람이 어디 있을까. 남자들은 단지 더러워만 하겠지만 여자들의 대부분은 바퀴벌레를 싫어하다 못해 무서워할 것이다.

"내가 옷장을 옮겨볼까?"

옷장은 한 짝짜리여서 조금만 힘을 쓰면 옮길 수 있을 것 같았다.

"아니에요. 나중에 나오면 잡죠 뭐."

수안은 미안한지 스프레이를 내려놓았고 동욱은 수안을 마주 보고 섰다.

"내가 나중에 잡아줄게. 집에 데려다 주면서."

"데려다 줄 거예요?"

"데려다 줄게. 그런데 오늘은 싸우지 말자."

"나도 그러고 싶어요. 그런데 데려다 주지 않아도 돼요. 나 과외 가야 하거든요. 오후 늦게."

젠장, 과외라는 복병이 숨어 있었다니.

수안이 화장대 위에 있던 열쇠를 집어 들었다.

"갈까?"

"네."

동욱은 수안과 집을 나와 차에 올랐다.

"어디로 갈 거예요?"

동네를 벗어나 대로로 접어들자 수안이 물었다.

"역삼동. 가재 먹으러. 덥지?"

동욱이 에어컨 구멍을 조정해 수안 쪽으로 향하게 해주었다.

"추우면 말해. 줄여줄게."

"네."

"배고프지?"

"괜찮아요."

"난 배고파. 얼른 가자."

동욱은 곧장 레스토랑으로 향했고 지배인은 동욱이 부탁한 창가 자리로 두 사람을 안내했다.

"저기요, 선배."

"뭐?"

"쪽팔리기 싫어서 미리 말해두는 건데 나 가재요리를 어떻게 먹는지 몰라요."

"나도 몰라."

물론 동욱은 잘 알고 있었다. 하지만 아는 척하면 수안이 민망해할 것 같아서 거짓말을 했다.

"그럼, 같이 물어보면 되겠네요."

"그래. 나, 잠깐 화장실에 다녀올게."

동욱은 화장실에 간다는 핑계를 대고 수안이가 볼 수 없는 곳으로 가서 지배인을 불렀다.

"부탁드릴 게 있어서요."

"예, 말씀하십시오."

"제가 데리고 온 손님이 가재요리를 처음 먹거든요."

지배인은 금방 눈치를 채고는 고개를 끄덕였다.

"아, 예."

"먹기 좋게, 따로 손쓸 필요 없게 해서 올려주세요."

"알겠습니다."

자리로 돌아온 동욱은 괜히 쓸데없이 계속 웃으며 수안을 바라봤다.

"왜 계속 웃어요?"

동욱이 정말 실없이 웃기만 하자 수안이 눈을 흘기며 물었다.

"좋아서."

"뭐가 좋아요?"

"너하고 같이 있는 거."

동욱의 말에 수안이 픽 웃었다.

"널 그렇게 만날 줄은 몰랐거든. 다시 웃으면서 만나게 될 줄도 몰랐고."

동욱을 그렇게 만나게 될 줄 몰랐던 것은 수안도 마찬가지였다.

"선배는…… 부자가 아니라 재벌이네요."

수안의 말에 동욱이 약간 당황하면서 수안을 쳐다봤다.

"초등학생 때하고 중학생 때는 잘 몰랐어요. 소장님이 그냥 그 동네에 있는 댁에는 절대 실수해서는 안 된다고…… 그 동네에 장관님에 국회의원님에 대그룹 회장님까지 높은 분들 몰려 사시잖아요."

동욱은 수안이 그 정도까지 알고 있을 줄은 몰랐는데 정말 당황스러웠다.

"예전에 일식집에서요."

"어."

"아랫것 냄새 진동한다던 말…… 정말 그랬겠어요."

"아직도 기억하고 있어?"

"아마 죽을 때까지 기억할걸요? 잊기에는 실감나는 표현이잖아요."

"미안하다."

"미안하다는 말 들으려고 한 소리 아니에요. 그냥 생각이 나더라구요."

수안은 동욱의 난처해하는 표정을 보고 괜한 소리를 꺼냈다는 것을 알아차렸다. 수안에게나 동욱에게나 그날의 기억은 조금도 유쾌할 것이 없는데 말이다.

"유학 준비는 잘되세요?"

수안은 얼른 화제를 바꿨다.

"음."

"미국으로 가세요?"

"음."

동욱의 대답에 수안이 고개를 끄덕였다.

"넌 그동안 어떻게 지냈니?"

"그냥 뭐, 잘 지냈어요. 근데 언제 가세요?"

"어딜?"

동욱은 그 말이 무슨 뜻인지 얼른 알아듣지 못했다.

"유학요."

"아직 정확한 날짜는 안 나왔는데 한 달 내로는 갈 것 같아."

"금방 가네요."

수안이 담백한 어조로 말했지만 가슴속에서는 서운함이 고개를 들고 있었다. 그렇게 빨리 가버리다니. 선배 이상의 감정은 절대 안 된다고 맹세를 하고 나왔는데 벌써부터 떠나지도 않은 사람이 그리워지려고 하고 있었다.

"그날 말이야……."

"언제요?"

"우리 그때 그날……."

동욱은 다짜고짜 '우리가 키스했던 날'이라고 말하면 수안이 당황할 것이라는 생각이 들었다. 또 자신도 조금 쑥스러웠다. 때문에 '그때 그날'이라고 표현했다. 수안이 알아듣길 바라면서.

"네."

다행히 수안은 금방 알아들은 모양이었다.

"내가 오해했었어."

"그런 것 같았어요."

"난 그냥 네가 날 싫어해서 밀쳤다고 생각했거든. 그래서 자존심이 상했어."

"미안해요. 나중에라도 말했어야 하는데 부끄러워서…… 설명을 못하겠더라구요."

"뭐가 부끄러워?"

"그게 좀…… 그러니까……."

"그러니까 뭐?"

"……다른 사람이 나와서 볼까 봐 그랬다고 하면…… 싫었던 게 아니라고 말하면…… 꼭 또 키스해 달라고 하는 말처럼 들릴까 봐요. 그렇더라구요."

쑥스러운 듯이 말하는 수안의 얼굴이 살짝 붉어지기 시작했다.

수안의 말에 동욱은 낮게 웃음을 터뜨리고 말았다.

생각해 보니 그렇게 오해할 수도 있었겠다는 생각이 들었다. 하지만 그럼에도 불구하고 말해줬더라면 아까운 시간을 모른 척하며 지내진 않았을 텐데 정말 안타까웠다.

그런 것 따지지 않았더라면 참 좋았을 텐데. 아니, 오해로 인한 자존심은 다 버려 버리고 왜 그랬냐고 한번이라도 물어봤더라면 진작 풀어버렸을 오해인데, 생각할수록 아까운 시간만 내다 버린 것 같았다.

사과하러 간 날만 아니었더라면, 수안이 과거에 당했던 일들이 적힌 그 일기장만 들여다보지 않았더라면, 수안의 상처를 몰랐더라면 그 자리에서 자존심 상하게 이게 무슨 짓이냐고 쏘아붙였을 텐데. 수안의 상처를 알았던 탓에 그래서 수안이 최동욱이라는 사람마저도 과거에 자신에게 몹쓸 짓을 저질렀던 그 짐승처럼 생각하는 것이라고 오해한 탓에 황금 같은 시간을 날려버린 것이다.

"너 부끄러워하니까 되게 귀여워."

동욱의 말에 수안이 눈을 흘겼다.

"나 원래 귀여웠어요."

수안의 대꾸에 동욱이 황당하다는 듯 웃었다. 하지만 절대 밉지는 않았다.

"초등학교 때부터 계속 우리 동네에서 신문배달했었니?"

"네. 작은아버지 집이 선배님 집에서 두세 정거장 떨어져 있거든요."

"매일 왔었어?"

"일요일 빼구요."

그런데, 왜 그동안에는 한 번도 수안과 마주치지 못했을까. 그렇게 말하면서 동욱은 스스로에게 싱거운 웃음을 지어 보였다. 하긴 군대에 입대하기 전까지 동욱은 그 시간에 일어난 적이 없고, 일어났다고 하더라도 대문 밖으로 나온 적이 없었으니까.

"이제 그만 하면 안 돼?"

"돈도 필요하고 또 나태해질 것 같아서요."

"그런 일을 하지 않아도 넌 나태해지지 않아."

동욱은 안타까운 듯이 말했고 수안은 아무 말 없이 희미하게 미소를 지었다.

서너 개의 애피타이저 후에 드디어 메인 요리가 나왔다. 동욱의 부탁대로 지배인은 성의를 다해 가재 껍질을 일일이 발라놓아 포크로 찍어 먹기만 하면 되도록 신경을 써주었다. 그러니까 수안이 어떻게 먹는지 몰라도 상관없게끔 말이다.

"먹자."

동욱이 먼저 포크를 들고 가재 살을 찍어먹기 시작했다.

"어떠니?"

"맛있네요. 쫄깃쫄깃한 게."

두 사람은 한동안 말없이 요리 먹는 데만 열중했고 동욱은 수안이 맛있게 먹는 것만으로도 즐거웠다.

"너하고 밥 먹으니까 되게 좋다."

동욱의 말에 수안이 픽 웃었다.

"학교에서 점심시간에 많이 먹었잖아요."

"그땐 밥이 아니라 돌 씹는 것 같더라고."

"그랬어요?"

수안이 전혀 모르는 척 되물었다.

사랑이라는 것을 알았을 때 303

"너 되게 까칠했잖아."

동욱이 어디서 모른 척하냐는 듯이 눈을 부라리자 수안이 슬쩍 웃었다.

"그랬죠 참. 미안해요."

"용서해 줄게."

"고마워요."

수안이 고맙다고 말하는데 동욱이 갑자기 수안의 손을 꽉 틀어잡았다.

"왜요?"

"진짜…… 되게 좋다. 너하고 같이 밥 먹는 거."

동욱이 속마음을 조금이라도 감출 생각을 하지 않고 그대로 드러내며 말했다. 하지만 수안은 동욱처럼 솔직하게 나도 좋다라고 말하지 못했다. 그러면 안 될 것 같았다. 너무 높으신 곳에 사는 사람이라서.

"정말 좋아. 되게 좋아."

"그만 티 내요."

"정말 되게 좋아."

티 내지 말라는데도 동욱은 숨길 수가 없었다. 숨기고 싶지도 않았다. 너무 좋아서 미칠 것만 같았으니까.

"좋아. 진짜 좋아."

"알았다구요. 손 좀 놔요."

수안이 손을 빼내려고 했지만 동욱이 절대 놓아주지 않았다.

"넌 안 좋아?"

"뭐…… 나는……."

수안은 심드렁한 표정을 짓는데 동욱이 금방이라도 튀어나올 듯이 눈을 부라렸다.

"안 좋아?"

동욱이 욱하고 성이 난 것처럼 물었다.

정말 난감했다. 별난 감정 싣지 않고 담백한 만남이 되게 하겠다고 작정하고 나왔는데 벌써 감정을 요구하는 대화들이 오고 가니 수안은 무척 난감했다.

"억지로 나온 거야?"

"그건 아니에요."

"그런데 왜 좋다는 말 안 해?"

"좋아요. 나도 좋아요."

동욱이 저렇게까지 말하는데 언제까지나 버틸 수는 없어 수안도 좋다고 말하고 말았다.

"얼마나?"

좋다고 했으면 그만 하지 동욱은 참 집요하게 파고들었다.

"좋아요. 좋다구요."

"그러니까 얼마나."

"좋아요. 티 안 나요?"

"티 안 나. 티 안 나서 화나."

동욱의 말에 수안이 낮게 웃음을 터뜨렸다.

"좋아요. 매우, 많이."

결국엔 매우 많이라는 단어까지 쓰고 말았다.

이러면 안 되는 건데 싶은데도 그렇게 흘러갔다.

수안의 매우, 많이라는 말에 동욱은 그제야 안심된다는 듯 씩 웃으며 수안의 손을 더욱 꼭 틀어잡았다.

"손 좀 놔요. 땀 찼어요."

"못 놔."

수안과 동욱이 한편에선 손을 빼기 위해 한편에서 놓아주지 않기 위해 아웅다웅하는데 지배인이 다가왔다.

수안이 부끄러움에 얼른 동욱의 손에서 손을 빼내려는데 동욱이 수안의 손을 더욱 꽉 틀어잡으며 놓아주지 않았고 동욱에게 손을 잡힌 수안의 얼굴은 금세 빨개졌다. 요즘 젊은 사람들답지 않게 무슨 부끄러움이 저렇게 많은지. 고작 손잡는 데 뭐가 그렇게 부끄럽다고.

"후식은 어떤 걸로 준비해 드릴까요?"

"아이스크림 어때?"

동욱의 제의에 수안도 동의했다.

"네."

"그걸로 주세요. 전 커피를 주시고."

"알겠습니다."

지배인이 허리를 숙여 인사한 후 손짓을 하자 웨이터가 발자국 소리 하나 없이 쏜살같이 다가와 테이블을 말끔하게 닦아주었다. 그때까지도 동욱은 수안의 손을 놓아주지 않았다.

"땀 찼다구요. 그만 놔요."

"축축하고 좋잖아."

"어린것들이 까졌다고 흉보겠어요."

"우리가 뭐 고딩이냐? 흉 안 봐."

"그만 놔요."

"싫다고."

동욱은 우직하게 수안의 손을 움켜잡고 있었다.

잠시 후에 지배인이 직접 후식을 가져와 테이블에 올려놓고 갔다.

"이제 놔요. 아이스크림 먹게."

"그럼 왼손 줘."

"왜 이러세요."

"왼손 달라고."

동욱이 고집스럽게 우겼고 왼손을 주지 않는 한 절대 오른손을 놓아줄 것 같지 않아 수안은 결국 놓여나는 오른손 대신 왼손을 담보로 잡혔다.

"먹자."

수안의 왼손을 꼭 움켜잡은 동욱이 천진한 미소를 지으며 말했다.

수안은 어이없다는 듯 웃으며 아이스크림을 떠먹기 시작했고 동욱은 흐뭇한 얼굴로 커피를 한 모금씩 마셨다.

"수안아, 너하고 같이 밥 먹으니까 정말 좋아."
"아까 말했잖아요."
"그랬나? 난 안 한 줄 알고."
동욱의 능청에 수안은 결국 웃음을 터뜨렸다.

'즐거운 점심시간', '행복한 점심시간'을 끝내고 밖으로 나왔을 때 햇살은 더욱 뜨거웠다.
동욱은 이렇게 좋은 날 어디로 데려가면 좋을까 하고 생각하며 수안을 바라보았다.
"우리 이제 어디로 갈까?"
"다섯 시에 과외 가야 해요."
"그렇구나. 그럼 멀리 가긴 좀 그렇고 차 마실까?"
"그래요."
근처 카페로 자리를 옮긴 두 사람은 아이스티를 주문했고 동욱은 그저 바라보고만 있어도 쓰러질 듯 행복한 얼굴로 수안을 바라보고 있었다.
"저 수안아, 내가 옆에 가서 앉을까?"
"됐거든요."
수안이 눈을 흘겼다. 너무 티나게 굴지 말라는 듯이. 적당히 하라는 듯.
"알았어. 옆에 갈게."
이 무슨 싱거운 짓인지. 수안이 안 된다고 했는데도 동욱은 마치 수안이 그러라고 한 것처럼 냉큼 수안의 옆자리로 가서 앉았다.
"어딜 와요?"
"옆에 오라고 했잖아."
언제부터 이렇게 느물거렸는지.
"부끄럽게 왜 이래요?"
"좋잖아."
느물느물 동욱이 수안의 옆에 점점 더 가까이 달라붙었다.
"본색 드러내는 거예요?"
"응."

동욱은 한 점의 부끄러움도 없이 솔직하게 말했다. 부끄럽고 자시고가 없었다. 이렇게 다시 만나 새롭게 시작하는 이상 천천히 뭐고 그따위 것들은 아무 소용이 없었다. 그만큼 시간을 끌었으면 됐다. 이젠 거칠 것 없이 밀어붙여야 했다.
"그만 와요. 더 갈 데도 없어요."
수안이 소파 팔걸이와 동욱의 사이에 빈틈이 없도록 꼭 끼게 되자 동욱을 밀어내며 항의했지만 동욱은 단 1센티미터도 물러나지 않았다.
"좁다구요."
"무릎에 앉을래?"
동욱의 물음에 수안이 도가 지나치다는 듯 눈을 흘겼다. 제발 그만 하라는 듯. 지금도 부끄럽고 창피해 못 견디겠다는 듯.

사랑이라는 것을 알았을 때

"무슨 짓이에요!"

"소원이야."

정말 소원이었다. 언젯적부터 시작된 소원인지는 모르겠지만 지금 당장 생겨난 소원이건 오래 묵은 소원이건 정말 소원이었다.

"절대 안 돼요."

수안의 성격에 받아들일 리가 없었다. 그럼에도 동욱은 지금 수안과 함께 있는 이 순간이 너무 행복해서 기절할 것 같은 기분을 숨길 수가 없었다.

"수안아, 우리 결혼할까?"

동욱의 갑작스러운 발언에 수안이 깜짝 놀라며 동욱을 쳐다봤다. 제정신이냐는 듯이.

"결혼할까? 아니, 결혼하자."

아무도 믿지 않겠지만 동욱은 지금처럼 확신이 든 적이 없었고 지금처럼 절실했던 적도 없었을 만큼 수안과 당장 결혼하고 싶었다. 유치한 짓인 줄 알고 있었지만 드라마에서처럼 당장에 교회나 성당으로 달려가 두 손 모아 기도하며 한 번도 믿어본 적 없는 신을 향해 결혼을 허락해 달라고 떼를 쓰고 싶었.

"그런 농담은 하지 말아요."

"농담 아니야. 진짜야."

동욱이 갑자기 정색을 하고 말했다.

"농담 아니면 미쳤어요?"

"응, 미쳤어. 대단히 미쳤어. 윤수안한테."

동욱이 윤수안에게 미쳤다는 것이 부끄러운 것이 아니라 자랑스럽다는 듯 아까보다 더 정색하고 말했다.

"한참 만에 다시 만나서 화해한 날 결혼하자는 사람이 어딨어요?"

"우습겠지만 정말 결혼하고 싶다. 너하고 살고 싶어. 둘이서."

농담이라 하기에는 동욱의 표정이 너무도 진지했다. 거짓말 조금 보태서 동욱의 눈은 정말 윤수안 때문에 미쳐 있는 것처럼 보였다. 너무 좋아서, 너무 좋아서 못 견뎌 미친 것 같은 눈.

"정신 좀 차려요."

"정신 차리고 있어."

"부담스러워 죽겠다구요."

수안이 낯을 찡그리자 동욱이 그제야 한발 물러섰다.

"당장 결혼이 싫으면 우리 사귀는 거지?"

동욱의 물음에 수안이 픽 웃었다.

"내 거지?"

"아우 정말, 제발 그만 해요. 간지러워 미치겠어요."

"미치기 전에 말하면 되잖아. 내 거지?"

"아우, 정말."

수안이 낯이 간지럽고 등이 간지럽고 온몸이 간지러워 못 견디겠다는 듯 팔꿈치로 동욱을 밀어냈지만 동욱은 그깟 팔꿈치 태클로 물러날 사내가 아니었다.

"나 네 거 할게. 나 너 가져. 막 가져. 다 가져. 너도 나 주라."

동욱이 허겁지겁 급해서 숨까지 몰아쉬며 말하자 수안이 웃음을 터뜨렸다. 순진하다고 해야 할지 까졌다고 해야 할지 동욱의 하는 짓이 참 우스운데 그래도 이상하게 밉지가 않고 예뻐 보였기 때문이다.

"백 미터 달리기해요? 뭐가 이렇게 급해요?"

"나 급해. 좀 있으면 미국 간다니까."

급했다. 그 어느 때보다 급했다.

"눈에 눈썹 빠졌나? 왜 이렇게 거슬리지?"

동욱이 갑자기 눈을 비볐다.

"좀 봐줄래?"

동욱이 눈을 동그랗게 뜨고 수안의 얼굴에 자신의 얼굴을 바짝 들이댔고 수안은 갑자기 왜 이러나 싶으면서도 눈썹 하나 빠지면 눈이 얼마나 불편한지를 알기 때문에 동욱의 눈을 거슬리게 하는 속눈썹을 찾아내기 위해 아무 생각 없이 동욱의 눈을 들여다보는데 그 순간 때는 이때다 동욱의 입술이 수안의 입술에 쪽 소리가 나도록 달라붙었다가 떨어졌다.

수안이 깜짝 놀라 정말 눈에 속눈썹이 빠진 듯 커다랗게 치켜뜨고 동욱을 쳐다봤고 동욱은 씨익 웃으며 아이스티를 한 모금 마셨다.

"뭐 하는 짓이에요. 공공장소에서."

수안이 그 어느 때보다 까칠하게 쏘아붙였다.

"무슨 일 있었어? 공공장소에서?"

동욱이 능청을 떨었다.

"당황스럽게 만들지 말아요."

"내가 입 맞춰도 되냐고 물으면 안 된다 할 거잖아."

"당연하죠."

"거봐. 그렇다면 난 계속해서 기습적으로 공격할 거야."

동욱에게 기습 외에 더 이상의 공격 포인트가 없는 것은 확실했다.

"사귀자, 수안아."

동욱의 생떼가 다시 시작됐다.

"우리 키스한 사이야. 키스까지 하고 사귀지 않는 건 너 까진 여자라는 뜻이야."

동욱이 억지를 부렸다. 하지만 그런 억지에 쉽게 넘어갈 수안이 아니었다.

"사귀는 거야."

"가만히 좀 있어요."

"우리 키스한 사이라고."

동욱이 너무 큰소리로 말하는 바람에 수안이 깜짝 놀라 동욱의 입을 틀어막았다.

"그동안 왜 이렇게 타락한 거예요?"

"작게 얘기하면 사귈 거야?"

"생각 좀 하구요."

"무슨 생각? 나 정도면 특급 아니야?"

"특급이죠."

특급이었다. 특급 중에서도 초특급이었다. 그런데 그 초특급이라는 것이 수안에게는 상당히 큰 걸림돌이었다.

"그런데 왜?"

"하필이면…… 재벌이고 그래요."

수안이 낯을 찡그리며 중얼거리듯 말했다. 정말 왜 하필이면 재벌이냐는 듯이. 재벌이 아니었으면 좋겠다는 듯이.

"재벌이면…… 왜?"

"그러니까…… 하필이면 왜 재벌이냐구요."

겁났다. 정말 겁났다. 이런 남자 좋아했다가 나중에 어떤 꼴을 당할지 몰라서. 몸에 있는 수분의 전부를 눈물로 다 증발시켜 버리는 꼴을 당할까 봐.

그래서 수안은 동욱이 생떼를 쓰고 억지를 부려도 끝내 사귀겠다는 대답을 할 수가 없었다. 정말 신중해야 했으니까. 부자라고 해서 얼씨구나 덥석 받아들이는 것은 굉장히 위험하다는 것을 알고 있으니까.

동욱이 백번 넘게 서로 나눠 갖자고 하는데도 끝내 아무런 대답도 못하고 카페를 나온 수안은 무척 서운해하는 동욱을 미안한 눈길로 바라보며 오늘 즐거웠다는 인사를 전했다.

"내가 데려다 줄게."

동욱이 퉁한 표정으로 차 문을 열어주며 말했다. 즐거웠다는 인사로는 부족했기 때문이다. 많이 부족했기 때문이다.

"버스 타고 갈게요."

"내가 데려다 줄게."

"번거롭잖아요."

"조금도 번거롭지 않아. 오히려 영광이야."

잠깐 동안 미안한 얼굴로 동욱을 바라보던 수안이 계속 거절하는 것은 동욱을 더욱 섭섭하게 만드는 일인 것 같아 못 이긴 척 차에 올랐다.

"몇 시에 끝나?"

"두 시간 뒤에요."

"고등학생은 아직 방학 안 했니?"

"곧 해요."

"걔들 방학하면 얼마나 빨리 끝나?"

"될 수 있으면 오전에 하려고요."

"그러는 게 좋겠다. 밤늦게 다니는 건 마음이 안 놓이네."


동욱의 차는 수안이 과외 하는 집에서 조금 떨어진 곳에 멈춰 섰다.

"늦지 않았지?"

"딱 맞춰 왔어요. 들어갈게요."

수안이 차에서 내리자 동욱도 따라 내렸다.

"수고해."

"조심해서 가세요."

수안은 밝게 웃어주었다. 동욱 역시 똑같이 밝은 미소로 화답했다.

수안이 과외 학생의 집으로 들어간 후 동욱은 집으로 돌아가는 것이 아니라 백화점으로 차를 몰았다. 반드시 준비해야 할 물건이 있었기 때문이다.

백화점에 들어선 동욱은 곧장 쥬얼리 코너로 향했다.

집안에서 주로 애용하는 전문 쥬얼리 샵이 있었지만 동욱은 백화점을 선택했다. 쥬얼리 샵은 아무래도 위험했기 때문이다. 쥬얼리 샵에서는 동욱이 어느 집안 사람인지 훤하게 알고 있는데 아무런 연락도 없이 뜬금없이 나타나서 여자가 착용할 귀금속을 구입하면 5분 내로 어머니의 귀에 보고될 것이기에 굳이 소문날 일을 할 필요가 없었다.

"이것 좀 보여주세요."

동욱은 진열대 안에서 도도한 빛을 발하고 있는 반지를 가리켰고 종업원은 재빨리 반지를 꺼내 진열대 위에 올려놓았다.

다른 예쁜 반지도 많았지만 동욱의 눈길을 끄는 반지는 바로 눈앞에 있는 반지였고 보면 볼수록 더 마음에 들었다.

"여자친구분께 선물하실 건가요?"

동욱이 반지에서 눈을 떼지 못하자 종업원이 상냥한 목소리로 물었다.

"예."

"1캐럿 코냑 다이아에 18K 화이트 골드예요. 아주 심플하지만 고급스럽고 값어치가 있어 보이면서도 깔끔하죠. 젊은 여성분들이 제일 선호하는 디자인이에요. 심플하면서도 너무 지루하지 않은."

그런 설명을 듣지 않았더라도 동욱은 자신이 고른 반지가 마음에 꼭 들었다.

일단은 지나치게 화려하지 않아서 좋았다. 지나치게 비싸 보이지 않으면서도 고상하고, 종업원 말대로 아주 깔끔하고 심플하면서도 지루하지 않은 반지였다. 하지만 반지가 아무리 예쁘다고 해도 수안의 손가락에 끼워져야 비로소 빛을 발할 것 같았다.

"주세요."
"커플 반지로 하시죠."
"커플 반지도 있나요?"

커플 반지라는 말에 동욱의 귀가 번쩍 뜨였다.

"그럼요."

종업원이 같은 디자인의 남성용 반지를 꺼내 수안의 반지 곁에 나란히 놓았다.

"디자인이 약간 다르지만 테두리로 통일감을 줬어요. 이왕이면 두 분이 커플로 함께 끼시면 의미도 남다르죠."

종업원이 세련된 미소로 무장한 장삿속으로 동욱을 구슬렸다. 하지만 종업원의 그럴듯한 구슬림이 없었더라도 동욱은 커플 반지가 존재한다는 것을 아는 그 순간부터 무조건 커플 반지로 구입할 작정이었다. 수안이 혼자 끼는 것보다는 커플로 함께 끼는 것이 백번 천번 좋았기 때문이다.

동욱은 그 자리에서 남자의 반지를 손에 꼈고 수안의 반지는 벨벳 상자에 곱게 담아 주머니에 넣었다. 카드도 할부도 없이 그 자리에서 현금결제를 한 동욱은 영수증도 필요없다고 한 후 백화점을 나왔다.

누군가를 위해, 아니, 여자친구를 위해, 아니 아니, 사랑하는 사람을 위해 선물을 사는 일이 이렇게 즐거운 줄은 몰랐다는 듯 동욱은 주머니에 넣어둔 보석 상자를 쉴 새 없이 만지작거렸다.

여자에게 선물하기 위해 액세서리를 산 건 이번이 두 번째였다. 처음으로 보석을 선물한 여자는 친엄마였다.

대학생이 되어서야 엄마를 다시 만난 동욱은 재회 기념으로 엄마에게 팔찌를 선물했었다. 자신의 이름 이니셜을 새겨 넣는 것도 잊지 않았다.

아들에게 선물받은 팔찌를 손목에 찬 엄마는 감격에 겨워 눈물을 쏟았었다. 엄마는 답례로 동욱에게 목걸이를 선물했고 목걸이에는 엄마 이름의 이니셜이 새겨져 있었다.

"여자친구 생겨서 여자친구가 목걸이 선물하면 그때 빼. 그땐 무조건 양보할게."

"엄마 남자친구가 팔찌 선물하면 나도 양보해야 해요?"

"아니, 넌 양보 안 해도 돼. 다행히도 손목이 두 개거든."

동욱은 수안도 그때 엄마가 무척이나 행복해하셨던 것처럼 행복하게 받아주면 좋겠다고 생각하며 수안이 과외하고 있는 집으로 달려갔다.

"끝났어?"
동욱이 환하게 웃으며 차에서 내리자 수안은 깜짝 놀랐다.
"계속 여기서 기다렸어요?"
"아니. 네가 진드기라고 할까 봐 다른 데서 놀다 왔어."
"데리러 오니까 미안하잖아요."
"미안해하라고 온 거야."
"왜 미안하게 만들어요?"
"그래야 미안해서라도 사귈 것 아니야."
동욱의 말에 수안이 콧잔등을 찡그리며 눈을 흘겼다.
"힘들지?"
"괜찮아요."
"저녁 먹고 집에 데려다 줄게."
"나 기다리느라 저녁도 안 먹었어요?"
"응."
"진짜 미안하게 만드네요."
"작전이야."
"못 말려."
수안의 투덜거림에 동욱이 씩 웃으며 차 문을 열어주었고 수안은 이런 공주 대접이 몸에 배지 않은 탓에 쑥스러움과 불편함을 감추지 못하고 보조석에 올랐다.

"저녁은 뭐 먹을까?"

동욱의 말에 수안은 대번에 부담스러워졌다. 저녁도 수안이 지금껏 한 번도 먹어보지 못한 비싸고 귀한 음식을 사줄 것이 분명했기 때문이다. 비싸고 귀한 음식 먹여주는 동욱이 고맙긴 했지만 고마운 것만큼 부담스럽고 불편했다. 이 음식은 또 어떻게 먹는 거냐고 묻는 것도 창피하고.

"간단하게 먹으면 안 돼요?"

"어떻게 간단하게?"

"혹시 컵우동 먹지 않을래요? 그런 거 잘 안 먹죠?"

수안이 조심스레 물었다.

"컵우동 안 먹는 사람이 어딨어."

"선배는 재벌이라…… 그런 서민 음식은 안 먹나 해서요."

"우리 아버지가 재벌이고 내 입은 서민이야."

동욱의 말에 수안이 절대 믿지 않는다는 듯 웃었다.

"안 믿어?"

"입이 서민인 사람이 초밥에 가재를 드세요?"

"그건 너 때문에 먹은 거야. 나도 평상시에는 안 먹어."

수안 때문에 느는 건 거짓말밖에 없었다. 거짓말을 단 한 마디도 하지 않으면 정말 좋겠지만 수안이 재벌집 아들이라는 것을 너무 크게 생각하는 것 같아 어떻게 해서든 그 재벌이라는 놈의 덩어리를 축소하고 싶었기 때문이다.

"그럼 내가 컵우동 만들어줄게요. 집에 가서 먹어요."

"나 집으로 초대하는 거야?"

동욱이 짓궂은 표정을 지으며 묻자 수안이 그건 무슨 묘한 표정이냐는 듯 동욱을 노려봤다.

"초대라기보다는……."

"집으로 초대하는 건…… 유혹의 뜻 아닌가?"

동욱의 농담에 수안의 표정이 싸늘해졌다.

"요 밑에 내려가면 분식점 있어요. 거기서 먹죠."

"무슨 소리야! 절대 안 되지."

동욱은 단둘이 함께 오붓하면서도 조용히 한편 은밀하게 보낼 수 있는 기회를 분식점에 빼앗길 수는 없다고 생각하며 수안의 집으로 차를 몰았다.

"계속 얻어먹는 게 부담스러워서 집에 가자고 했지만 별다른 건 없어요. 그냥 컵우동하고 밥하고 반찬……."

집으로 들어선 수안이 미안한 어조로 말했다.

"그거면 황송하지."

"후식으로 믹스커피는 제공할 수 있어요."

"우와, 우동 먹고 후식 먹어보긴 처음이네."

동욱의 말에 냄비에 물을 받아 가스레인지에 올리던 수안이 픽 웃었다.

"가능하다면 대파 몇 조각 살포해 주지."

동욱의 말에 수안이 대사가 아직도 구리네요 하고 말했다.

"난 재밌어할 줄 알았는데."

사랑이라는 것을 알았을 때 321

"대파 몇 조각 기꺼이 살포해 드릴 테니까 대사는 좀 어떻게 해보세요."

"노력할게. 도와줘?"

동욱이 수안의 곁으로 왔다.

"앉아 있어요. 내가 할게요."

"도와줄게."

"앉아 있어요."

"싫어."

"왜요?"

"그냥 옆에 서 있을 거야."

"그냥 뭐 하러 서 있어요."

"옆에 서 있을 거야."

"티 그만 내라고 했잖아요."

"무슨 티? 내가 뭐라고 했어? 그냥 옆에 서 있는다고. 물 제대로 끓이나 안 끓이나 감시하는 거야."

동욱이 수안의 곁에 더욱 꼭 붙어 서며 말했다.

"물 끓이는 게 뭐 어렵다고. 싱겁긴."

소금을 왕창 뿌려야 할 만큼 대단히 싱거운 동욱은 물이 다 끓을 때까지 수안의 곁에 꼭 붙어 서 있었다.

컵우동에 뜨거운 물을 붓고 상을 다 차리자 동욱이 차려진 상을 보며 웃음을 터뜨렸다.

"나 우동 먹으면서 반찬 이렇게 많은 거 처음 봐."

"이모가 일주일에 한 번씩 쉬는 날마다 반찬 챙겨다 주세요. 이거 전부 이모가 갖다주신 거예요."

"진짜 맛있다."

"이모 갈비집에서 일하시는데 처음엔 서빙하다 주방으로 승진했대요. 거기 사장님이 손맛 끝내주는 거 눈치 채시고 반찬만 만들라고 하시나 봐요. 서빙 안 하고 반찬 만들고 설거지만 하게 돼서 한결 편하시대요."

"아 참, 이모님하고 같이 살 거라고 하지 않았었나?"

"안 오신다구요. 이모가 창피하게 어떻게 조카한테 얹혀사냐고. 자세히 말씀은 안 하시는데 돈 때문에 문제가 좀 있었는데 이제 다 해결해서 조금만 더 있으면 방 하나 얻을 것 같다시더라구요."

"잘됐다."

"이런 얘기 선배는 되게 구질거리죠?"

"아니. 전혀."

"없는 사람들은 그러고 살아요."

"있는 사람 없는 사람 나 그런 거 생각 안 해."

"……그냥 내 생활이나 내 가족들은 다 그저 그렇다는 거 말하려구요. 말해야 할 것 같아서요."

수안의 말에 동욱이 고개를 끄덕였다. 말해줘서 고맙다는 말과 함께.

"나 호텔에 재워주던 날요. 그때 선배가 컵우동 사왔었잖아.

먹을 땐 그렇게 맛있는 줄 몰랐는데 두고두고 생각나더라구요. 문득 갑자기 먹고 싶고."

"컵우동이 아니라 내가 그리웠던 거야."

동욱의 말에 수안은 정말 그런 것일지도 모르겠다는 생각이 들었고 그래서 반박하지 않고 수긍하는 듯 희미하게 미소 지었다.

"혼자 몇 번 먹었어요. 그런데 그때 먹었던 맛이 안 나더라구요."

"그러니까 컵우동이 아니라 내가 그리웠던 거라니까. 틀림없어."

수안은 이제 확실하게 알게 됐다. 컵우동이 아니라 동욱이 그리웠던 것이라는 것을.

"너도 내가 그리웠던 거야. 잠을 못 잘 정도로."

"잠 못 잤어요?"

"못 잤어."

"왜 잠을 못 자요? 낮잠 자서 못 잔 거 아니에요?"

수안의 못 믿겠다는 투의 말에 동욱은 '오늘이 거의 50일째야, 불면증으로 시달린 게' 하고 말하자 수안이 그제야 꽤 심각해진 얼굴로 동욱을 쳐다봤다.

"50일이나 잠을 못 잤다구요? 그래도…… 살 수 있어요?"

"살아 있잖아."

"왜 못 잤어요?"

"너 때문에. 50일 전이 언젠지 알아? 집 앞에서 너한테 키스하다가 밀쳐진 날이야. 그때부터 못 잤다고."

동욱의 분통에 수안이 그건 너무 억지 같다는 듯 낯을 찡그렸다.

"정말이라니까."

"남자가 고작 그런 일로 잠을 못 잔다는 게…… 무슨 남자가 그렇게 민감해요?"

"나도 처음 알았어. 내가 고작 그런 일로 잠을 못 잘 만큼 민감하다는 거."

"정말이에요?"

"정말이라니까. 쪽팔리게 여자 때문에 잠 못 잔 걸 뭐 건져 먹을 게 있다고 꾸며서 하겠어."

동욱의 말에 미간에 주름을 잡고 탐색하듯 가만히 동욱을 쳐다보던 수안이 남자가 너무 민감하면 곤란한데 하고 중얼거렸다.

"난 잠 잘 잤는데."

"그러니까 괘씸하잖아. 나한테 잠 못 자는 저주 걸어놓고 넌 잘 잤다니."

"오늘부터는 잠이 올 것 같아요?"

"네가 저주 풀어주면 자겠지."

"내가 무슨 마녀예요?"

"마녀야, 너. 지독해."

동욱의 말에 수안이 낮게 웃음을 터뜨렸다.

"우동 먹고 저주를 풀어줘. 더 이상 민감해지는 거 싫으니까."

동욱이 명령조로 말했고 수안은 우동을 먹는 동안 혹시나 하

사랑이라는 것을 알았을 때

는 마음에 오늘 밤부터는 동욱이 한 번도 깨지 않고 푹 잤으면 좋겠다는 기도를 세 번 했고 기도가 꼭 통하게 해달라는 기도도 잊지 않았다.

"줄 게 있는데."

우동을 다 먹고 치운 후 후식으로 믹스커피를 반쯤 마셨을 때 동욱이 수안의 곁에 다가앉으며 갑자기 진지한 표정을 지었다.

"뭔데요?"

동욱은 드디어 주머니에서 반지 상자를 꺼냈다.

"선물."

수안은 동욱의 손에 들린 상자를 물끄러미 바라보다가 고개를 들어 동욱의 얼굴을 쳐다봤다.

"반지예요?"

"응. 안 비싼 거야. 안 비싸. 네가 하면 예쁠 것 같아서."

동욱은 비싸지 않다는 걸 강조했다. 비싸지 않은 것이라고 해야만 수안이 거절하지 않을 것 같았기 때문이었다.

"반지는…… 애인한테 선물하는 거 아니에요?"

수안이 부담스러운 듯 말했다.

"맞아. 사랑하는 사람한테 하는 거야."

동욱의 입에서 사랑이라는 단어가 나오자 수안이 굳은 표정으로 동욱을 바라봤다. 이렇게까지 발전하면 안 되는데, 이렇게까지 감정이 깊게 엉켜들면 안 되는데 수안은 자신이 생각한 것보다 훨씬 빠르고 복잡하게 진행되는 상황에 덜컥 겁이 났다.

가재 요릿집에서부터 동욱이 몰아붙이고 카페에서는 남자친구처럼 행동하자 마음속으로 걱정이 커져 갔었는데 이렇게 반지까지 받고 보니 정말 큰일 났다 싶었다. 이러면 안 되는 건데…… 이러면 큰일인데…….

큰일이라는 생각에 겁이 나면서도 자꾸만 행복해지는 것은 왜일까. 절대 행복한 일이 아니니 들뜨지 말라고 꾸짖으며 꺾어도 행복이란 놈은 어느새 꺾였던 목을 쭉 펴며 다시 고개를 들었다.

마음이…… 그 마음이라는 것이…… 보이지는 않고 어딘가에 숨어 24시간을 능숙하게 생각을 조종하는 마음이라는 것이 참으로 요망스러워 중심을 잡아야 한다는 굳은 결심마저도 완벽하게 통제해 허물어뜨리고 있었던 것이다.

반지…… 생각지도 못했던 선물이었다.

동욱에겐 말할 수 없지만 솔직하게 말하자면 동욱이 반지 상자의 뚜껑을 열었던 그 순간 수안은 너무 행복해서 울컥 눈물이 날 것 같았다. 울지 않기 위해 일부러 싫은 듯 심각한 표정을 지었지만 콧잔등이 시큰해질 정도로 치밀어 오르는 행복감에 당장 반지를 꺼내 손가락에 끼어보고 싶었다.

반지가 탐나서가 아니었다.

이상하게…… 그토록 힘들게 살았던 세월을 단 몇 분 만에 완벽하게 보상받은 기분이라고 하면 설명이 될까?

나에게 반지를 주는 사람이 있다는 것이, 나에게 사랑한다고 말해주는 사람이 있고 이 보잘것없는 윤수안, 구박만 받아서 기도 제대로 못 펴고 잔뜩 움츠려 있던 윤수안을 애지중지해 주는 사람이 있다는 것이 믿어지지 않을 만큼 벅차도록 행복했다.

그냥 받을까?

"왜 그렇게 쳐다봐?"

"나의 어디가, 어떻게 좋아요?"

"모르겠어."

동욱이 솔직하게 말했다.

"그냥 좋아. 어디든 어떻게든 그냥 좋아."

동욱은 아주 적절한 말을 했다고 생각했다.

그래, 그냥 좋았다. 빨간색 더블코트를 입고 강의실로 들어왔던 그 순간부터 수안을 보면 눈이 부셨다. 너무 예뻤다. 왜 좋은지, 어떻게 좋은지 그건 너무 복잡해서 설명할 자신이 없었다. 이성을 만나 사랑하게 될 때는 이유가 있기도 하겠지만 아무런 이유 없이 무작정 사랑하게 되는 경우도 무궁무진하니까. 그리고 무조건적인 사랑이 위험하긴 하지만 그렇기 때문에 맛볼 수 있는 달콤함이란 겪어보지 않은 사람은 절대 모를 독특하고 특별한 느낌이 있었다.

"되게 쌀쌀맞고 퉁명스러운데 그래도 좋아요?"

"취향 독특하다니까, 나."

말은 그렇게 했지만 취향 때문이 아니었다. 겉모습만 쌀쌀맞고 퉁명스러울 뿐 마음속에는 그 누구보다 따뜻하고 여린 감성이 흐르고 있다는 것을 알고 있었기 때문이었다.

동욱이 상자를 열었다. 수안은 상자 안에 가지런히 세팅되어 있는 반지를 아름다움에 화들짝 놀라지도 눈이 부셔 황홀해하지도 않고 무덤덤하게, 아니, 꽤 심각한 표정으로 바라보고 있었다. 서운하게도 수안은 감탄사도 내뱉지 않았고 기뻐서 팔짝팔짝 뛰지도 않았던 것이다.

"마음에 안 들어?"

너무 반응이 없었기 때문에 동욱은 불안한 표정으로 물었다.

"아뇨. 예쁘네요, 정말 예쁘네요."

수안의 무표정하고 짤막한 대답이 동욱을 섭섭하게 만들었다. 행복에 겨워 목을 끌어안는 것까진 바라지 않았어도 좋아하는 모습을 보고 싶었는데 말이다.

"그런데 기쁜 표정이 아닌 것 같은데?"

"그게……."

"커플 반지야."

동욱이 자신의 손에 낀 반지를 보여주며 말했다.

수안의 시선이 곧장 동욱의 손에 끼워진 반지로 향했고 이상하게도 수안의 표정은 더욱 심각해졌다.

"나하고 커플 하자."

"……."

"난 죽을 때까지 너한테 충성하고 변심할 것 같으면 자살하겠다고 맹세하면서 먼저 꼈어."

사랑이라는 것을 알았을 때

"그럼 나도 죽을 때까지 선배한테 충성하고 변심할 것 같으면 자살하겠다고 맹세하면서 껴야 하는 거죠?"

"당연하지. 왜? 나한테 충성하기 싫어? 변심할 것 같아?"

"아니…… 그게 아니라……."

"안 받아줄 거야?"

동욱이 몹시도 서운한 목소리로 물었다.

"선배, 솔직하게 말해야 하죠?"

"상처 주려는 거라면 차라리 거짓말해 주는 게 더 좋겠어."

"……나 자꾸 욕심 생기려고 해요."

수안이 솔직하게 말했다.

"선배 유성그룹 사람인 거 알고 절대 선배 이상으로 생각하면 안 된다고…… 내가 너무 보잘것없는 사람이라 절대 탐내지 말라고 마음 단단히 먹었어요. 그냥 오랜만에 만나서 점심 먹고 화해만 하는 거라고…… 절대 그 이상은 없다고."

"정말 그 이상은 없어?"

동욱이 굳은 표정으로 물었다.

"……그래서 욕심이 생기려고 해요. 그냥 선배로 만나는 거 싫어지려고 해요. 머리에서는 흔들리면 안 된다고 하는데 마음이…… 조절이 안 돼요. 집으로 가자고 해서도 안 되는 건데…… 얻어먹는 거 불편하다는 건 순 변명이고…… 과외 끝내고 나왔는데 선배가 보이니까……."

수안이 말을 잇지 못하고 한숨을 내쉬었다.

"많이 그리웠어요. 보고 싶었어요."

수안의 말에 동욱이 행복한 미소를 지으며 수안의 손을 잡았다.

"너무 반갑고…… 너무 좋아서…… 그러면 안 된다고 정말 단단히 맹세했는데 그딴 맹세 쓰레기통에 버리고 싶어요. 자꾸…… 욕심나요."

"욕심내. 내가 준다잖아. 내가 줄게."

"……그러니까 왜 하필 재벌이냐구요."

수안의 탓하는 듯한 말에 동욱이 웃었다.

"다른 여자들은 못 갖는 사람 넌 당당하게 가져. 넌 자격 충분해."

"내가 무슨 자격이 충분해요?"

"내가 주니까. 내가 줄게."

"……"

"반지 받아줄래?"

동욱의 부탁에 수안은 한참 동안이나 망설인 끝에 반지를 손에 끼는 것이 아니라 열려 있는 상자를 닫은 후 손에 꼭 쥐었다.

"……시간을 줘요."

동욱이 몹시 서운해한다는 걸 알면서도 지금 당장 수안이 할 수 있는 말은 시간을 달라는 말밖에 없었다.

"몰아붙이지 말고 조금만 시간을 줘요."

동욱은 수안의 말뜻을 알아들었고 그래서 서운함을 애써 감추며 한발 물러섰다.

사랑이라는 것을 알았을 때    331

"기다릴게. 하지만 그냥은 못 기다리겠다."

동욱의 말에 수안이 무슨 뜻이냐는 듯 쳐다보는데 동욱이 수안의 얼굴을 두 손으로 감싸 쥐고 입을 맞추었다. 아주 담백한 입맞춤이었다.

동욱은 오랫동안 입을 맞추었고 긴 입맞춤이 끝났을 때 동욱의 입가에는 부드러운 미소가 걸려 있었다.

"한쪽 반지 내가 이미 끼고 있다는 것만 잊지 마."

동욱이 은근한 압력을 넣었고 수안은 희미하게 웃으며 고개를 끄덕였다.


유성그룹 회장님 댁 앞에서 자전거를 멈춘 수안은 신문을 들고 계단을 오르다 우뚝 멈췄다. 대문 바로 앞에 초콜릿 우유가 놓여 있었기 때문이다.

오늘까지 10년 넘게 유성그룹 회장님 댁, 그러니까 동욱의 집에 신문을 넣으면서 초콜릿 우유가 배달되는 것은 한 번도 본 적이 없는데 웬 우유일까 싶었다. 더구나 보통 흰 우유도 아니고 아이들이 먹는 초콜릿 우유가.

신문을 주머니에 넣고 초콜릿 우유를 밟지 않으려고 조심하며 계단을 내려오던 수안은 초콜릿 우유 아래에 있는 작은 카드를 발견했다.

'초콜릿 우유에 카드?'

어쩐지 어울리지 않은 조합이었다.

어울리지 않건 어울리건 상관할 바는 아니라고 생각하며 계단을 내려와 자전거를 타려던 수안은 카드에 적혀 있던 글자가 아무래도 이상하다고 생각하며 다시 계단을 올라가 조심스레 초콜릿 우유를 들어 올리고 카드에 적힌 글자를 들여다봤다.

수안에게.

분명히 수안에게라고 적혀 있었다.
순간 픽 하고 웃음을 터뜨린 수안은 봉투에서 카드를 꺼내 펼쳤다.

내가 직접 주고 싶은데 마주치면 네가 무안해할 것 같아서.
이 시간이 되면 창가에서 널 지켜봤어.
저 끝에서 저 아래 끝까지 지켜보고 있었어.
매일매일.
네가 나타나면 반가우면서도 네가 떠날 때면 너무나 안타깝다.
이 이른 시간만큼은 네 모습을 안 봤으면 좋겠어.
마음이 너무 아파.

동욱이 초콜릿 우유 아래에 둔 카드를 읽은 수안의 얼굴에 고마움과 미안함이 뒤섞인 미소가 걸렸다.
수안은 초콜릿 우유와 카드를 꼭 쥔 채 계단을 내려와 높고 높은 담벼락 너머에 있는 동욱의 집을 올려다봤다. 동욱의 방이 어디쯤 있는지 동욱이 어느 창문에서 자신을 내려다보고 있는지는 알 수 없었지만 수안은 지금도 동욱이 바라보고 있을 것이라고 생각하며 손을 흔들었다.

여전히 입가에 미소를 매단 수안은 카드와 초콜릿 우유를 자전거 바구니에 싣고 자전거에 올라 씩씩하게 페달을 밟기 시작했다. 오늘따라 이상하게 몸이 가볍다고 생각하면서.

버스 정류장에서부터 운동 삼아 가볍게 조깅하듯이 집까지 달려오던 수안은 집 앞에 서 있는 동욱을 보고 깜짝 놀랐다.

"선배."

"왔어?"

"어떻게…… 왜 왔어요?"

"보고 싶어서."

동욱의 대답에 수안이 픽 웃었다.

"얼마나 기다린 거예요?"

"얼마 안 돼."

"아까 내가 손 흔드는 거 봤어요?"

"응."

동욱이 미소 띤 얼굴로 고개를 끄덕였지만 어쩐지 동욱의 얼굴에는 측은함이 가득했다.

"고마워요."

수안이 손에 들고 있던 초콜릿 우유를 들어 보이며 말하자 동욱이 여전히 측은한 미소를 머금은 채 고개를 끄덕였다.

"그냥 가야 하죠?"

"이 시간에 여기까지 왔는데 그냥 가라고?"

동욱이 버럭 신경질을 냈다.

"이른 시간이라서 그랬죠. 심통은."

수안이 얼른 문을 열어주자 동욱이 냉큼 안으로 들어갔다.

"여기서 바로 학교 가려구요?"

"그럼 안 돼?"

"안 될 건 없어요. 밥 먹어야죠."

"밥 안 줄려고 그랬어?"

"심통 부리려고 이 새벽에 온 거예요?"

수안이 동욱을 쏘아보자 동욱이 똑같이 수안을 쏘아봤다.

"신문 관두면 안 돼?"

"생각 중이라고 했잖아요."

"그 시간에 너 지나가는 것 보고 나면 하루 종일 우울하단 말이야."

"설마 우울하기까지야."

"정말 우울해."

동욱이 정색을 하고 말했다.

"우울할 것 없어요. 내가 좋아서 하는 일인데 왜 우울해요."

"과외하잖아. 부탁할게. 신문은 그만둬. 여기가 진짜 안 좋아."

사랑이라는 것을 알았을 때

동욱이 미간을 찌푸린 채 가슴을 가리키며 말했고 수안은 동욱이 정말 마음이 불편한 모양이라고 생각하며 고개를 끄덕였다. 동욱이 저렇게까지 불편해하는데 계속 고집을 부리는 것은 바보 같은 짓이라는 생각이 들었기 때문이다. 또 독립을 하면서 거리가 너무 멀어지는 바람에 신문배달은 접을 생각을 하고 있던 참이었다.

"갑자기 관둘 수는 없고 다른 사람 구하라고 말씀드릴게요. 사람 구했다 하시면 그만둘게요."

"며칠이나 걸리는데?"

"금방 구해질 거예요. 우리 밥 먹어요. 국물 반찬은 없고 마른 반찬밖에 없는데 괜찮아요?"

"이리 와봐."

"밥 차려야죠."

"이리 와봐."

동욱이 수안의 손을 잡고 방으로 들어가더니 바닥에 앉혔다.

"다리 쭉 펴."

"뭐 하려구요?"

"빨리."

"왜 이래요?"

수안이 슬금슬금 도망가려고 하자 동욱이 수안의 다리를 붙잡아 자신이 앉은 쪽으로 쭉 펴게 만들더니 수안의 다리를 주무르기 시작했다.

"왜 갑자기 다리를 주무르고 그래요?"

"아프지?"

"안 아파요."

수안이 동욱의 손을 치워내고 도망가려고 하자 동욱이 다리를 꽉 붙들어 매고는 도망치지 못하게 했다.

"가만히 있어."

"안 아파요."

"어떻게 안 아프겠어. 꼼짝 말고 있어."

동욱이 수안의 다리를 꽉 붙잡은 채 경고한 후 다시 주무르기 시작했다.

"버릇 들어요."

"무슨 버릇?"

"나쁜 버릇요."

"들면 어때."

"나중에 버릇없다고 타박이나 말아요."

"나한테는 버릇없이 굴어도 돼. 마음껏."

동욱이 진심이 담긴 목소리로 말하더니 수안이 신고 있던 양말을 벗겨냈다.

"양말은 왜요?"

수안이 놀라서 질색하듯 소리치자 동욱이 수안의 발을 가볍게 때렸다.

"꼼짝 말고 있으라는데 왜 이렇게 말이 많아?"

"더럽게."

"뭐가 더러워? 난 네 똥구멍도 안 더러워."

동욱이 퉁명스럽게 말했다. 그리고 5초 후 수안이 푸하 하고 웃음을 터뜨리자 동욱도 웃음을 터뜨렸다.

"아, 정말 더러워!"

"거긴 아니다. 그건 취소다."

동욱이 웃음을 참지 못하며 즉시 취소했다.

"넌 어떻게 발도 예쁘니."

동욱이 너무나 다정하고 따뜻한 목소리로 말했다.

"내가 어딘들 안 예쁘겠어요?"

수안이 거만하게 대꾸하자 동욱이 사랑스러운 눈길로 수안을 바라봤다.

"한 군데만 빼고."

동욱이 말했고 수안은 동욱이 말한 그 한 군데가 어딘지 알 것 같아 웃음을 터뜨렸다.

"그만 됐어요. 고마워요."

수안이 일어나려고 하자 동욱이 잠깐! 하고 소리치더니 수안이 준비할 틈도 없이 수안의 다리를 붙잡고 쭉 잡아당겼다.

수안이 무방비 상태로 쭉 끌려간 지점은 바로 동욱의 얼굴 앞이었고 수안이 중심을 잡지 못해 뒤로 넘어갈 것 같아 자신도 모르게 동욱의 팔을 틀어잡는 순간 동욱의 입술이 수안의 입술에 착 달라붙었다가 떨어졌다.

"좋다."

동욱이 짓궂게 웃었다.

"넘어질 뻔했잖아요."

"설마 내가 너 넘어지게 뒀겠어?"

동욱의 말에 수안이 눈을 흘기고 일어나려고 하는데 동욱이 재빨리 수안의 얼굴을 감싸 쥐고는 또다시 입을 맞췄다.

"그만 해요."

"조심해. 내가 언제 순식간에 입술을 훔칠지 모르니까."

동욱이 경고했다.


"너 정말 너무하는 거 아니냐?"

동욱이 잔뜩 퉁명스럽게 말했을 때야 수안이 고개를 들었다.

"뭐라구요?"

수안이 속삭이며 물었다.

"너무하는 거 아니냐고."

"뭐가요?"

"한 시간째 난 너만 쳐다보고 한 시간째 넌 책만 쳐다보고 있다고."

동욱이 서운함을 지나쳐 짜증난 목소리로 쏘아붙였다.

"도서관에 왔으면 책을 봐야지 왜 날 봐요?"

"책보다 너 보는 게 더 좋으니까 그렇지."

"책 봐요."

"놀자."

"책 보라구요. 우리 졸업반이에요."

"놀자."

"조용히 하고 책 보세요."

수안이 동욱의 투정을 무시하고 다시 책으로 고개를 돌리는데 동욱이 씩씩거리다가 벌떡 일어났다.

"놀자고!"

동욱이 갑자기 버럭 고함을 지르는 바람에 수안을 비롯한 도서관에서 열심히 공부 중이던 다른 학생들이 험악한 눈길로 동욱을 노려봤다.

동욱은 사람들이 노려보거나 말거나 당장 일어나지 않으면 다시 고함을 지를 태세로 수안을 노려보고 있었기 때문에 수안은 할 수 없이 빠른 손놀림으로 책을 추스르기 시작했다.

"미치겠네, 정말."

백번은 소리를 지르고도 남을 사람이라 수안이 질 수밖에 없었다.

수안은 재빨리 책을 챙겨 들고 동욱을 끌고 도서관을 나왔다.

"뭐 하는 짓이에요? 도서관에서 그렇게 무식한 짓을 하면 어떻게요!"

"무식해서 쪽팔려?"

"쪽팔려요."

"이 최동욱을 쪽팔려 하다니."

동욱이 상처받은 시늉을 하며 씩씩거리고 걸어갔다.

"어디 가요?"

"열받아서 집에 간다."

"기껏 밖에 나오니까…… 조심해서 가요."

수안이 갈 테면 가라지 하며 다시 도서관으로 들어가려는데 언제 쫓아왔는지 동욱이 수안의 팔을 붙잡더니 거칠게 돌려세웠다.

"왜 안 붙잡아? 나 잡아야지!"

동욱이 펄펄 열을 내며 소리쳤다.

"열받은 사람 잡아서 뭐 하게요?"

수안의 시큰둥한 대꾸에 동욱이 더욱 활활 타올랐다.

"너 나 좋아하는 거 맞어?"

"맞아요."

수안이 맞다고 대답했지만 억양이 너무 무덤덤하고 싱거워서 도저히 믿어지지가 않았다.

"이게 어딜 봐서 좋아하는 거냐? 남자가 열받았으면 풀어주려고 해야지."

"열받을 일에 열을 받아야지 고작 그런 것 가지고 남자가. 그리고 열받을 사람은 나예요. 나 창피하게 만들었잖아요."

"남자친구가 놀자고 하면 그냥 노는 거야."

"누가 그런 이상한 법 만들었어요?"

동욱은 약이 올라 펄펄 뛰는데 수안은 느긋하게 맞받아쳤다.

그래서 더 약 올랐다.

"내가!"

"소리 좀 그만 질러요. 목 쉬어요."

"너 정말 안 잡을 생각이었어?"

동욱이 대답을 정정할 수 있는 마지막 기회를 주겠다는 듯이 씩씩거리며 물었고 수안은 이번만큼은 대답을 잘해야겠다고 생각하며 머리를 굴리기 시작했다.

"아마…… 아닐걸요?"

"잡을 생각이었지?"

"그렇죠……."

대답이 영 시원치 않았지만 동욱은 일단 한번은 접어주기로 했다.

"그럼 다시 갈 테니까 잡아. 강하게 붙잡아. 강하게!"

동욱의 말에 수안이 얼굴을 구겼다.

"뭐 하는 짓이에요. 유치하게."

"나 유치해. 유치짬뽕이야. 됐어?"

동욱의 말에 수안의 손발이 와르르 오그라들었다.

"아 진짜, 유치짬뽕은 또 뭐야. 진짜 대사 구리거든요?"

"즐겨. 그리고 무조건 잡아. 강하게!"

동욱이 고함 친 후 저벅저벅 걸어갔고 수안은 대체 뭐 하는 짓일까 하는 얼굴로 동욱을 쳐다보고 있었다.

수안이 강하게 붙잡을 생각은 하지 않고 황당하다는 얼굴로 쳐다만 보고 있자 붙잡아주길 기다리다 지친 동욱이 휙 돌아서더니 수안을 노려봤다.

"안 잡아?"

"잡으려고 하거든요?"

수안이 입술을 실룩거리며 까칠하게 대꾸하자 동욱이 다시 돌아서며 서너 걸음 걸었고 수안은 남자하고 연애를 하려면 이런 짓도 해야 하나 보다 생각하며 동욱을 불렀다.

"어디 가요?"

"열받아서 집에 가!"

"가지 말아요!"

"갈 거야!"

"붙잡으라더니 왜 저래? 정말 갈 거예요?"

"그래!"

"당장 안 돌아오면 나하고 끝장날 줄 알아요!"

수안이 강하게 고함을 지르자 동욱이 돌아서더니 황당해서 참을 수 없다는 얼굴로 수안을 쳐다보다가 졌다는 얼굴로 다가왔다.

"뭐 하는 거야?"

"뭐가요? 강하게 붙잡으라면서요."

"그게 강한 거냐?"

"나한테 그게 강한 거예요."

수안의 대꾸에 동욱의 얼굴은 더욱 황당해졌다.

"내가 말한 강한 거는 애원하듯이 잡으라는 거지."
"그랬어요? 진작 말을 하죠."
"다시 해."
"됐어요!"
수안이 동욱을 붙잡았다.
"또 하면 정말 끝장이에요."
수안의 으름장에 동욱이 씩씩거리며 수안을 노려봤다.
"너 나 좋아한다는 거 그거 가짜야."
"진짜예요."
"가짜야! 뭘 봐서 진짜야?"
동욱이 열도 받고 상처도 받은 얼굴로 씩씩거리는데 수안이 진짜 이상한 걸로 열 잘 받네 하는 얼굴로 동욱을 쳐다보다가 갑자기 동욱의 얼굴을 움켜쥐고 입을 쪽 맞추었다.
"보여줬죠?"
"고작 그런 걸로 뭘……."
말은 고작이라고 했지만 동욱의 표정과 목소리는 순식간에 부드럽게 풀어지고 있었다.
"표현력을 기르겠다고 하지 않았었어?"
"했죠."
"왜 아직 그대로야?"
"달라진 것 같지 않아요?"
수안이 슬그머니 동욱의 손을 잡으며 되물었고 동욱은 콧방귀를 껐다.

"달라진 게 그거야? 남자친구 열받았는데 조심해서 가라는 거?"

"귀찮게 하지 않으려고 했죠."

"남자는 그럴 때 붙잡아주길 바라거든?"

"그래요? 이상한 성격이야…… 그런데 전에는 까칠하고 쌀쌀맞은 게 매력이라고 하지 않았어요?"

"그랬나?"

동욱이 모른 척했다.

"오늘 과외 제껴."

"과외를 왜 제껴요?"

"제껴. 나하고 놀게."

"안 돼요."

"나 얼마 안 남았어. 조금 있으면 미국 가."

"알아요. 아는데, 그래도 일을 막 제끼고 그러는 건 잘못하는 거예요."

"하루만 놀자고."

동욱의 우기기가 시작됐다.

"과외 가기 전까지 계속 놀아줄게요."

"안 돼."

"내일도 놀아줄게요. 도서관 안 오고."

"모레도."

"공부는 인제 해요?"

"모레도."

아우, 진짜.

"알았어요."

수안이 져주자 동욱이 씩 웃으며 수안의 손을 더욱 꼭 잡았다.

"사랑해."

동욱이 속삭였고 수안이 쑥스러운 얼굴로 동욱을 쳐다봤다.

"지금 뭐라고 한 줄 알아요?"

"응. 사랑해."

동욱이 재차 사랑해라고 말했다.

"왜? 싫어?"

"아뇨. 듣기 좋아요."

"그럼 너도 화답을 해야지."

"조금 기다려요."

"말 한마디면 되는데 뭘 기다려. 해봐."

"부끄럽게."

"사랑하는 사람한테 사랑한다고 말하는 게 뭐가 부끄러워."

"부끄러워요. 그러니까 기다려요."

"빨리 말해."

또 시작이었다.

"빨리."

"아우, 정말…… 사랑해요."

"알고 있었어."

동욱이 흐뭇하게 말했고 수안은 웃고 말았다.

"학기 끝나고 가겠습니다."
식사가 끝날 때까지 기다릴 수 없었던 동욱이 아버지가 반대를 하실 것이 뻔하지만 어떤 반대에도 굴하지 않겠다는 듯 확고한 어조로 통보하듯 말했다.
"약속을 어기겠다는 거냐?"
아버지가 제법 심각한 어조로 물었다.
"어기겠습니다."
동욱은 약속을 어기는 것이 조금도 죄송하지 않다는 투로 대답했다.
동욱의 당당한 대답에 긴장한 사람은 새어머니와 동생들이었다.
이러다가 또 부자지간에 한바탕 고함바람이 부는 것은 아닌지 잔뜩 긴장한 얼굴로 동욱과 아버지를 살피고 있었다.
"아무리 생각해도 학기를 끝내고 가는 것이 좋을 것 같습니다. 이제 겨우 한 학기 남았는데 중단하는 것은 바보 같은 짓입니다."
"학점에는 문제없지 않냐?"
"학점과는 상관없습니다. 여기서 제대로 끝을 내고 싶습니다. 한 가지도 제대로 끝내지 않고 유학을 간다는 건 우스운 짓 같습니다."

동욱의 뜻이 확고했고 또 약속을 어기겠다는 이유도 제법 명확했기 때문인지 최 회장은 대번에 동욱의 뜻을 꺾으려 들지 않고 생각할 시간이 필요한 듯 잠깐 중단했던 식사를 계속했다.

"요즘은 자는 거냐?"

5분쯤 흘렀을까 아버지가 조금 전 심각했던 분위기는 잊은 듯 가벼워진 어조로 물었다.

"예."

요즘은 믿어지지 않을 만큼 잘 자고 있었다.

수안을 만났던 날은 헤어진 후에도 들뜬 마음이 가라앉지 않아 새벽 2시까지 고생하긴 했지만 다음날 오전 열 시까지 한 번도 깨지 않고 이어서 잤다. 그리고 그다음 날도 다음날도, 그 후로 주욱 예전의 수면 패턴을 회복해 불면증에 시달렸던 것을 잊어버릴 만큼 숙면을 취하고 있었다.

"학기를 마치고 싶다는 말이지?"

"예."

"알았다."

의외였다. 아버지의 성격으로 봐서는 정말 의외였다.

아버지 성격대로 하셨다면 분명 조목조목 따져 기어이 당신의 뜻을 관철시켰을 것이다. 그래서 동욱도 만반의 준비를 하고 있던 터였다. 아버지가 집요하게 따지실 경우에 대비해 어떤 질문에는 어떤 대답을 할 것인지 나름대로 완벽하게 준비하고 있었다. 완벽하게 준비했는데도 통하지 않을 경우엔 고함바람까지도 작성하고 있던 터였다.

어쨌거나 다행이었다. 학기를 마칠 수 있게 되어서 그리고 그 무엇보다 수안과 함께 지낼 수 있는 시간을 벌게 되어서.

"영욱이가 먼저 가겠구나."

"예."

영욱이 대답하면서 동욱을 향해 씩 웃었다.

아버지의 뜻을 꺾은 형이 대단해 보인다는 듯이.

방으로 올라온 동욱이 휴대폰을 집어 드는데 노크 소리가 들렸다.

"형, 나 잠깐 들어가도 돼요?"

동생 영욱이었다.

"들어와."

방으로 들어온 영욱이 손에 들고 있던 컵을 책상 위에 내려놓았다.

"약 드세요."

"그만 먹겠다고 했는데 지겹다."

동욱의 중얼거림에 영욱이 씩 웃었다.

"나, 안 돌아올 거예요."

동욱이 정말 지겹다는 얼굴로 한약을 마시는데 영욱이 불쑥 말했고 동욱은 놀란 얼굴로 영욱을 쳐다봤다.

"왜?"

"공부 끝나고 거기 눌러 있을 거예요, 지사에."

사랑이라는 것을 알았을 때

"아버지가 지사에 두시겠냐?"

"어떻게든 버텨보려구요."

"뭐 하러 버텨?"

"좋아하는 여자 있어요."

동욱은 좋아하는 여자가 있다는 영욱의 얼굴이 왜 저 모양으로 어두운지 모르겠다고 생각했다.

"좋은 일이네."

"아버지가 좋아하는 타입이 아니에요."

"아버지가 어떤 타입을 좋아하시는데?"

"배경 좋고, 똑똑하고. 한마디로 집안 좋은 여자 말이에요."

"그 여잔 집안이 안 좋으니? 근데 그 집안이 좋은지 안 좋은지는 누가 평가하는 건데?"

"그러게요. 그걸 나도 모르겠어요. 기준이 뭔지."

"어떤 여잔데?"

"착하고 예뻐요. 아주 순하고."

"넌 순한 여자가 좋으니?"

"그렇더라고요."

"구식이네."

"그렇죠? 그런데 전 착한 여자가 좋아요. 상냥한 여자 말이에요. 잘 울기도 하고."

"잘 우니?"

"예."

"왜?"

"내가 떠날까 봐요."

"네가 유성그룹 사람인 거 알아?"

"예."

"언제부터?"

"우린 만난 지 일 년 반 됐는데, 내가 유성그룹 사람인 걸 안 건 한 다섯 달쯤 됐어요. 그때부터 울어요. 내가 떠날까 봐."

"그런 상황에서 미국엘 어떻게 가냐?"

"우리…… 같이 가요."

동욱은 깜짝 놀라서 영욱을 쳐다봤다. 영욱한테 이런 면이 있었다니. 그저 여자처럼 상냥하고 순진해서 시키는 대로만 할 줄 알았는데.

"아버지, 어머니, 기절하시겠죠?"

"기절까지야."

"걔 두곤 못 가겠어요. 걔가 없으면 못 살 것 같아요."

동욱은 영욱도 어쩌면 자기와 같은 부류일지도 모르겠다고 생각했다. 한 여자한테 질기게 목숨 거는 그런 녀석.

"같이 가?"

"걘 이틀 뒤에 따라와요."

"아버진 전혀 모르시고?"

"예."

"힘들었겠구나."

사랑이라는 것을 알았을 때

"혹시…… 아버지 아시게 돼서 힘들어지면 편 들어줄 수 있어요?"

영욱이 조심스럽게 물었다.

"당연히."

동욱의 대답에 영욱이 씩 웃었다.

"미국까지 데려갈 정도로 사랑하는 사람이라면…… 끝까지 책임져라. 남자답게."

"자신있어요."

영욱이 자신있게 말한 후 동욱이 비운 한약 잔을 갖고 방을 나갔고 동욱은 영욱이 했던 말을 되짚으며 생각에 잠겼다.

영욱이 떠날까 봐 운다는 여자…… 그 여자가 없으면 못 살 것 같아서 함께 간다는 영욱…… 아버지가 아시면 어떻게 될지 알기에 힘들어지면 편을 들어달라던 말까지…….

동욱은 그제야 수안이 왜 하필이면 재벌이냐고 했던 말의 뜻을 100% 이해할 수 있을 것 같았다.

동욱은 미처 생각하지 못했는데 수안은 알았던 것이다. 영욱의 여자처럼 울게 될 것을, 결국엔 상처받을 것을.

동욱은 만약에 자신이 수안을 울게 만든다면, 아버지가 수안을 울게 만든다면 그때는 아버지의 아들을 그만두는 한이 있더라도 수안을 지키겠다고 맹세했다. 그리고 생각했다. 참 이상하다고. 동욱과 동생 영욱의 아버지인 유성그룹 회장님은 추할 만큼 여자들을 탐해서 울린 여자가 한두 명이 아닌데 아버지의 바람둥이 기질을 물려받은 두 아들은 오직 한 여자를 울리게 될까 봐 안절부절못하다니.

아버지의 바람기에 질릴 대로 질려서일지도 몰랐다. 아니, 분명 그 때문일 것이다. 물론 호적에는 올라 있으나 감히 이 저택에는 함부로 드나들지 못하는 다른 형제들—호적에 오르지 못한 내연의 처들이 낳은 아버지의 자식들—은 동욱이나 영욱과는 달리 아버지의 기질을 그대로 물려받아 어린놈들이 벌써부터 여자 문제로 말썽을 부리고 있긴 하지만 말이다.

영욱에게 끝까지 책임지라고 했던 말은 영욱이 아니라 바로 자신이 지켜야 할 약속이라고 생각하며 동욱은 수안의 호출기에 여름방학이 아니라 학기가 끝난 후에 유학을 떠나게 되었다는 내용을 남겼다. 그리고 30분 후 수안에게서 전화가 걸려왔다.

[그래도 되는 거예요?]

"학기를 마치고 싶어서."

[그건 좋은 생각인 것 같아요. 그런데 어떻게 그렇게 됐어요?]

"무조건 학기를 끝내고 가겠다고 우겼어."

[아버지께서 그렇게 하라세요?]

"음."

[굉장히 완고하시다 했잖아요.]

"굉장히 완고한 분과 한판 붙기 위해 강력하게 준비하고 있었는데 의외로 허락해 주셨어."

[피를 흘리지 않아 다행이네요.]

"맞아."

두 사람은 잠깐 웃었다.

"어때?"

[뭐가요?]

"반년 동안 더 볼 수 있게 된 게 어떠냐고."

[이럴 땐 마구 감격스러워해야 하는 거죠?]

"당연하지."

[마구 감격하고 있는 중이에요.]

"목소리는 전혀 그렇지 않아. 똑같이 심심해. 떠들썩하게 감격해 주면 안 돼? 넌 나보고 대사가 구리다고 하지만 넌 표현력이 구려."

동욱이 불만을 터뜨리자 수안의 웃음소리가 수화기를 타고 새어 나왔다.

[인정해요. 선배가 대사를 연구하는 동안 난 표현력을 더 길러보도록 할게요.]

"정말 감격하는 중이지?"

[매우 감격하고 있어요.]

"그렇게 믿을게."

동욱이 시큰둥하게 대꾸하자 수안이 웃음을 터뜨리며 믿으라고 말했다.

"그런데 아직이야?"

[뭐요?]

"반지. 더 기다려야 해?"

동욱의 물음에 수안이 미안한 듯 웃었다.

"언제쯤 낄 건지 말해주면 안 돼? 반지 끼는 방법을 몰라서 그래? 손가락에 끼는 거야. 내가 끼워줘?"

[생각해 봤는데요. 선배 유학 다녀와서도 마음이 변하지 않으면 그때 낄게요.]

"유학 다녀오면 끼겠다고? 너무하는 거 아니야?"

[선배가 아랫것이면 이러지 않아요.]

"내가 그럼 뭐 귀족이야?"

[귀족이에요. 난 귀족 따라가려다 가랑이 찢어질까 봐 고민하는 아랫것이고. 선배 공부하는 동안 스트레칭 열심히 해서 근육 좀 느슨하게 풀어놓은 다음에 따라가 볼게요. 그러니까 보채지 말아요.]

"내가 스트레칭해 줄게. 근육 풀어준다고."

동욱의 말에 수안은 웃기만 했다.

"너무 비싸게 구는 것 아니야?"

[나 비싸요.]

"너무 비싸."

[불만이에요?]

"어디서 감히 불만이겠어."

동욱이 불만스럽게 말했고 수안은 웃음을 터뜨렸다.

"유학 가기 전에 껴줘."

사랑이라는 것을 알았을 때

[그만 끊어요. 나 일할 시간이에요.]

"3년이 걸릴지 4년이 걸릴지 몰라."

[시험해 보기 딱 좋네요.]

"독하다."

[끊어요.]

"저녁에 데리러 갈게."

수안이 끊어버리기 전에 동욱이 급하게 말했다.

[오지 말아요. 미안하다니깐.]

"미안하게 만드는 게 내 작전인데 어떻게 안 가? 나 컵우동 먹여줘야 할 것 아니야. 너 학교 식당 점심 떼먹은 것도 엄청나다는 거 알고 있어?"

동욱의 억지에 수안이 또 웃음을 터뜨렸다.

[알았어요. 나 정말 들어가야 하니까 끊어요.]

"이따 보자."

동욱과 통화를 끝내고 과외 학생 집으로 가기 위해 버스 정류장으로 향하던 수안은 자신도 모르게 한숨을 내쉬고 말았다.

수안은 동욱에게서 반지를 받은 지 한 달이 지나도록 끼지 못하고 있다가 결국 유학을 다녀오면 끼겠다고 말한 것이다.

동욱의 말처럼 되지도 않은 것이 너무 비싸게 굴고 있다는 것을 수안 스스로도 알고 있었다. 하지만 어쩔 수 없었다. 여전히 겁났기 때문이다.

차라리 아무것도 몰랐다면, 동욱의 집안 배경에 대해, 아니,

재벌이라는 구역에 대해 아무것도 모른 채 오직 최동욱이라는 사람 한 사람만 믿었다면 반지를 받았던 그날 주저없이 반지를 꼈을지도 몰랐다. 최동욱이라는 사람은 누구라도 탐낼 사람이고 누구라도 덥석 붙잡을 사람임에 틀림없는 장점을 골고루 갖춘 사람이었기 때문이다.

작은아버지 집을 나오는 순간부터 동욱의 도움을 받았던 수안은 그가 얼마나 다정하고 따뜻한 사람인지 경험으로 알고 있었고 의외로 신중하고 입도 무거운 사람이라는 것도 알게 됐다. 또 그는 외모적으로도 아주 출중했으며 그 어떤 사람도 거부하지 못할 '부자'였다. 부자라는 점 한 가지만으로도 무조건 덤벼들 여자가 한두 명이 아닐 텐데 한번쯤은 꼭 뒤돌아볼 만큼 훌륭한 외모에 따뜻함까지 겸비했으니 동욱의 말대로 특급 중에서도 특급이었다.

하지만 수안은 무조건 덤벼들지도 덥석 붙잡지도 못하고 있었다. 그에 대한 사랑은 점점 더 커지고 견고해지고 있었지만 그만큼 두려움도 커져 갔기 때문이다.

어쨌거나 그와 함께 할 수 있는 시간이 연장된 것은 정말 다행이었다. 아무도 모르게 그가 유학을 조금만 천천히 가게 해달라고 했던 기도가 통한 것이다.

## 3장

"자동차 키 잠깐 줘봐요."

수안이 속삭이며 말하자 동욱은 갑자기 자동차 키는 왜 달라는 걸까 하면서도 군소리없이 키를 건넸다.

키를 받은 수안이 주머니에서 뭔가를 꺼내더니 꼼지락거리다가 돌려주었다.

"뭐 했어?"

"열쇠고리 하나 만들었어요."

수안의 말에 가만히 들여다보자 십자수를 놓아서 만든 열쇠고리가 걸려 있었다.

"네가 만들었어?"

"네. 은주한테 십자수 배워서 한번 해봤어요. 지금처럼 어두 컴컴한 데서 봐요. 밝은 데서 보면 실수한 거 탄로나니까."

두 사람은 지금 영화관 안에 있었고 영화가 시작하기를 기다리고 있는 중이었다.

"진짜 네가 수놓은 거야?"

"내가 했는데…… 난 바느질에는 재주가 없나 봐요. 은주가 그러는데…… 앞으로는 십자수 안 하는 게 낫겠대요. 그러니까 꼭 어두컴컴한 데서만 봐요."

수안의 말에 동욱이 낮게 웃으며 어두컴컴해서 잘 보이지 않는 열쇠고리를 한참 동안 살펴보다가 바깥 주머니가 아니라 안 주머니에 집어넣었다.

"다음엔 더 좋은 거 해줄게요."

수안이 너무 보잘것없는 것을 선물한 것 같아 미안한 어조로 속삭이자 동욱이 수안의 손을 꼭 잡아 끌어당기더니 손등에 입을 맞추었다.

"윤수안보다 더 좋은 게 어딨겠어. 너만 있으면 돼."

동욱이 입술을 여전히 수안의 손등에 붙인 채로 은근하게 속삭였다.

"갑자기 또 막 춥네요."

수안의 대꾸에 동욱이 낮게 웃음을 터뜨렸다.

이젠 이런 식의 낯간지러운 멘트를 즐길 만도 한데 수안은 아직도 극복하지 못하고 있었다. 나중에 혼자서 조용히 곱씹으며

사랑이라는 것을 알았을 때

행복해하긴 하지만 금방 들을 땐 어김없이 등이 간지러웠다.

두 사람은 어느새 조조할인 영화 보기에 큰 재미를 붙이게 됐는데 조조할인 영화를 처음 본 날은 날마다 동욱만 돈을 쓰게 하는 것이 미안한 수안이 하루 종일 몽땅 다 쏘겠으니 다소 불편하더라도 감수하고 따라와 달라고 했던 날이었다.

동욱은 수안이 부탁한 대로 아침만 집에서 해결하고 새벽이 막 가신 시간에 수안을 만나기 위해 집을 나섰고 수안은 조조할인 영화 티켓을 쥐고 동욱을 기다리고 있었다.

조조할인 영화 보기는 그렇게 시작됐다.

이른 시간을 감안하면 생각보다는 꽤 많은 사람이 극장을 찾았지만 평일 오후나 주말에 비하면 십분의 일 토막 정도로 한산한 극장에서의 데이트가 의외로 퍽 달콤했다. 다소 불편한 것을 기꺼이 감수할 만큼.

그날 수안은 조조할인 영화를 비롯해 점심엔 가게는 낡았지만 음식 맛은 반찬 한 가지도 남기고 싶지 않을 만큼 훌륭한 어느 재래시장 골목 한 귀퉁이의 갈치조림 집에서 갈치조림을 먹여주었고 점심을 먹은 후에는 놀이공원으로 달려가 어린아이들처럼 놀이기구를 타며 소리를 질러댔다.

수안은 자신에게 고소공포증과 놀이기구 공포증이 있다는 것을 그날 처음 알았는데 놀이기구를 타본 건 그날이 처음이었기 때문에 공포증이 있다는 것을 스물세 살에야 알게 된 것이다.

놀이공원에서의 기억은 딱 두 가지였다. 비명과 입맞춤.

바이킹이며 트위스트며 청룡열차며 문어발까지 하늘 끝까지 올라간 듯한 착각이 드는 무시무시한 높이 때문에 심장이 놀이기구 밖으로 튕겨져 나가는 것만 같아 금방이라도 기절할 듯 바락바락 악을 써댔고 동욱은 공포에 질린 수안에게 끊임없이 입을 맞추었었다.

어른 머리통 한 개 반만 한 솜사탕을 사서 솜사탕을 가리개로 활용하며 입을 맞추고 바이킹을 타는 동안엔 공포에 질려 눈도 제대로 못 뜨는 수안이 비명을 지를 때마다 입을 맞추었다. 문어발을 탔을 때에는 일부러 꼭대기까지 올라가 정해진 시간까지 계속 입만 맞추었다.

동욱은 놀이기구에는 요만큼도 관심이 없었고 오로지 입을 맞출 수 있는 절묘한 타이밍만 노렸던 것이다. 동욱의 노력은 성공했다. 10년이 지난 후에도 수안의 기억 속에는 그날의 입맞춤이 또렷하게 새겨져 있었으니까.

저녁은 소래포구로 가서 굴밥과 바지락 칼국수를 먹었다.

입맛이 상당히 서구식으로 변했다는 대학생들이 먹기엔 늙으신네 냄새가 풍기는 음식들이었지만 갈치조림 집에서는 콩나물무침 한 가락도 남기지 않을 만큼 싹싹 비웠으며 굴밥은 양념간장에 비벼 밥 한 톨 남기지 않고 긁어먹고 바지락 칼국수 역시 아침에 버무린 겉절이를 걸쳐 후루룩 국물 한 숟갈 남기지 않고 몽땅 들이켰다.

사실 그날의 절정은 갈치조림이나 놀이기구나 굴밥이나 칼국

수가 아니라 갯벌 너머에 아스라하게 걸터앉은 잘 익은 연시 색으로 물든 태양과 노을이었다. 태양과 노을을 보며 수안이 비로소 동욱을 향해 가슴을 활짝 열어주었다는 것을 확인한 날이었다. 그래서 뜻깊은 날이었고 그래서 10년이 지난 훗날까지도 동욱은 그날의 갯벌과 그날의 노을을 잊지 못하고 있었다. 잊으려야 결코 잊을 수 없는 그날의 그 색깔을.

꽤 긴 시간 동안 태양은 온통 주황색으로 물들인 세상을 거만하게 감상하고 있었고 수안과 동욱은 태양의 거만함에 감사하며 주황색으로 물든 갯벌에 서 있었다.

"초등학교 1학년 때 반장으로 뽑혔는데 그땐 여자 반장이 흔하지 않았을 때였어요. 반장은 무조건 남자가 해야 한다는 뭐 그런 분위기였잖아요."

"맞아."

"아버진 내가 남자애들을 다 누르고 반장으로 뽑힌 게 좋으셨던 모양이에요. 고작 초등학교 1학년 반장인데…… 용돈도 주시고 새 옷도 사주시고 하여튼 꽤 오랫동안 잔치 분위기였는데 아마 그때가 일요일이었을 거예요. 온 식구가 여기로 왔었어요. 그때 처음으로 굴밥을 먹었어요. 굴을 먹으면 머리가 더 똑똑해진다고. 갯벌에서 조개도 잡고 굴도 따고…… 그때 조가비에 발바닥을 베어서 울기도 했었고. 그때 아버지하고 엄마랑 정현이랑 여기 왔었던 게 굉장히 강렬하게 기억에 남았던 모양이에요. 노을 지는 거 보면 그때가 생각나고 노을 지는 사진만 봐도 그때가 생각나고……. 아까 갈치조림집요."

"음."

"대학 입시 봤던 날, 전혀 기대도 하지 않았는데 할머니가 정현이를 데리고 시험장 정문 앞에서 기다리고 계신 거예요. 캄캄해졌는데…… 정현이가 그러는데 할머니, 아침부터 끝날 때까지 기다리고 계셨다 하더라구요. 시험 보느라고 고생했다 하시면서 정현이하고 날 데리고 아까 그 갈치조림집으로 가서 밥을 사주셨어요. 고기를 먹여야 하는데…… 이깟 것밖에 못 사줘서 미안하다고 하시면서."

"……."

"그런데 철이 없게도 갈치조림이 너무너무 맛있는 거예요. 할머니가 무슨 돈이 있다고…… 할머니도 눈칫밥 드시긴 마찬가지였는데…… 맹꽁이같이 허겁지겁 먹었어요. 정현이는 밥을 세 그릇이나 먹고 나도 두 그릇이나 먹고. 작은아버지 집에서 얹혀살 때 한 번도 마음 편하게 밥을 먹은 적이 없는데도 뱃속에 거지가 들어앉은 것처럼 입맛이 너무 좋은 거예요. 눈칫밥이 뭐가 맛있다고 그렇게나 달고 착착 감기는지. 더 달라는 소리를 못하니까 한 숟갈 한 숟갈 밥 줄어드는 게 겁이 날 정도로 맛이 좋아서…… 참 구질구질하죠?"

"성질난다."

동욱이 명치끝에서 화르르 울분이 치밀어 오르는 것을 느끼며 내뱉었다.

"……윤성국이라는 자식이 그랬어요."

가만히 노을을 바라보고 있던 수안이 불쑥 말했다.

동욱이 수안을 바라보자 수안은 애써 분노를 가라앉히려는 듯 굳은 얼굴로 노을을 바라보고 있었다.

"고3 때 입시가 며칠 안 남았던 날인데…… 그날 집안에 누가 돌아가셔서 전부 장례식장에 가시고 그 자식 혼자 집에 있었는데……."

"왜 그 자식이 집에 있었어?"

"사촌 오빠예요."

수안의 대답에 동욱은 심장에서 아릿한 통증을 느끼며 주먹을 틀어쥐었다.

"그 자식이…… 어떻게 한 거야?"

"아무 짓도 못했어요. 그 자식이 그 짓을 하기 전에 깨어났고…… 날 덮쳤을 때 방어할 준비를 하고 있었거든요."

덮쳤다는 표현이 나왔을 때 동욱은 자신도 모르게 수안의 손을 틀어잡았다.

"쥐어뜯고 걷어차고 할퀴고 내가 갖고 있던 힘을 모조리 다 써서…… 아니, 없던 힘까지 생겨나서 죽기 살기로 막아내고 있는데 마침 어른들이 돌아왔고…… 끝장나기 전에 살아났죠."

"……."

"말하고 싶었어요. 언제까지나 일부러 모르는 일인 척할 수는 없을 것 같아서요."

"그 새끼 죽일까?"

동욱이 분노 때문인지 노을 때문인지 이글이글 타오르는 눈길로 수안을 바라보며 격렬하게 내뱉었다.

수안은 희미하게 미소 지으며 고개를 저었다. 수안이 바라는 것은 응징이나 복수 같은 것이 아니었기 때문이다.

"그냥…… 선배가 날 흠집난 사람으로 바라보지 않는다면……."

"흠집이라니. 네가 무슨 죄가 있다고. 넌 피해자야."

"피해자라는 말도 싫어요. 그냥 내가 바라는 건…… 흠집난 사람이 아니라 그냥…… 그냥 보통 사람이라고 생각해 줬으면 좋겠어요."

수안이 진심을 담아 부탁했다. 다른 건 바라지 않았다. 솔직하게 말했고 말한 그대로니까, 하나님이 보우하사 다치지 않고 그렇게 끝났으니까 그 이상은 없으니까 제발 색안경을 끼고 보며 혹시 다른 무엇인가가 있는 것은 아닐까 의심하지 말아줬으면 하는 것이 수안의 바람이었다.

"내가 말했으니까…… 고백했으니까…… 가능하다면 앞으로는 생각하지도 말아줬으면…… 그냥 잊어버렸으면…… 그렇게 해줬으면 좋겠어요. 나도 잊을게요. 깨끗하게 지워 버릴게요."

수안이 조금도 까칠까칠하지 않게 그 어느 때보다도 진솔하고 부드러운 목소리로 부탁했다.

동욱은 안타까운 눈으로 수안을 바라보다가 수안을 꼭 껴안았다.

"그럴게. 약속할게."

그렇게 할 수 있었다. 약속할 수 있었다. 불쑥불쑥 생각나서 당장에 달려가서 목줄을 비틀어 죽여 버리고 싶을 만큼 분노가 치밀어 올라 치를 떨겠지만 겉으로는 그런 생각을 떠올린 적도 없는 척할 수 있고 분에 치를 떤 적도 없는 척할 수 있었다. 수안이 바라는 것이니까.

동욱은 수안이 짐승에 대해 고백했던 그날 후로 단 한 번도 그날의 일을 입 밖으로 꺼내지 않았다. 되새기고 싶지 않은 불쾌한 기억이기도 했지만 동욱은 수안의 부탁을, 약속을 철저하게 지킨 것이다.

그리고 그날 후로 수안은 눈에 띄게 밝아졌다. 그리고 동욱에겐 한없이 상냥하고 사랑스럽게 굴었다. 물론 퉁명스럽게 굴 때도 있고 뚱하게 굴 때도 있었지만 예전과는 달리 장난기가 발동했을 때만 그랬지 성을 내거나 화를 내지도 않고 비꼬는 말투는 완전히 사라졌다. 물론 동욱에게만.

그날 그렇게 시작된 조조할인 영화 보기는 두 사람에게 그 어떤 데이트보다도 달콤했고 한 달에 꼭 한 번 처음부터 끝까지 수안이 쏘는 날이 되면 동욱은 세상에서 가장 행복한 사람이 됐다. 지금처럼, 오늘처럼.

영화가 시작되고 끝날 때까지 2시간 가까이 되는 시간 동안 동욱은 단 한 번도 수안의 손을 놓아주지 않고 꼭 잡은 채 족히

50번은 입을 맞추었다. 입을 맞추면서 가끔은 손가락 끝을 살짝 깨물기도 했는데 처음 영화를 보러 왔을 때는 동욱의 예기치 못한 스킨십에 놀라 입을 맞출 때마다 놀라서 손을 치우기 바빴지만 거듭되다 보니 어느새 부끄러움도 타지 않고 오히려 동욱의 입맞춤을 당연한 듯 흐뭇하게 받아들이고 있었다.

자주 있는 일은 아니었지만 이젠 동욱도 다른 남자들처럼 여자 화장실 근처에서 수안의 가방을 들고 기다리는 일에 익숙해져 있었다. 수안의 가방을 기꺼이 맡아 들고 있겠다고 한 사람도 동욱이었다.

동욱을, 유성그룹 회장님 맏아들을 자신의 가방을 들고 여자 화장실 근처에서 어정쩡한 모습으로 기다리게 하는 것은 말도 안 되는 짓이라 수안이 한사코 거절했지만 억지로 수안의 가방을 빼앗아간 동욱은 원래 그러는 거라고 남자는 여자친구를 위해 이런 것도 다 해야 하는 거라며 미안해하는 수안에게 즐기라고 독려했다.

수안은 그런 동욱 때문에 문득문득 너무 어릴 적에 빼앗겨야 했던 축복을 동욱으로부터 보상받는 것일지도 모른다는 생각을 하게 됐다. 수안은 그런 참담한 지경에 빠뜨리고 먼저 하늘나라로 가버린 부모님이 너무너무 미안해서 대신 동욱을 보내준 모양이라고. 단순하게 사랑에 빠진 남자친구의 사랑과 배려라고 하기에는 동욱의 사랑이 너무 컸기 때문이다. 부모님이 아니면 절대 못 줄 것 같은 사랑을 동욱은 수안을 향해 한없이 쏟아부어 주고 있었다.

방학이 끝나고 마지막 학기가 시작되면서 두 사람은 자연스럽지만 급속하게 더욱 가까워졌고 가까워진 만큼 동욱의 애정 공세는 갈수록 거세어졌다.

누가 보든지 말든지 손을 잡는 것은 당연했고 어깨에 팔을 두르거나 감싸 안는 행동도 서슴지 않았으며 수안이 남자 동기생들과 잠깐 얘기라도 할라 치면 성질이 난 얼굴로 대화가 끝날 때까지 지키고 서 있을 만큼 수안에 대한 소유욕을 드러내 두 사람의 관계가 단순한 선후배 관계가 아니라 연인 관계라는 것을 일부러 노출시켰다.

수안이 제발 그러지 말라고 민망해서 못 견디겠다고 항의를 해도 소용없었다.

내 여자는 내가 지켜야 하는 법이라고, 그래야 남자라나.

동욱이 도가 지나치게 수안을 싸고도는 바람에 여자 동기들의 얼굴은 점점 더 못 볼 것을 본 것처럼 일그러져 갔고 남자 동기들 중에는 푼수처럼 수안에게 말 걸기 전에 동욱에게 먼저 허락을 받는 녀석도 생겨났다.

저러다가 의처증에 걸리는 것은 아닐까 걱정스러운데 수안을 난처하게 만든 동욱은 아랑곳하지 않았고 은주 역시 마치 동욱의 사랑을 자신이 받고 있는 듯 들떠서 침이 마르도록 동욱을 칭찬했다.

"남자는 저래야 해. 언제까지나 남자가 까딱거리는 손가락 따라 움직일 수는 없잖아. 이젠 남자도 여자의 손가락에 따라 죽었다 살았다 해야 한다고."

"내가 아니라 네가 즐기는 것 같다."

"응, 즐겨. 흐뭇하게. 솔직히 땡잡은 거야. 저렇게 잘생기고 똑똑하고 부자 남자 갖는 거 그거 아무나 할 수 있는 일 아니다."

은주의 말은 맞는 말이었다. 동욱은 정말 아무나 가질 수 있는 사람이 아니었다.

수안은 은주에게 동욱의 정체를 차마 밝히지 못하고 있었다. 동욱이 자신의 집안에 대해 함구해 달라고 부탁한 적은 없었지만 수안은 동욱이 유성그룹 사람이라는 것을 떠벌리기보다는 어떻게든 숨겼다.

동욱이 유성그룹 사람이라는 것이 소문나면 학교에 있는 모든 미녀들이 수안을 밀치고 동욱을 차지하기 위해 덤벼들 것 같아 겁이 나기도 했지만 사실 그건 맨 마지막 이유였다.

유성그룹 사람이 정말 볼 것도 없고 가진 것도 없는 가난한 여자한테 빠져서 허우적거린다는 소문이 돌면 당장에 유성그룹 사람들이 떼 지어 몰려와 참아줄 수 없을 정도로 보잘것없는 것이 주제도 모르고 재벌 남자를 붙들고 늘어진다며 온갖 위협을 가할 것 같아 어떻게든 숨기고 싶었다.

그래서 수안은 동욱에게 혹시 집안 어른들께 윤수안이라는 여자를 사귀고 있다는 말을 했냐는 것도 묻지 않았다. 어쩐지 동욱을 당혹스럽게 만드는 질문인 것도 같았고 그런 말 감히 꺼내지 못한다는 대답을 들을 것 같아 차마 묻지 못한 것이다.

이미 경험하지 않았던가. 촌년, 아랫것 냄새.

언제까지나 피할 수 있는 일은 아니었지만 되도록 지금은 조용히 소문나지 않게 만나고 싶었다. 그래야만 신문 배급소 사모님으로부터 귀가 닳도록 들었던 부자 동네 가십의 주인공이 되지 않을 것 같았기 때문이다.

하여튼 은주의 지지를 받아 동욱과 수안의 관계는 날이 갈수록 예쁘게 무르익어 가는데 두 사람의 관계가 예뻐질수록 두 사람의 공통적인 고민도 점점 더 깊어졌다.

동욱과 함께 할 시간이 점점 더 바닥나고 있다는 사실이었다.

두 사람 모두 동욱이 미국으로 떠나는 것을 편하게 받아들이려고 노력하고 있었지만 서로 오랫동안 멀리 떨어져 있어야 한다는 것만 생각하면 저절로 시무룩해져 버렸다.

되도록 생각하지 않으려고 애를 썼지만 어쩔 수 없이 떠날 사람, 남겨져야 할 사람이라는 사실이 불쑥 되새겨졌고 얼마든지 기다릴 수 있다고 그깟 시간 아무것도 아니라고 우습게 생각하면서도 금방 풀이 죽어버리고 중간중간 틈을 내서 만나러 오면 된다고 생각하면서도 그 오랜 시간의 그리움을 어떻게 감당해야 할지 몰라 아득했다.

그래서 더 노력했다. 되도록 매일 만나려고. 단 5분이라도 좋으니 하루도 빼놓지 않고 만나려고. 동욱은 정말 단 3분의 만남을 위해 새벽 4시면 어김없이 대문 앞에 서 있었고 10분이라도 더 함께 하기 위해 수안은 동욱이 데리러 오기 전에 먼저 달려갔다.

서로를 위해 그렇게 노력하는데도 시간은 화가 날 정도로 정직하게 지나갔고 시간은 어느새 가을의 시작점에서 두 사람의 이별을 준비하고 있었다.

"어디 가는 거예요?"
동욱이 차를 몰고 서울을 빠져나온 것은 오늘이 처음이었다.
"단풍 보러 가자."
"단풍놀이 가는 거예요?"
"응."
"단풍놀이는 할머니나 할아버지들이 관광버스 타고 단체로 가는 거 아니에요?"
수안의 물음에 동욱이 낮게 웃었다.
"올해 내장산 단풍이 멋지대."
"단풍놀이 좋아해요?"
"단풍보다는 너하고 여행 가고 싶어서."
"좋죠."
수안이 미소 짓자 동욱이 수안의 눈치를 보는가 싶더니 자고 올까? 하고 물었다.

사랑이라는 것을 알았을 때

자고 올까라는 물음에 수안이 대번에 긴장하며 쳐다보자 동욱이 강요하는 건 아니고, 라며 어물쩍 발을 빼며 미소 지었다.

"싫어?"

"그…… 무슨 뜻이에요?"

수안이 조심스레 물었다.

"그게…… 꽤 복잡한 뜻이 있지."

동욱은 본심을 숨기려고 하지 않고 솔직하게 말했다.

"어떤…… 식으로 복잡해요?"

"어…… 말하자면 임도 보고 뽕도 따고…… 두 마리 토끼를 한 번에 잡아보겠다는 그런 식의 뜻?"

동욱은 수안이 저질로 받아들이지 않았으면 좋겠다고 생각하며 나름대로 우회적으로 바라는 바가 무엇인지를 표현했다.

"자기는 …… 거죠?"

수안이 왈칵 부끄러움이 느껴져 더듬더듬 물었다.

"응……. 자자."

웬일로 동욱도 조금 부끄러워하는 기색으로 대답했다.

"혹시 내가 떡 줄 사람은 생각지도 않은데 김칫국 마시는 걸까 봐 확인사살 차원에서 묻는 건데…… 손만 잡고 자자는 게 아니라…… 다른…… 그 뭐랄까…… 칼로리 소비가 있을 거라는 뜻이죠?"

수안의 물음에 동욱이 웃음을 터뜨렸다.

"어, 칼로리 소비가 대단할 것 같아."

동욱의 대답에 수안은 올 것이 왔구나 하는 생각에 온몸이 긴장하며 입을 꼭 다물었다.
"왜 갑자기 말을 안 해?"
"미리…… 부끄러워하고 있는 중이에요."
수안의 대꾸에 동욱이 다시 웃음을 터뜨렸다.
"큰맘 먹고 준비하고 있어야 하는 거죠?"
"음. 남자는…… 절대 손만 잡고 잘 수 있는 동물이 아니고…… 꽤 힘들 것 같거든."
"어떤 식으로 힘이 들어요?"
"그러니까…… 밤새 잠을 안 재우며……."
"미리 언질을 좀 주지……."
"왜?"
"체력 단련 좀 하게."
수안의 투덜거림에 동욱이 큰소리로 웃음을 터뜨렸다.
"큰 죄를 졌네."
동욱이 은근히 신이 난 목소리로 말했다.
"그나마 조금은 안심이 되네요."
수안이 낮은 한숨 끝에 안심이 된다면서도 초조한 기색으로 중얼거렸다.
"뭐가?"
"그런 게 있어요."
"뭔데?"

"나중에 말할게요."

"못 기다려. 뭔데?"

"진짜 긴장감 떨어지게……."

"무슨 짓을 해도 긴장감 안 떨어져."

동욱이 재촉하자 수안이 그건 그렇다고 생각하며 슬쩍 입을 열었다.

"어제 은주하고 학교 앞에서 속옷 한 벌씩 샀거든요."

"왜?"

"은주가…… 만약을 위해서 이런 것들은 미리 준비를 해야 한다고……."

"어떤 만약?"

"알면서……."

"몰라."

동욱이 딱 잡아뗐다.

"왜 그런 거 있잖아요. 남자가…… 눈 뒤집혀서 덤빌 때 고무줄 늘어진 빤스 보여주는 건 죄악이라고……."

수안의 말에 동욱이 푸하 하고 웃음을 터뜨렸다.

"죄악이지. 암, 죄악이고말고."

동욱이 은주의 말에 100% 동의했다.

"그래서…… 어떤 걸로 샀어?"

"……꽃무늬 망사……."

수안이 부끄럼을 타서 말끝을 흐리는데 동욱이 후욱 숨을 토해내며 핸들은 꽉 틀어잡았다.
"수안아."
"왜요?"
"우리 도착할 때까지 더 이상 말하지 말자. 사고나겠다. 나 흥분하면 안 되거든?"
동욱이 흥분하면 안 된다면서도 벌써 흥분한 어조로 말했고 수안은 순진하게도 정말 사고가 날까 봐 입을 꼭 다물었다.
수안이 이렇게 순순히, 순순히라고 말하면 어쩐지 수안이 동욱과의 잠자리를 열렬하게 기다리고 있었던 것처럼 들리겠지만 어쨌거나 단 한 번도 싫은 내색을 하지 않고 동욱의 제의를—사실 제의라고 하는 것도 좀 우습다—받아들인 것은 어느 정도 마음의 준비를 하고 있었기 때문이었다.
요즘 들어 은주가 부쩍 남자와의 잠자리에 대한 얘기를 많이 한 탓도 있었고 수안이 동욱과 잠자리를 가졌는지에 대한 질문과 언제쯤 역사를 만들 것인지 집요하게 물어대는 통에 저절로 생각하게 된 것이다.
동욱이 윤수안이라는 여자를 싫증내서 걷어차지 않는다면 언젠가 동욱과 잠자리를 하게 될 것이라는 것은 기정사실인데 동욱이 잠자리를 요구한다면 그땐 어떻게 반응할 것인지 아주 심각하게 고민했었다.
처음엔 일단은 무조건 거부한다였다. 생각만 해도 벌써 부끄러워지기 때문이기도 했고 처음엔 적당히 튕겨야 한다는 은주

사랑이라는 것을 알았을 때 375

의 가르침이 있었기 때문이다. 첫 번부터 단박에 받아들이면 싼 티가 난다나.

싼 티고 비싼 티고 처음엔 동욱과의 잠자리를 상상하는 것만으로도 부끄러워 몸 둘 바를 몰랐는데 자꾸 생각하고 거듭 상상하다 보니 부끄러움도 상당히 무뎌져서 무조건 거부한다가 속썩이지 말고 받아들일까? 라는 쪽으로 방향을 틀더니 결국엔 첫 번부터라도 받아들일 수 있다라고 마음을 굳힌 것이다.

물론 첫 번부터라도 받아들일 수 있도록 마음을 돌리게 한 사람은 동욱이었다.

어떤 식으로 어떻게 잘해주었는지 일일이 설명하자면 말하는 사람은 입이 아프고 듣는 사람은 지금 사귀고 있는 남자와 당장 헤어지게 할 수 있을 정도니 생략하고 간단하게 표현하자면 지극정성이었다.

하나부터 끝까지 동욱은 지극정성, 무한감동주의로 수안을 사랑해 주고 있었다. 사랑해 준다는 말로는 부족하고 뭐랄까 맞다, 섬기고 있었다.

물질적인 것과 가진 것으로 판단하자면 수안이 동욱을 섬겨도 백번을 섬겨야 하는데 반대로 동욱은 거의 추앙하다시피 수안을 섬기고 있었다.

수안이 돈이 많이 들어가는 것들은 악착같이 거부하고 있으니 망정이지 이런 남자가 정말 내 남자친구라는 것이 믿어지지 않아 하루에도 몇 번씩 꿈을 꾸고 있는 것은 아닐까 착각을 할 만큼, 동욱이 해주는 것에 비해 자신이 너무 부족한 것 같아 끝없이 미안할 만큼 동욱은 수안에게 최선을 다하고 있었다.

수안은 왜 이렇게 잘해주는 거냐고 천 번쯤 물었고 동욱은 사랑하니까라는 대답을 천 번쯤 했다. 왜 나처럼 보잘것없는 여자를 사랑하는 것이냐는 물음엔 늘 같은 대답이었다.

"예쁘잖아."

동욱의 대답은 사랑하는 것에는 다른 이유가 있을 수 없다는 말과도 같았다. 왜냐하면 세상에는 수안보다 예쁜 여자가 셀 수 없이 많고 동욱은 셀 수 없이 많은 예쁜 여자들을 마음만 먹으면 다른 남자의 여자라도 가질 수 있는 힘이 있었기 때문이다.

수안은 가끔씩 그래서 겁이 났다. 동화책에서나 나올 법한 사랑을 받고 있는 현실이 꿈같아서. 어느 날 갑자기 꿈같은 시간은 지나갔으니 이제 정신 차리라고 말하며 동욱이 떠나 버릴까 봐.

"무슨 생각해?"

"혹시 내가…… 튕기지 않아서 싼 여자로 보여요?"

"맙소사. 말도 안 돼."

"처음엔 튕겨야 한다는데…… 생각해 보니까 너무 덥석 받아들인 것 같아서요."

"튕겼으면…… 허락할 때까지 내장산에서 내려오지 않았을 거야."

동욱의 말에 수안이 푹 하고 웃음을 터뜨렸다.

"한 가지만 물을게."

"뭔데요?"

"지금…… 입고 있는 거야? 꽃무늬 망사?"

"네."

"진짜 안 되겠다. 수안아, 우리 도착할 때까지 정말 말하지 말자."

동욱이 다시 흥분한 어조로 말했고 수안은 또다시 겁을 먹으며 입을 꼭 다물었다.

내장산의 단풍은 한마디로 예술품이었다.

병원마다 감기 환자들로 북적거릴 만큼 아침저녁 널뛰기하듯 컸던 기온 차가 만들어낸 몹시도 선명한 단풍잎들이 이름 높은 거장이 100년도 전에 남기고 간 천문학적인 값의 작품보다도 백배는 가치가 높은 자연의 예술작품이 되어 저절로 탄성을 쏟아내게 했다.

간밤에 비가 온 탓에 군데군데 길이 질척거렸지만 빗물에 말끔하게 목욕을 한 단풍잎들이 시리도록 빨갛게 시리도록 노랗게 시리도록 오묘한 빛깔을 뽐내며 참으로 고고한 아름다움을 뿜어내고 있었다.

내장산을 오르는 관광객들 중 누군가가 '환장하겠네' 하며 탄성과 함께 뱉은 말이 조금도 쌍스럽지 않고 무조건 동의할 정도로 내장산의 단풍은 환장할 만큼 아름다웠다.

하지만 내장산을 물들인 수려한 단풍이 수안과 동욱의 눈에 제대로 들어올 리가 없었다. 눈이 시리도록 아름답다고 느꼈고 그래서 몇 번이나 감탄사를 터뜨렸다. 하지만 아름다움에 감탄사를 연발하면서도 수안과 동욱의 머릿속은 오늘 밤에 있을 꽃잠에 대한 기대감으로 꽉 차 있었고 꽃잠이 만들어낸 설렘으로 마음이 하늘을 날아다녀서 감탄사가 정말 단풍의 아름다움 때문에 터져 나오는 감탄사인지 아니면 아직 치르지도 않은 꽃잠을 상상하느라 터뜨리는 탄성인지 구분할 수가 없었다.

실없이 눈만 마주쳐도 서로 무슨 생각에 빠져 있고 무슨 상상을 하는지 뻔히 안다는 듯이 웃음이 터져 나오고 내장산에 놀러 가면 꼭 먹어야 한다는 전주산채비빔밥, 산채정식, 더덕한정식이 당최 무슨 맛인지 알 수가 없을 만큼 모든 감각은 오로지 오늘 밤, 꽃잠에 집중되어 있었다.

그리고 드디어 호텔방에 단둘이 있게 되었을 때, 두 사람은 촌스러워도 더는 촌스러울 수 없을 만큼 각자 시선을 부딪치지 않으려고 무진장 애를 쓰며 별다른 일 없다는 듯 태평함을 가장하고 있었다. 방이 제법 깨끗하다는 둥, 침대가 널찍하다는 둥 따뜻해서 좋다는 둥 싱거운 말들만 잔뜩 늘어놓으며.

"수안아."

"네."

"술 마실래?"

"술요?"

뜬금없이.

"왜…… 맨 정신으로는 못하는 거예요?"

수안이 순진하게도 정말 처음엔 술을 마셔야 하는 건가 해서 물었다.

"아니. 맨 정신으로 할 수 있어. 나 잘해."

어쩌다 나온 대답이 참 거시기 했다.

"그러니까 난 네가 너무 긴장한 것 같아서."

"아뇨. 나도 뭐…… 맨 정신이 좋을 것 같아요. 취해서…… 제대로 기억 못하면…… 그래도 처음인데."

수안 역시 말해놓고 보니 은근히 야했다.

"그렇지?"

"그래요."

"그래…… 목욕은 해야겠지?"

"온천에 왔으니까…… 해야죠?"

"그래, 해야지. 어떻게 할까? 먼저 할래? 내가 먼저 할까?"

"글쎄…… 어떻게 할까요?"

"같이 할까? 시간 아낄 겸?"

시간 아낄 겸 목욕을 같이 하자니. 시간이 뭐가 그렇게 촉박하다고.

"그냥 따로 해요. 시간…… 많은데."

수안이 부끄러움에 붉게 물들기 시작한 얼굴로 말하자 동욱이 고개를 끄덕였다.

"그렇구나. 시간이 많구나."

수안이나 동욱이나 얼뜨기긴 마찬가지였다.
"내가 먼저 해야…… 덜 어색하겠지?"
"그렇죠."
"설마, 나 목욕하는 동안 도망가지 마."
"여기서 집에 어떻게 가는지 몰라서 도망 못 가요."
"다행이네."
동욱이 씩 웃더니 욕실 문을 열어젖혔다.
"목욕하고 나올게."
말 안 하고 해도 되는데.
"네."
동욱이 욕실로 들어가고 욕실 문이 닫히자 수안은 태어나서 처음으로 자신의 심장 소리를 들으며 심장은 가슴에 붙어 있는 것이 아니라 귀에 붙어 있을지도 모른다고 생각하며 초조하게 호텔방을 서성거렸다.
'머리도 감아야 하나?'
오늘 아침에 감고 나왔는데 별것이 다 고민스러웠다.
'손톱은 언제 깎았더라?'
손톱에 때가 낀 것은 아닌지 허겁지겁 손톱도 살폈다.
'그냥 술을 한잔하자고 할 걸 그랬나?'
맨 정신으로 있으려니 이만저만 고충이 아니었다.
긴장 때문인지 바짝 메말라 있던 손에 땀도 배고 욕실 안에서 들려오는 물소리를 듣다 보니 엉뚱하게 동욱의 벗은 몸이 상상

되는 것이 이게 무슨 망측한 상상인지 타락한 기분이 들어 괜스레 입이 바짝 말라 냉장고에서 물을 꺼내 마셨다.

무슨 샤워를 이렇게나 오래하나 싶다가도 금방이라도 물을 잠그고 나올 것 같아 덜컥 겁이 나서 쓸데없이 가방 안에 있던 것들을 만지작거리던 수안은 혀를 차며 바보 하고 속삭였다.

은주와 속옷 사러 다니던 날 우리도 이제 곧 사회인이 될 테니 싸구려 향수라도 조금 뿌려줘야 한다며 사자고 꼬드길 때 샀어야 했는데 몇 푼 안 되는 푼돈 아까워 몸 사리다 필요할 때 못 쓰게 됐다는 생각에 후회막급이었기 때문이다.

"쪼들리는 척도 작작했어야지."

생각할수록 바보짓을 한 것 같아 연거푸 혀를 차는데 욕실에서 들려오던 물소리가 뚝하고 멎었다. 단지 물소리만 멎었을 뿐인데 금방이라도 동욱이 발가벗은 몸으로 튀어나올 것만 같아 갑자기 불에 덴 듯 벌떡 일어나 창가로 달려간 수안은 커튼을 걷고 밖을 쳐다보는 척했다. 커튼을 걷어봤자 캄캄해서 아무것도 보이지 않고 신경은 온통 욕실 쪽에 집중되어 있는데 말이다. 드디어 욕실 문이 열리는 소리가 들렸다. 동욱이 나왔다는 것을 알면서도 도저히 고개를 돌릴 수가 없었다. 동욱이 발가벗고 있을까 봐.

"목욕 다 했어."

말하지 않아도 다 한 줄 알고 있었지만 마치 새로운 사실을 알게 된 듯 수안이 그래요? 하며 그제야 동욱을 돌아보았다.

다행이라고 해야 할지 실망했다고 해야 할지 동욱은 입고 들어간 옷을 그대로 입고 있었다. 알몸이거나 반쯤은 벗고 나올 것이라 생각했는데.

"너도 해."

"네."

"되도록…… 빨리."

수안이 욕실 문을 닫기 전에 동욱이 재빨리 말했고 수안은 동욱의 재촉에 긴장한 나머지 자신도 모르게 빛의 속도로 샤워를 시작했다.

이럴 땐 일부러 뜸을 들여야 하는 건데 빨리 하라는 말 때문인지 이상하게 점점 더 속도가 붙었다.

여자가 부끄러운 줄도 모르고 너무 빨리 끝낸 것은 아닌가 싶어 아까운 물을 한참 그냥 흘려버리며 여간해서 진정되지 않으려는 가슴을 달래가며 시간을 끈 후에야 나왔을 때 동욱은 침대에 비스듬하게 누워 수안을 기다리고 있었다.

"미리 말하는데 나 다 벗었다."

동욱의 말에 수안은 꿀꺽 침을 삼키고 말았다. 침을 삼킬 생각이 전혀 없었는데 그냥 삼켜졌다.

"그래요?"

"벗어두는 게 좋을 것 같아서."

"그, 그러네요."

촌스러운 대화들이 또 시작됐다.

사랑이라는 것을 알았을 때

"물 따뜻하지?"

"네."

"온천이라 좋더라고."

"맞아요."

실없는 대화를 언제까지 하려는지.

"이리 와."

"네…… 그런데 난…… 이불 속에 들어가서 벗어야 할 것 같은데……."

"어, 알아. 얼른 들어와."

동욱이 옆자리를 다독이며 말했고 수안은 머뭇거리다가 동욱에게 등을 보이며 침대에 걸터앉았다.

"저…… 불 끌까?"

"그게 좋겠네요."

"그렇지?"

동욱이 냉큼 불을 껐다.

"이리 와. 불 껐어."

"머리가 젖어서……."

"괜찮아."

"좀 말리고……."

"괜찮다니까."

수안이 침대에서 일어나려는데 동욱이 수안을 와락 끌어당겨 안으며 곁에 눕혔다.

콩닥, 콩닥콩닥.

가슴에 있던 심장이 또 귀 근처로 급히 이사를 온 모양이었다. 고막이 떨릴 정도로 거세게 두근거리고 있었다.

"잠깐…… 그냥 누워 있어야겠지?"

"그러게요."

"……긴장돼?"

"조금…… 많이……."

"나도 긴장되네."

"그러게요."

동욱과 수안은 잠깐 동안 아무 말도 하지 않고 나란히 누운 채 천장만 올려다보고 있었다.

"팔베개 해줄까?"

"네……."

동욱이 팔을 수안의 뒷목에 받쳐 주었고 두 사람의 거리는 이제 틈이 없을 만큼 가까워졌다.

또다시 두 사람은 아무 말도 하지 않고 나란히 누운 채 천장만 쳐다보고 있었다. 영양가 없는 말이라도 해야 할 것 같은데 머리가 먹통이 돼버린 듯 생각나는 단어가 한 가지도 없었다.

귀에 달라붙은 심장은 이명이 들릴 지경으로 왕왕 울어대고 두 사람이 토해내는 숨소리도 점점 더 초조해졌다. 긴장이 깊어져 이유없이 피부가 따끔거리며 절대 그럴 리 없겠지만 이유없이 그냥 잠이 들어버리던가 아니면 동욱이 행동하는 사내가 되었으면 좋겠다고 생각하는 그 순간 동욱이 예고 없이 몸을 움직이더니 몸의 반을 수안의 몸에 걸치며 옆으로 돌아누웠다.

정말 올 것이 온 것이다. 목을 빼고 기다렸던 순간은 아니지만 언젠가는 닥칠 것이라 생각했던 바로 그 순간이 이제 바로 코앞으로 다가온 것이다.

수안은 동그랗게 치켜뜬 눈으로 동욱을 바라보고 있었고 동욱은 그 어느 때보다도 다정하고 달콤해진 눈길로 수안을 바라보고 있었다.

그토록 캄캄한 와중에도 동욱의 눈이 또렷하게 보인다는 것이 신기했지만 수안은 동욱의 한없이 다정하고 달콤한 눈을 바라보며 또다시 생각했다.

'이 사람이야.'

수안은 팔을 뻗어 동욱의 목을 꽉 끌어안았다.

그가 내 사람인 것이 너무 감사해서. 그와 함께 있는 것이 너무 행복해서.

수안이 동욱을 놓아주었을 때 동욱은 수안의 입술에 키스했다.

수안의 남자인 것이 너무 감사해서. 수안과 함께 있는 것이 너무 행복해서.

내장산 아랫자락 어느 호텔방에서 동욱과 수안은 서툴지만 그 누구의 꽃잠보다도 달콤하고 사랑스러운 밤을 보냈다.

"놀랄 준비 됐어?"

과외하는 학생 집 앞에서 수안을 납치하듯 차에 태우고 호텔로 달려온 동욱이 엘리베이터에서 내리자마자 갑자기 2분만 참으라더니 수안의 눈을 가렸다. 몇 걸음 걷고 잠깐 멈춘 사이 문 열리는 소리가 들렸고 또 몇 걸음 걷고 문 닫히는 소리가 들리더니 놀랄 준비가 됐냐고 물었다.

무슨 일인데 보안 유지에 만전을 기하는지 웃음이 터지려고 했다.

"준비됐지?"

"네."

수안이 대답하는 순간 동욱이 수안의 눈을 가리고 있던 손을 치웠다.

손이 치워지고 캄캄했던 시야가 밝아지는 순간 수안은 자신도 모르게 낮게 탄성을 내지르고 말았다.

커다란 호텔방 안은 온통 꽃으로 장식되어 있었고 방 한가운데 테이블 위에 촛불이 켜진 케이크와 와인이 놓여 있었다.

"생일 축하해."

동욱이 어안이 벙벙한 얼굴로 서 있는 수안의 머리에 입을 맞추며 속삭였다.

"생일요?"

수안이 무슨 생일이냐는 듯 물었다.

"11월 25일. 예수님보다 한 달 누나."

"아…… 오늘이 내 생일이군요?"

"잊어버렸어?"

"네…… 깜빡."

"자기 생일 잊어버리는 사람이 어딨어?"

"부모님 돌아가신 후로 생일 챙겨준 사람이 없어서…… 내 생일을 어떻게 알았어요?"

수안이 감정이 북받쳐 오르는 것을 느끼며 물었지만 동욱은 뭔가 안타까움에 젖은 눈길로 수안을 바라볼 뿐 아무 대답도 하지 않았다.

부모님 돌아가신 후로 생일 챙겨준 사람이 없었다는 수안의 말에 갑자기 울컥 가슴이 아팠기 때문이었다.

"이리 와."

동욱이 수안의 손을 잡고 방 한가운데로 이끌었다.

"불 끄자."

"네."

"내가 노래 불러줄게."

"부끄럽게……."

"부르는 사람이 부끄럽지, 듣는 사람이 왜 부끄러워?"

"듣는 사람도 부끄러워요."

"부끄러워도 들어."

"네."

수안이 픽 웃자 동욱이 목을 가다듬은 후 노래를 시작했다.

"생일 축하합니다…… 생일 축하합니다…… 사랑하는 우리 수안이…… 생일 축하합니다."

동욱이 노래를 끝내고 너무 부끄러워 얼굴이 새빨개진 수안에게 불을 끄라고 재촉하는 손짓을 하자 수안이 후욱 촛불을 불어서 껐다.

동욱이 신나게 박수를 쳤고 수안의 얼굴은 더욱 새빨개졌다.

"한잔하자."

동욱이 와인 잔을 들어 올리자 수안도 잔을 들어 올렸고 두 사람은 가볍게 잔을 부딪친 후 사랑스러운 빛깔의 레드와인을 한 모금씩 마셨다.

"생일은 어떻게 알았어요?"

"봄에…… 우리 처음 만났을 때 호텔방에서 말했었잖아."

"그랬었나? 난 기억에 없는데……."

"그날부터 잊은 적이 없어. 저절로 기억되더라고. 날짜도 기억하기 딱 좋고. 예수님보다 한 달 누나."

수안이 쑥스러운 듯 웃었다.

"꽃이 너무 예뻐요."

"스물세 가지 꽃에 스물세 송이씩. 우리 수안이 스물세 번째 생일이니까."

동욱의 말에 수안이 감격한 눈길로 동욱을 바라보다가 부끄러운 듯 얼굴을 가리고 웃었다.

"너무 잘해주는 거 아니에요?"

수안이 일부러 퉁명스럽게 물었다.
"불만이야?"
동욱도 일부러 퉁명스럽게 되물었다.
"그럴 리가."
수안이 활짝 웃었다.
"꽃 속에 선물 있어."
"선물요? 케이크하고 꽃 말고 또 있어요?"
"이런 건 장식이야. 진짜 선물은 꽃 속에 있어."
"꽃이 스물세 바구니나 있는데 다 뒤져 봐야 해요?"
"당연하지."
수안은 호텔방 곳곳에 장식되어진 꽃바구니들을 둘러보다가 테이블 위에 있는 꽃바구니를 쳐다봤다.
"여긴 아니죠?"
"맞을걸?"
"여기 있어요?"
수안이 재미있다는 듯 웃으며 꽃바구니를 조심스레 살펴보다가 금실로 특이한 문양이 수놓아진 작은 벨벳 주머니를 찾아냈다.
"안에 뭐 들었어요?"
"직접 보시지요."
수안은 벨벳 주머니를 살며시 흔들어봤지만 물렁물렁 복실거리기만 할 뿐 아무 소리도 들리지 않았다.

수안이 조심스레 끈을 풀어 주머니를 열고 안에 든 내용물을 꺼내 살며시 펼치다가 기겁을 하며 손에 움켜쥐었다.

"어우, 못살아."

수안이 순식간에 새빨개진 얼굴로 눈을 흘겼다.

"우리 사이에 뭘."

"이런 걸……."

"내가 얼마나 고민해서 고른 건데!"

동욱이 일부러 눈을 부라렸고 수안은 웃음을 터뜨리고 말았다.

수안은 테이블 밑에서 손을 펼쳐 벨벳 주머니에 들어 있던 천 조각을 펼쳤다.

팬티였다. 앞뒤가 모두 망사인 팬티.

"정말 못살아."

"그건 첫 번째 선물이야."

"네?"

수안이 놀라며 묻자 동욱이 스물두 개 더 남았어 하고 말했다.

"전부…… 이런 거예요?"

"음, 전부 그런 거야."

"아우, 정말 부끄럽게."

"오늘 전부 다 입혀볼 거야."

"변태."

"변태야, 난."

동욱이 눈에 과장되게 힘을 주며 은밀하게 속삭였고 수안은 또다시 웃음을 터뜨렸다.

동욱의 말은 거짓말이 아니었다. 남은 스물두 개의 꽃바구니마다 선물이 들어 있었고 모두 속옷이었다.

귀엽고 편해 보이는 것도 있었지만 대부분이 도저히 입고 다닐 수가 없을 만큼 야한 속옷들이었다.

"전부 다 입어봐. 지금 당장 입고 보여줘."

"못 보여줘요."

"보여줘!"

"안 보여줘요. 못해요."

쳐다보고 있는 것만으로도 부끄러워 수안은 숨기기가 바쁜데 동욱은 끝까지 모조리 다 입어보라며 우겨댔다.

"수안아, 나 준비됐어."

"무슨 준비요?"

"오늘 밤 스물세 번 할 준비."

동욱의 말에 수안이 너무나 순진하면서도 심각한 얼굴로 그러다 죽어요 하고 대답하는 바람에 두 사람이 동시에 웃음을 터뜨리고 말았다.

"이리 와."

동욱이 팔을 벌렸고 수안이 동욱의 품에 꼭 안겨들었다.

"생일 축하한다, 수안아."

동욱이 수안의 머리에 수도 없이 입을 맞추며 속삭였다.

"고마워요."

"축하해."

"고마워요."

"인간적으로⋯⋯ 세 번만 하자."

"하하하하하."

수안의 웃음소리가 호텔방을 가득 채웠고 수안의 웃음소리는 동욱이 수안을 침대에 눕혔을 때에야 잦아들었다.

가을이 깊어져 차라리 겨울이라 하는 것이 더 그럴듯한 계절이 되자 수안을 포함한 졸업반들은 더욱 바빠지기 시작했다. 취업정보를 얻기 위해 취업박람회에 쫓아가거나 교수님의 추천서를 받기 위해 교수실 문턱이 닳도록 드나들어야 했다. 학교 도서관은 취업을 앞둔 졸업반 학생들로 연일 만원이었고 학생들마다 신입사원을 뽑는 회사에 제출할 이력서를 기본 다섯 장에서 많게는 열 장씩도 준비해 놓고 있었다.

수안 역시 바빴다. 몸이 바빴다기보다는 마음이 바빴다.

처음부터 아나운서가 목표였던 수안은 방송국 신입사원 모집 공고가 뜨자마자 철호와 함께—철호 선배도 라디오 PD 부문에 원서를 냈다—지원서를 제출하고 심사에 대비에 드디어 신문배달까지 그만두고 아나운서 시험을 준비하고 있었다. 그리고 오늘이 2차 합격자 발표 날이었다.

합격자 발표 때문에 지원서를 제출하던 날 큰맘 먹고 전화까지 개통했던 수안은 1차 서류전형에서 합격했다는 소식을 전화기를 통해 확인한 후 세상에서 가장 획기적인 발명품은 전화기라 했을 정도로 기뻤었다. 수안이 기뻐한 것에 서른 배로 기뻐해 준 사람은 동욱이었고.

2차 발표 때문에 간밤에 잠을 설친 수안은 합격자 발표가 나는 아침 10시까지 초조함이 극에 달해 아무것도 먹지 못하고 전화기 앞에만 붙어 있었다. 하지만 막상 10시가 되자 겁이 나서 수화기를 들지 못하고 있었다. 합격자 명단에 자신의 이름이 없을까 봐 너무 두려웠기 때문이다.

지난밤에 설치는 와중에 잠깐잠깐 꾸었던 잡다한 꿈들도 자세하게 기억나지 않지만 어쩐지 께름칙하고 기분 때문인지 몰라도 자꾸만 부정적인 생각이 솟아 여간 초조한 것이 아니었다.

2차 카메라 테스트를 비롯한 뉴스 리딩과 몇 가지 테스트에서도 최고라고 할 수는 없어도 제법 잘해냈기 때문에 아무리 생각해도 떨어질 확률은 적었지만 그럼에도 불안함에 휩싸여 수화기가 들어지질 않았다.

"합격했을 거야."

무슨 일이 있어도 합격했을 거라고, 아니, 합격해야 한다고 생각하며 10시 10분이 되자 드디어 용기를 내서 수화기를 잡으려는 순간 갑자기 전화벨이 울려 화들짝 놀란 수안은 누군지 모르겠지만 방정맞게 왜 이런 순간에 전화를 하는지 모르겠다고 꾸짖으며 전화를 받자 동욱이었다.

"선배."

[떨어졌네.]

동욱이 우울한 목소리로 말했다.

"네?"

[너 2차 떨어졌다고.]

"……."

수안은 지금처럼 동욱이 미웠던 적은 없다고 생각하며 갑자기 온몸에서 맥이 풀려 아무 말도 못하고 수화기만 들고 있었다. 불합격된 것이 동욱의 탓이 아닌걸 알면서도 괜스레 미웠다.

[실망했지?]

그걸 말이라고.

[실망하지 마. 다음에 다시 도전하면 되지 뭐.]

조금도 위로가 되지 않았다.

"철호 선배는요?"

[철호는 붙었어.]

"다행이네요."

입으로는 다행이라고 말했지만 실은 떨어지려면 같이 떨어지지 혼자만 붙은 철호 선배가 좀 얄밉고 부러웠다.

[수안아.]

"끊어요."

[왜?]

"속상해서 아무 말도 하기 싫어요."

수안은 죄없는 동욱에게 툴툴거렸다.

[많이 속상하지?]

그러니까 그걸 말이라고!

[내가 위로해 줄게.]

"일단 좀 끊어요."

[문 열어줘.]

"무슨 문요?"

[집 앞에 있어.]

지금은 만나기 싫은데…….

수안이 수화기를 내려놓고 영 마뜩찮은 얼굴로 현관으로 가서 문을 열자 갑자기 꽃다발이 와락 달려들었다.

수안이 깜짝 놀라며 주춤 물러서자 동욱이 꽃다발 뒤에서 얼굴을 내밀더니 씩 웃었다.

"축하해."

"무슨 축하예요? 염장 질러요?"

"2차 통과했다고."

동욱의 말에 수안이 무슨 뜻인지 금방 알아듣지 못해 멍하게 동욱을 쳐다봤다.

"골려준 거야. 통과했어."

"통과했어요? 정말이에요?"

"정말이야. 대문 앞에서 10시 되자마자 전화해서 확인했지. 윤수안 합격입니다."

"정말이에요!"

"정말이야. 축하해, 수안아."

"왜 그런 걸 속이고 그래요!"

수안이 버럭 소리를 지른 후 방으로 달려들어 가 수화기를 집어 들고 급하게 번호를 눌렀다. 동욱이 골리는 바람에 합격했다는 소리가 곧이 들리지 확인을 해야 직성이 풀릴 것 같았기 때문이다.

정말이었다. 정말 2차 합격이었다. 윤수안 정말 합격이었다.

"축하해."

"간 떨어지는 줄 알았잖아요!"

수안이 소리를 지르자 동욱이 수안을 껴안았다.

"어쩌지? 우리 수안이 또 놀라게 해야 하는데?"

"놀랄 일이 또 뭐예요?"

"일주일 후에 가."

동욱이 말했고 수안은 순간 심장이 바닥으로 쿵 하고 떨어지는 듯한 아득함을 느꼈다. 동욱이 떨어졌다고 골렸을 했을 때와는 비교도 할 수 없을 만큼의 아득함이었다. 순간적으로 현기증이 느껴질 정도로.

"방학도 안 했는데."

"음."

"일주일 후면…… 다음 주요?"

"목요일."

"……."

"연말까지는 버텨보려고 애를 썼는데 안 됐어."

"……알아요. 애썼을 거예요."

동욱이 노력했을 것이라는 걸 알았지만 갑자기 눈물이 터질 것 같은 섭섭함은 어쩔 수가 없었다.

"그럼…… 나 3차 합격해도 모르고 가는 거네요."

"그러게."

"합격하면…… 내가 알려줄게요."

"음."

"그럼…… 수요일까지 볼 수 있는 거네요."

"음."

"매일 볼 수 있어요?"

"그래야지."

동욱의 대답에 수안이 고맙다는 듯이 고개를 끄덕이고는 싱크대 앞으로 갔다.

"난 아직 아침도 못 먹었어요. 초조해서. 아침 먹었어요?"

"나도 안 먹었어. 초조해서."

"같이 먹어요. 찌개 하나 끓일게요."

"좋지."

수안은 냄비를 찾아 된장을 풀어 가스레인지에 올려 불을 붙이고 냉장고에서 된장찌개 재료를 찾아 썰기 시작했다.

"밥은 어제 한 밥이라 묵은 밥인데……."

"괜찮아."

"가기 전에 새 밥 해서 먹여줄게요. 뭔가 특별한 음식을 준비해야겠어요…… 그런데 뭘 준비하지…… 할 줄 아는 게 별로 없는데……."

"아무거나 네가 해주는 건 다 맛있어."

"……."

"수안이 2차 합격한 기념으로 뭘 사주지? 갖고 싶은 거 있으면 말해. 내가 다 사줄게."

"……."

"3차 통과할 걸 대비해서 정장 몇 벌 사야겠지? 구두도 몇 켤레 사고 가방도 몇 개 사고. 밥 먹고 나가자. 오늘 다 사버리자."

"……."

"싫어?"

"……."

수안이 한마디도 대답하지 않고 파만 썰고 있자 동욱은 수안이 많이 서운한 모양이라 생각하며 수안의 곁으로 다가갔다.

"나도 서운해. 많이 서운해."

"……."

"수안아."

동욱이 수안을 뒤에서 가만히 껴안는데 품에 안긴 수안의 몸이 작게 들썩이고 있는 것이 느껴졌다.

설마, 지금까지 단 한 번도 수안이 우는 걸 본 적이 없었기 때문에 설마 우는 건 아니라고 생각하며 수안을 돌려세웠을 때 수안은 울고 있었다. 소리도 없이 가슴을 들썩이고 어깨를 들썩이며 울고 있었다.

수안이 우는 걸 처음 본 탓인지, 수안이 너무 슬프게 울고 있기 때문인지 동욱은 가슴에 통증이 느껴질 정도의 아픔을 느끼며 안타까운 손길로 수안의 볼을 타고 흐르는 눈물을 닦아냈다.

"중간 중간 나올게. 보러 올게."

동욱의 말에 수안이 고개를 끄덕이면서도 눈물을 멈추지 못했다.

"보고 싶다고 하면 당장 달려올게. 보고 싶을 때마다 달려올게."

수안은 목이 메어 아무 대답도 못하고 울면서 고개만 끄덕였다.

"매일 전화할게. 하루에 두 번, 세 번씩 전화할게."

수안은 이번에도 고개만 끄덕였다.

동욱은 된장찌개가 다 끓을 때까지도 눈물을 멈추지 않는 수안을 바라보며 동생 영욱이 했던 말이 무슨 말인지 그제야 알 것 같았다.

떠날까 봐 울기만 한다는 여자, 그런 여자를 두고 갈 수가 없어 함께 간다던 영욱. 지금까지 수안을 데리고 미국에 간다는 생각은 해본 적이 없는데 지금 갑자기 무조건 동욱도 그렇게 하고 싶었다. 수안을 데리고 가고 싶었다.

"수안아, 같이 갈까? 나하고 같이 갈래?"

동욱의 물음에 수안이 눈물을 닦아내며 고개를 저었다. 그리고 억지로 웃었다.

"그냥 하는 말 아니야. 같이 가자."

동욱이 진심으로 말했다.

수안을 어떻게 데리고 가고 데리고 가서 아버지께서 심어놓은 심복들의 눈을 어떻게 감쪽같이 속여 함께 지낼지는 나중 문제였다. 지금은 어떻게든 데리고 가고 싶었고 무조건 함께 가고 싶었다.

"같이 가자."

"나 아나운서 해야 해요."

"가자. 나도 너 두고 혼자 못 가겠어."

수안이 고개를 저었다. 그리고 미안한 듯 미소 지었다.

"성가시게 했죠? 미안해요."

수안이 서둘러 눈물을 닦아냈다.

"이제 괜찮아요. 아무렇지도 않아요."

"같이 가자."

"왜 이래요? 나 아나운서 할 거라니까."

"갔다 와서 해."

"그땐 늙었다고 안 뽑아줘요. 나 2차 합격한 사람이에요. 입사를 눈앞에 두고 있는데 고춧가루 뿌리지 말아요."

수안이 일부러 거만을 떨 듯이 말했고 동욱은 그런 수안을 안쓰럽게 바라보다가 끌어당겨 안았다.

"말해. 같이 가겠다고."

"싫어요. 같이 안 가요."

"가지 말라고 해, 그럼."

"애썼는데 안 됐다면서요."

"한 번 더 버텨볼게."

"그러지 말아요. 반년이나 더 보게 해줬는데…… 그러면 충분해요. 나 이제 괜찮으니까 밥 먹어요. 맛있게 먹어줘요."

수안이 씩씩해진 얼굴로 재빨리 상을 차렸다.

"밥 먹고 백화점 가자."

"백화점은 뭐 하려요."

"2차 합격 선물 사러 가자니까."

"아직 3차 남았는데."

"오늘은 딴죽 걸지 말고 무조건 가. 안 그러면 밥도 안 먹고 성질내고 갈 거야."

동욱이 정색을 하고 으름장을 놓았다.

수안 픽 웃으며 알았다는 듯 고개를 끄덕였다.

오늘은, 오늘만큼은, 아니, 동욱이 떠날 때까지는 동욱이 하자는 대로 해주는 것이 좋을 것 같았기 때문이다. 헤어져야 하는 그날까지는 부담스러운 것도 불편한 것도 모른 척하기로 했다. 지금껏 부자 남자친구 벗겨먹는 것 같아 치사하고 미안해 한사코 거절했었는데 오늘은, 오늘만큼은 거절하지 않기로 했다.

"후회하게 만들 거예요."

"어떻게?"

"지갑 탁탁 털게 만들 거라구요."

"제발."

"윤수안의 욕심이 얼마나 돼지 같은지 질리게 해줄 거예요."

"흥! 최동욱의 위력을 보여주겠어."

두 사람은 웃으며 아침밥을 먹고 곧장 백화점으로 가서 동욱이 아니라 수안이 질려 버릴 정도의 물건들을 무섭게 사들였다.

옷도 정장을 비롯해 블라우스, 코트, 티셔츠, 스커트, 바지까지 겨울이 끝날 때까지 한 번도 입어보지 못할 만큼의 엄청난 양을 사들였고 구두도 수안이 마음에 꼭 들어서가 아니라 괜찮은 것 같아 그냥 신어보기만 해도 무조건 계산하는 바람에 부츠 두 켤레를 포함해 여덟 켤레나 샀다. 핸드백도 마찬가지였다. 모양만 예쁠 뿐 조금도 실용적이지 못한 손바닥만 한 백에서 꽤 큼직한 백까지, 수안이 뜯어말렸으니 일곱 개였지 사란다고 얼씨구나 다 챙겼다간 백화점 핸드백 코너를 초토화시킬 뻔했다.

화장품도 그렇게나 많이 필요할 것 같지 않은데 이 정도는 반드시 사용해야 한다는 판매원의 감언이설에 속아 언제 어떻게 발라야 하는지 용도도 제대로 알 수 없는 화장품을 커다란 쇼핑백이 찢어지도록 사고, 수안은 생각지도 못한 자질구레한 잡화들—스카프, 손지갑, 가죽장갑, 벨트 따위들—도 수안이 한 번이라도 손을 댄 것은 무조건 사들였다.

아무리 재벌이라도 오늘 하루에 이렇게나 엄청난 돈을 쓰고 과연 남는 것이 있을까, 집에 가서 혼나는 건 아닐까 걱정스러워 죽겠는데 동욱은 그것으로는 성에 차지 않은 듯 수안을 데리고 액세서리 코너로 가더니 기절초풍할 가격의 머리띠부터 아무래도 별로 쓰임이 없을 것 같은 핀—자잘한 큐빅이 백 개는 족히 박힌—과 어느 명품 브랜드의 로고가 달린 일명 곱창 끈까지……. 작은 상점은 너끈히 차릴 정도의 머리장식품까지 사들인 후에야 백화점을 나왔다.

"내일은 건너편 백화점에 가자."

쇼핑백이 트렁크에 다 들어가질 않아 뒷좌석에 우겨 넣던 동욱의 말에 수안이 건너편 백화점엔 왜요? 하고 물었다.

"건너편엔 뭐가 있는지 보러."

"됐어요. 날 얼빠진 여자로 만들 작정이에요?"

"같이 안 가겠다면 나 혼자 갈 거야. 사이즈를 아니까 혼자 가도 상관없어."

"그만 해요. 얘네들도 어디다 둬야 할지 답이 안 나와요. 절대 안 돼요."

지금도 지나치기에 동욱이 더는 우기지 못하도록 딱 잘라 거절했다.

지나치게 많이 샀다는 것은 알고 있었지만 막상 백화점을 휩쓸다시피 사들인 쇼핑 짐들을 방에 내려놓고 보니 콧구멍만 한 방이 꽉 차서 발 디딜 틈이 없을 만큼 정말 엄청난 양이었다.

세상에 있는 여자 중에 과연 몇이나 이런 호강을 누릴 수 있을지 겁이 날 정도로 뿌듯하긴 했지만 콧구멍만 한 방에는 콧구멍만 한 장롱 한 짝이 전부라 이 비싼 물건들을 어디에 둬야 할지 몰라 갑갑한 얼굴로 함께 고민하던 동욱이 갑자기 불쑥 말했다.

"집을 옮기자."

동욱의 말에 수안이 황당하다는 얼굴로 쳐다보자 동욱이 했던 말을 다시 반복했다.

"집을 옮기자."

"무슨…… 집을…… 이사하자구요?"

"음. 오피스텔이나 아파트나."

"그럴 여유……."

"내가 해준다고."

"싫어요."

"무조건 해."

"싫어요!"

"해."

"이런 집에 오는 게 그동안 구질거렸던 거예요?"

"무슨 말을 해도 안 넘어가. 옮기자."

"선배."

"내가 편하고 싶어서 그래. 네가 반지하 연립이 아니라 오피스텔이나 아파트에 있어야 내 마음이 편할 것 같아. 날만 어두워지면 바지 벗고 서 있는 변태 새끼 때문에 몇 번이나 놀랐잖아. 옆집도 두 번이나 좀도둑한테 털리고. 솔직히…… 그 얘기 들었을 때 당장 집을 옮겨주고 싶었는데 너 마음 상할까 봐 또 내가 옮겨준다고 해도 거절할 거라서 참았었어. 하지만 이젠 안 돼. 네가 안전한 곳에 있어야 나도 안심하겠어."

"하지만 집은……."

"말 들어."

"선배가 뭘 걱정하는지 알겠는데 선배가 집까지 옮겨주면 난 완전히 부자 남자친구한테 빌붙어 기생하는 꽃뱀 뭐 그런 것 같잖아요."

수안의 항변에 동욱이 웃음을 터뜨렸다.

"꽃뱀이 뭐가 이래? 뜯어먹는 기술이 엉망이잖아."

동욱의 말에 수안이 눈을 흘기자 동욱이 수안을 끌어당겨 안았다.

"그냥 내가 하자는 대로 해. 일주일 동안은 무조건 내가 하자는 대로 하는 거야. 전부 다."

동욱이 말한 그 '전부 다'라는 것은 믿어지지 않겠지만 꼭 사흘 만에 전부 다 이루어졌다.

큼지막한 방 세 개와 욕실 두 개짜리 아파트 한 채와 집 안 구석구석 채운 가구, 가전제품은 물론이고 옷방으로 꾸며진 작은 방에는 온통 수안이 입을 옷들과 수안이 들고 다닐 가방 등 수안이 쓸 모든 것들이 마치 마술을 부린 듯 완벽하게 갖추어져 있었다. 이것이 과연 가능할까 아무리 생각해도 의심스러운데 뚝딱뚝딱 마치 장난감 집을 지은 듯 가능한 정도가 아니라 실제였다.

동욱은 해만 지면 바지 내린 변태가 출몰하고 좀도둑이 활개

치는 동네에서 수안을 탈출시켜 마술을 부린 집으로 옮겨놓았고 수안은 거실 한가운데에 우뚝 서서 동욱이 부려놓은 마술에 걸려 한참 동안이나 벙어리가 된 채로 멍하게 바라만 보고 있었다.
"어때?"
동욱이 물었지만 그런 질문은 실례였다.
감동 때문인지 어처구니가 없어서인지 목구멍이 꽉 막혀 아무 말도 못하고 있는 것을 보면서도 그런 질문을 한다는 것은 정말 실례였다.
말이 나오지 않았다. 기가 차고 어안이 벙벙해서 벙어리가 돼버린 것처럼 말을 할 수가 없었다.
꼭 사흘 만에 수안이 머물 집을 구했다는 것부터가 놀라 쓰러질 지경인데 어떻게, 무슨 수로 이토록 완벽하게 살림집을 꾸밀 수가 있는 것인지 유성그룹의 위력이 어느 정도인지 제대로 실감하는 한편 동욱이 보통 사람이 아니라 정말 재벌이 맞구나라는 것도 다시 한 번 제대로 실감해 기가 질릴 지경이었다.
"마음에 안 들어?"
"너무 마음에 드니까 거짓말 같아서…… 돌아서면 뻥 하고 사라질 것 같아서…… 조심하고 있는 거예요."
수안이 잔뜩 긴장한 얼굴로 중얼거리듯 말하자 동욱이 픽 웃으며 수안의 어깨를 감싸 안았다.
"절대 뻥 하고 사라지지 않을 거니까 걱정 마."
"이런 거 다 선배가 산 거예요?"

수안이 거실 소파를 쓰다듬으며 묻자 동욱이 전문가의 도움을 받았지 하고 대답했다.

"이리 와봐."

동욱이 침실로 데리고 가서 방 중앙에 대단히 위엄있게 자리를 차지하고 있는 침대를 보여주었다.

"침대는 특별히 내가 골랐어. 영국 왕실에 납품하는 침대인데 우리 수안이한테 딱 맞는 급이다 싶어서 바로 샀지."

"내가…… 영국 왕실급이라는 말이에요?"

"그 이상이지."

"엘리자베스 여왕이 분해서 악 쓰고 있겠어요."

온통 휘황찬란 눈이 부신 것들로 둘러싸인 집에 주눅이 들어 어디에 있어야 할지 몰라 수안이 방을 나가려는데 동욱이 수안을 붙들었다.

"마마, 소인에게 새 침대에서 마마를 안을 수 있는 영광을 주시겠나이까?"

동욱이 수안의 허리를 꼭 끌어당겨 안은 채 천천히 침대로 다가가며 물었다.

"지금요?"

"지금. 당장."

동욱이 수안에게 입을 맞추며 속삭였다. 오금이 저릴 정도로 은밀하고 달콤한 목소리로.

"낮이에요."

수안이 낯엔 그런 일을 하면 큰일 난다는 듯이 말하며 동욱을 밀어내려고 했지만 동욱은 꿈쩍도 하지 않고 당황한 수안을 침대에 쓰러뜨려 눕혔다.
"좋잖아. 엘리자베스 여왕 악 쓰는 소리도 들리고."
동욱이 수안의 옷을 벗겨내며 속삭였다.
"누가 오면 어떻게 해요."
수안이 옷을 벗기는 동욱의 손을 제지했지만 소용없었다.
"아무도 못 와."
"조금 있다가 과외 가야 하는데……."
수안이 지금은 곤란하다는 것을 말하려는데 동욱이 수안의 입술을 막아버렸다.
동욱은 엘리자베스 여왕이 악 쓰는 소리가 아니라 수안이 토해내는 신음 소리를 들으며 환한 대낮에 수안을 안았다.
동욱은 날이 저물 때까지 수안을 놓아주지 않았고 그래서 그날 수안은 열이 40도 가까이 올랐던 날도 빠지지 않았던 과외를 동욱 때문에 쉬어야 했다.

거실 소파에 오도카니 앉아 동욱이 오길 기다리던 수안은 아무래도 오늘은 못 오는 모양이라고 생각하며 낮게 한숨을 내쉬었다.
이제 몇 시간밖에 남지 않았는데, 내일 아침 동욱은 미국으로 떠나야 하는데.

떠나야 하는 날이 가까워질수록 동욱은 점점 더 바빴다.

당연했다. 며칠짜리 짧은 여행을 가는 것도 아니고 몇 년짜리 유학을 가는데 어떻게 바쁘지 않을 수 있을까. 챙길 것도 많을 것이고 인사드려야 할 사람도 많을 것이다. 동욱의 유학 인사를 받기 위해 기다리는 사람이 집안이 집안인만큼 보통 집안의 열 배는 될 것이고.

뻔히 알고 이해하면서도 서운한 것은 어쩔 수 없었다.

동욱이 마련해 준 이 넓은 집으로 이사하고 오늘까지 길어야 두 시간이었고 어젠 딱 30분밖에 함께 있지 못했다. 어젯밤 동욱이 수안을 만나기 위해 온 시간은 자정이 지나 1시가 가까운 시간이었고 늦게 와서 미안하다는 말을 서른 번쯤 하면서 수안을 30분 동안 껴안아준 후 돌아갔다.

오늘은 어제보다 일찍 온 수 있을 거라고 했는데 벌써 11시였다. 다른 때 같으면 이렇게 기다리지도 이렇게 서운해하지도 않을 텐데 오늘이 지나면 내일부터 오랫동안 동욱을 만나지 못하기 때문인지 유별나게 초조하고 유별나게 서운했다.

아무래도 오늘은 동욱이 오지 못할 것 같은 생각이 들자 갑자기 막 후회되기 시작했다.

오늘은 꼭 해줄 게 있는데, 이럴 줄 알았다면 어제 해줬어야 하는데 오늘만큼은 하늘이 두 쪽 나도 함께 있을 줄 알았기에 시기를 놓쳤던 것이다.

자정이 지나고 어제처럼 1시가 가까워진 시간이 되자 10분이라도 좋으니 잠깐이라도 들러줬으면 좋겠다고 생각하는데 전화벨이 울렸다.

이 늦은 시간에 전화를 걸 사람은 딱 한 사람밖에 없었다.

수안은 수화기를 들면서 그가 오지 못한다는 것을 그래서 그를 더 이상 기다리지 말아야 한다는 것을 깨달았다.

"여보세요?"

[수안아.]

"못 오는 거죠?"

[어쩌지? 도저히 빠져나갈 수가 없네.]

"그럴 줄 알았어요. 그런데…… 내가 내일 공항으로 가도 아는 척 못하겠죠?"

수안의 물음에 동욱이 얼른 대답을 못했다. 곤란한 질문인 줄 알면서도 혹시나 해서 물어본 것인데 역시나였다.

"부담 주려고 한 얘기 아니에요. 보여줄 게 있었는데……."

순간 수안의 머릿속에 동욱을 만날 수 있는 묘안이 떠올랐다.

"아, 그럼 내일 새벽 4시에 집 앞에 나올 수 있어요?"

[새벽에? 여기 오려고?]

동욱이 놀란 듯 되물었다.

"신문 도착하는 시간에요. 아무도 모르게 감쪽같이 1분만 얼굴 보여줘요."

[새벽에 어떻게 오려고.]

"갈 수 있어요. 조심해서 갈게요. 1분만 얼굴 보여줘요."

[내가 갈게. 새벽에 내가 잠깐 갈게.]

"아니에요. 내가 가요. 선배 공항 가야 하고 비행기 오래 타야 하는데 여기 오게 할 수 없어요. 내가 갈게요."

[그 시간엔 너무 위험해.]

"그 시간에 자전거 타고 신문도 배달했는데 뭘요. 4시에 일어나게 하는 거 미안하지만 하루만 봐줘요."

[정말 올 수 있겠어?]

"물론이죠. 4시예요. 4시."

[알았어. 4시.]

"내일 봐요. 아니네. 3시간밖에 안 남았네. 3시간 후에 만나요."

[응.]

"끊어요."

[수안아.]

"말해요."

[사랑해.]

"그 말이 듣고 싶었어요. 이따 봐요."

[음.]

수화기를 내려놓은 수안은 아직 3시간이나 남아 있었지만 일찌감치 외출할 옷으로 갈아입고 동욱의 집을 향해 출발할 시간을 기다렸다.

"웃으면서 보내줄 거야. 웃어야지."

신발만 신으면 바로 집을 나설 수 있도록 외출복으로 갈아입고 소파에 앉은 채 수안은 수백 번이나 다짐했다.

　절대 울지 않을 거라고. 울어서 멀리 떠나는 사람 마음 아프게 하지 않을 거라고.


　동욱의 집을 향해 달리는 택시 안에서도 마찬가지였다.

　벌써부터 눈물이 터지려는 걸 억지로 참으며 울지 않을 거라고 활짝 웃으며 씩씩하게 배웅할 거라고 다짐하고 또 다짐했다.

　동욱의 집에서 10미터 정도 떨어진 자리에 택시를 세운 수안은 택시 기사님에게 5분만 기다려 달라고 부탁한 후 택시에서 내려 동욱의 집을 향해 달려가다가 깜짝 놀라고 말았다. 동욱이 미리 나와 기다리고 있는 것이 보였기 때문이다. 15분이나 빨리 왔는데 동욱은 언제 나왔는지 대문 앞에서 수안을 기다리고 있었다.

　수안이 달려오는 것을 본 동욱이 대문으로 올라서는 계단을 뛰어내려와 수안에게 달려왔다.

　"벌써 왔어?"

　"왜 이렇게 빨리 나와 있었어요?"

　"너 왔을 때 나 없으면 서운해할까 봐."

　"기다릴 생각으로 빨리 왔는데. 추웠죠? 얼마나 기다린 거예요?"

　"안 추워. 얼마 안 기다렸어."

　동욱이 추울까 봐 두 손으로 수안의 귀를 감싸며 말했다.

"잘 갔다 오라고 인사하고 싶어서 왔어요."

"그런 줄 알았어."

"잘 갔다 와요. 건강하게…… 바람피우지 말고."

수안의 말에 동욱이 낮게 웃음을 터뜨리며 고개를 끄덕였다.

"그리고 이거……."

수안이 급히 장갑을 벗어 동욱의 눈앞에 왼손을 펼쳐 보였다. 수안의 네 번째 손가락에는 동욱이 오래전에 커플 하자며 선물했던 반지가 끼워져 있었다.

수안의 손가락에 끼워진 반지를 바라보던 동욱이 반지가 끼워진 수안의 손을 끌어당겨 몇 번이나 입을 맞추었다.

"선배 유학 갔다 와서도 마음이 안 변하면 그때 끼려고 했는데…… 지금 껴야 할 것 같아서요. 선배가 해준 게 너무 많은데 난 줄 게 없고…… 반지라도 껴야 할 것 같아서요. 선배가 꼼짝 말고 기다리고 있으라면 기다리고 있을게요."

"당연하지. 바람피우지 말고."

동욱의 말에 수안이 활짝 웃으며 고개를 끄덕였.

울컥울컥 명치끝에서 슬픔이 밀려 올라와 금방이라도 눈물이 쏟아질 것 같았지만 수안은 필사적으로 활짝 웃었다.

"이거 보여주려고 왔어요."

"고맙다, 수안아."

"이제 들어가요."

"도착하면 전화할게."

목구멍까지 차고 올라온 흐느낌이 금방이라도 입 밖으로 터져 나올 것 같아 어금니를 꽉 틀어 물며 수안은 연신 고개만 끄덕였다. 활짝 웃으려고 너무 애쓰는 바람에 오히려 뒤틀려 버린 표정으로.

"어서 들어가요."

지금 놓아주지 않으면 동욱의 가슴을 부여잡고 엉엉 울어버릴 것 같아 수안이 동욱의 등을 떠미는데 동욱이 돌아서며 수안을 끌어당겨 안았다.

'이 사람이구나…… 이 사람이야.'

동욱은 언젠가 어머니가 말했던 그 말이 무슨 뜻인지 이제야 비로소 확실하게 알 것 같았다. 누가 가르쳐 주지 않아도 알게 될 때가 있을 것이라고, 내 영혼의 짝이 누군지 알게 될 때가 올 거라고 했던 어머니의 말이 무슨 뜻인지 절절하게 깨닫고 있었다.

지금까지는 그저 사랑이었다면 지금부터는 운명이라는 것을 알게 된 것이다.

동욱은 맹세했다. 온 마음을 다해 맹세했다. 이 사람만 바라보겠다고. 이 세상에 다른 사람은 존재하지 않는 것처럼 오직 이 사람, 수안만 바라보겠다고. 수안만 사랑하겠다고.

동욱은 수안의 얼굴을 감싸 쥐고 입을 맞춰주었다.

불안해하지도 걱정도 하지 말라는 듯, 세상이 무너져서 죽으면 죽었지 절대 마음이 변하거나 잊을 일은 없으니 아무 걱정

말고 기다려 달라는 듯.

수안은 동욱의 따뜻하고 다정한 입맞춤만으로도 그가 하고 싶어하는 말이 무엇인지 다 알 수 있었다. 그의 마음과 그의 사랑과 그의 믿음이 얼마나 견고하고 단단한지 입맞춤만으로도 완벽하게 알 수 있었다.

이 입맞춤이 영원히 끝나지 않았으면 좋겠다고 생각하면서도 먼저 동욱의 품에서 벗어난 수안은 눈가에 굵은 눈물방울을 매단 채로도 최선을 다해 활짝 웃어주었고 동욱은 두 눈 가득 안쓰러움을 담은 채 수안을 택시에 태우고 문을 닫아주었다. 그리고 택시 기사에게 수안일 안전하게 데려다 달라는 부탁도 잊지 않았다.

수안은 택시 안에서 멀어져 가는 동욱을 바라보며 그제야 눈물을 흘렸고 동욱은 수안에게 울고 있는 자신의 모습을 들키지 않아 다행이라고 생각하며 멀어져 가는 수안을 오랫동안 바라보고 있었다.

『행복은 당신』 2권으로…